FILHO
ÚNICO

Stéphane Audeguy

FILHO ÚNICO

Tradução de
TATIANA SALEM LEVY

EDITORA RECORD
RIO DE JANEIRO • SÃO PAULO
2008

CIP-Brasil. Catalogação-na-fonte
Sindicato Nacional dos Editores de Livros, RJ.

A92f
Audeguy, Stéphane, 1964-
   Filho único / Stéphane Audeguy; tradução de Tatiana Salem Levy. – Rio de Janeiro: Record, 2008.

   Tradução de: Fils unique
   ISBN 978-85-01-07966-4

   1. Rousseau, Jean-Jacques, 1712-1778 – Ficção. 2. Romance francês. I. Levy, Tatiana Salem, 1979- . II. Título.

08-1959
CDD – 843
CDU – 821.133.1-3

Título original francês:
FILS UNIQUE

Stéphane Audeguy
Copyright © Éditions Gallimard 2006

Todos os direitos reservados. Proibida a reprodução, no todo ou em parte, através de quaisquer meios.

Capa: Mariana Newlands
Imagens de capa:
Jean Jacques Rousseau © Bettmann/CORBIS/LatinStock
Ilustração Barricade of Port St. Denis © Hulton-Deutsch Collection/Corbis/LatinStock

Direitos exclusivos de publicação em língua portuguesa somente para o Brasil adquiridos pela
EDITORA RECORD LTDA.
Rua Argentina 171 – Rio de Janeiro, RJ – 20921-380 – Tel.: 2585-2000
que se reserva a propriedade literária desta tradução

Impresso no Brasil

ISBN 978-85-01-07966-4

PEDIDOS PELO REEMBOLSO POSTAL
Caixa Postal 23.052
Rio de Janeiro, RJ – 20922-970

EDITORA AFILIADA

*O autor agradece ao Centre National du Livre
a ajuda concedida à escrita deste livro.*

"Por fim meu irmão acabou tão mal que fugiu e desapareceu por completo. Algum tempo depois, soubemos que estava na Alemanha. Não escreveu nem uma única vez. Desde então, não tivemos mais notícias suas, e foi assim que me tornei filho único."

JEAN-JACQUES ROUSSEAU
Confissões, livro primeiro, § 5.

Sumário

PRIMEIRA PARTE: Infâncias   15

SEGUNDA PARTE: Paris   93

TERCEIRA PARTE: Revoluções   165

ONTEM, TODA A NAÇÃO FRANCESA acompanhou os restos de Jean-Jacques Rousseau até a cripta da igreja Sainte-Geneviève, convertida em Panteão. A multidão era considerável, como a glória desse grande homem. Mas no meio dessa imensa quantidade de pessoas ninguém sabia que o ilustre Jean-Jacques tinha um irmão, que esse irmão assistia à cerimônia, e que era eu.

A França sabe reconhecer seus pensadores, mas quando estão mortos. Dessa forma, poupa os vivos do sacrifício de lê-los. Se eu tivesse me manifestado na frente do Panteão, se tivesse revelado a minha identidade com alguma prova incontestável, teria sido festejado, adulado. A multidão gosta de saber que os grandes homens sofrem de um drama familiar: isso impressiona os humildes e consola os medíocres. Mas eu não disse nada. Escrevo este relato sem a esperança de ser lido, e sem medo de não o ser. Decidi me dirigir a você, Jean-Jacques; direi mais adiante por quê.

Eu tinha 18 anos quando o vi pela última vez. Tenho agora quase 90: há muitas coisas que preciso lhe dizer. Falar aos mortos é um privilégio dos velhos, que contam com tão poucos. Por que me privaria de invocar seu fantasma se, hoje, o primeiro que aparece se diz autorizado a fazê-lo e invoca seu nome como o Cristo da Revolução? Já faz tempo que seu nome tem sido dado às crianças. A imagem do seu rosto santo é pintada em pratos. Até lhe atribuem devoções de mães patriotas, conversões milagrosas aos interesses superiores da Nação e vocações de botânico ou músico.

Naturalmente, ninguém mais o lê. Para quê? Parece que nossa Revolução realizou seus sonhos. Os homens que se apoderam da palavra dizem aos mortos o que os vivos querem ouvir; as nações fazem o mesmo em suas celebrações. Foi provavelmente por isso que a Convenção julgou melhor exumar seu cadáver, arrancá-lo da doce terra da Île-de-France, onde você se decompunha tranqüilamente desde o ano da graça de 1778; e arrastar lentamente seus restos de Ermenonville para Paris, a fim de sepultá-lo de novo a grandes custos.

Não deixa de ser irônico que um simples libertino diplomado como eu, que nunca aflorou o medo imbecil dos deuses, assista numa tribuna de honra à divinização de um Rousseau virtuoso inventado pelos carniceiros do Terror. Mas a ironia morreu com o mundo antigo. Se eu ocupava esse lugar de honra na tribuna dos representantes, não era como irmão do ilustre Jean-Jacques, mas como veterano da Bastilha. E eu estava lá, olhando o seu cortejo fúnebre avançar ao longo das grades do palácio de Luxemburgo, no meio de uma rua completamente empavesada; na carruagem que o levava, uma estátua com a sua efígie, de uma feiúra quase surpreendente, coroava a Liberdade. Nossa pequena tribuna, carregada de bandeiras e notáveis, ficava em frente à rua esboçada por Soufflot em 1760; de forma que, durante um longo momento, tive a impressão de que o seu carro funerário estivesse parado; equívoco meu. Pairava por toda a rua um inexplicável odor de cadáver; acabei entendendo que ele emanava da massa de corpos podres e sujos que se esmagavam para vê-lo, Jean-Jacques. Mas era como se o povo estivesse morto e, à imagem dos fantasmas de algumas fábulas antigas, não o soubesse; como se ninguém tivesse coragem de lhe dizer; e ele fedia terrivelmente.

Na antevéspera, eu assistira à sua exumação no parque do seu fiel amigo, o marquês de Girardin, onde seu cadáver se revelara quase intacto: em 1778, você fora colocado num túmulo elevado e, desde então, os vermes não tinham descoberto uma maneira de devorá-lo. Só que seu cadáver, seco como um galho, se despedaçou quando os sarrafaçais tentaram depositá-lo sobre um sudário. O que eles colocaram na urna monumental foi um punhado de ossos, peles secas e cabelos quebradiços.

Talvez você tenha feito bem em morrer antes dessa revolução que reclama seu nome afogando-o, às vezes num oceano de elogios leitosos, açucarados, enjoativos, às vezes nos mares de sangue de todas as guilhotinas. Não sei nem se conseguiria lhe dar aqui uma imagem das transformações que vivemos. Imagine, por exemplo, que o mês de outubro, em que estamos agora, não existe mais. Temos doze novos nomes para os meses do ano, e devemos isso a esse tratante do Fabre d'Églantine, que conheci bem outrora: mau poeta, se é que o foi um dia, trapaceiro conhecido e traidor da pátria. A tolice do seu calendário revolucionário, em que passamos de Brumário a Nivoso e de Termidor a Vendemiário, não impediu em nada esse escaravelho do Parnaso de mostrar uma crueldade de lobo: quando os parisienses, cheios de medo e ódio, se precipitaram sobre as prisões da cidade a fim de massacrar milhares de prisioneiros, em setembro do ano passado, Fabre d'Églantine aprovou com veemência essa atrocidade. Eis onde estamos. Muito oportunamente, o Comitê de Salvação Pública decidiu, em abril passado, enviar à guilhotina esse versejador infame; mas, infelizmente, conservamos seu calendário. Assim é o próprio tempo, que parece ter saído dos eixos, e, embora eu não faça parte dos saudosos do mundo antigo, desespero-me ao ver o que se tornou o novo.

Resolvi escrever aqui a história da minha vida, contando as coisas assim como as vivi, sem nada suprimir. Soube da terrível máxima que escolheu para si, Jean-Jacques: *vitam impendere vero*. Submeter a vida à verdade... Para isso, viveu numa solidão que eu jamais poderia suportar. Sempre gostei muito da companhia das mulheres e da sociedade dos homens: dois mundos em que se deve mentir aos outros, se não quisermos mentir para nós mesmos. Mas não creio ter sido indigno de você ao submeter a verdade à minha vida.

Chamo-me François Rousseau. Aquele que ontem acreditamos honrar ao depositar entre Descartes e Voltaire na cripta do Panteão nasceu sete anos depois de mim. Você tinha 11 anos quando deixei nosso país natal para nunca mais voltar. Posso pretender conhecê-lo melhor do que aqueles que o enterraram ontem? Creio que sim. Para começar, éramos irmãos apenas pelos acasos do sangue, que não valem mais do que o pouco de sêmen que os origina; no entanto, digo-o em voz alta, conquistei com a minha existência o direito de me dirigir a você. Quanto à idéia de compor a presente memória, eis como surgiu. Um amigo me emprestou o primeiro volume das suas *Confissões*, que acabava de ser publicado. O título me desagradou, pois fedia a sacristia e a incenso apagado. Entretanto li a obra de uma vez, mas não sem grande irritação: no imenso palco do seu orgulho, todos os personagens da sua vida apareciam como figurantes, dos mais ilustres aos mais humildes. Quanto ao seu irmão François, só o mencionou três ou quatro vezes. Para um homem que pretendia dizer toda a verdade, você fazia dela uma imagem bem singular; foi por tais indícios que pensei que seria agradável dar a essas pomposas confissões a *correção* que mereciam. Mas acabei arranjando coisas melhores para fazer, e aqui estou, no fim da vida: escreverei agora, ou nunca.

PRIMEIRA PARTE

Infâncias

VOCÊ FALA DE FORMA tão falsa do tempo do seu nascimento que sou obrigado a levar o leitor à época do meu. Fui dado à luz na alvorada do dia 15 de março de 1705, numa bela casa fria da parte alta da cidade, no número 40 da Grand'Rue. Em memória de nossos orgulhosos antepassados huguenotes e franceses, ganhei o nome de François. Genebra era então uma república, mas o sentido desse vocábulo mudou tanto que devo precisar que era à maneira de Esparta ou Atenas. Quero dizer que um punhado de notáveis, um décimo da população genebresa, reinava sem divisão, dispondo das potências da fé, do dinheiro e das leis; e o resto dos habitantes formava aos olhos desses patrícios rígidos uma multidão de pessoas indiferenciadas, que não tinham acesso ao bom nome de cidadãos; nem aos direitos que conferiam. Isso não impedia os burgueses da cidade de adotarem poses nobres e ares de grandeza antiga. Nosso pai, Isaac Rousseau, fazia parte por direito desses cidadãos de Genebra que o eram mais do que outros; nossa mãe Suzanne, nascida Bernard, também provinha desse serralho. Ambos se gabavam disso, à maneira particular dos zeladores da religião que se pretendia reformada: consideravam-se humildes, mas bramiam de orgulho.

No que concerne à minha primeira infância, relatarei apenas algumas poucas coisas. A leitura das suas *Confissões* me ensinou ao menos isto: convém desconfiar das próprias lembranças quando se remetem às idades mais tenras. Porque as famílias se parecem com os povos: mentem como respiram. Os mais velhos contam a seus descendentes, desde que estes têm idade para escutá-los, as fábulas que lhes convêm. Os Rousseau não faziam exceção à regra. Tenho em minha memória mil anedotas sobre o bebê, a criança que fui; se escutasse meu coração, poderia acreditar serem minhas; mas minha razão e minha memória me assopram que as devo às repetidas histórias da minha avó, da minha mãe e do meu pai. Eles mesmos terminaram por acreditar nelas, como me parece que fazem os padres: persuadem-se de conhecer a origem do mundo de tanto repetir a fábula. Afastarei as lembranças mais nítidas, aquelas que carregam as marcas do estilo sentimental que afeiçoava a família Rousseau; sobretudo, narrarei em primeiro lugar o que se passou antes de eu ser consciente do que quer que seja, e que me parece suficientemente pitoresco para merecer um relato.

Nasci, pois, em março de 1705, e sou o primeiro dos filhos de Suzanne Rousseau. Alguns dias após esse feliz acontecimento, Isaac Rousseau, meu pai, fugiu sem nada dizer. Abandonou minha mãe, Genebra e a Europa num único movimento. Não lhe faltava coragem, já que, para marcar o distanciamento, foi até os arrabaldes de Constantinopla. Por que essa partida impetuosa? A lenda familiar se cala sobre o assunto. Posteriormente, nossos pais não mostraram nenhuma inclinação pelas querelas domésticas. Será que Isaac Rousseau conhecia os motivos do seu exílio brutal? Nunca pareceu disposto a se examinar e viveu praticamente espantado por às vezes se revelar tão emotivo, tão brusco em determinadas decisões. Jamais saberemos as causas primeiras das ações privadas dos homens? Até hoje sou fascinado por essa violência estranha do autor dos meus dias. Parece explicar um pouco o meu temperamento. Com freqüência, eu mesmo fui sujeito a grandes guinadas, bruscos coices espantadiços. Direi algo a respeito, quando for o caso. Esse fermento da aventura que não se encontra normalmente no sangue genebrês parece ter corrido pelas veias de numerosos Rousseau; um de nossos tios morreu arruinado na província de Luisiana; nem você nem eu desmentimos essa propensão aventureira. Mas retorno ao meu nascimento e ao meu pai. No final do mês de abril de 1705, Isaac Rousseau se instalou em Péra, charmoso arrabalde de Constantinopla, longe do filho e da esposa. Lá não faltava trabalho a um relojoeiro competente, como o era esse artesão, minucioso até a alma. Isaac se estabeleceu com rapidez e facilidade. Por que escolhera Constantinopla, entre todas as grandes cidades? Na época, havia lá uma abundância de meretrizes, vindas das mais diversas nações. Não ficaria surpreso em saber que ele as apreciou com mais freqüência do que de costume, pois, afinal, devo ter herdado de alguém essa vocação à libertinagem que determinou a minha vida e que, creio eu, minha mãe não possuía.

Tendo meu pai partido logo após o meu nascimento, o que eu poderia me tornar? Mal ouso imaginar, meu pobre Jean-Jacques, o que a sua imaginação fremente e sombria teria feito dessa situação, se por acaso você tivesse sido o primeiro dos filhos de Suzanne Rousseau; quantas notas rasgadas teria tirado do seu violino magnífico e choroso; e que torrentes de lágrimas seus leitores teriam versado em toda a Europa! A verdade é que Isaac Rousseau não me fazia nenhuma falta. Certamente teria chorado, aos 5, aos 10 anos, a perda de um pai adorado e temido. Amamentado no colo maternal, nada me faltava. Simplesmente ignorava a doce necessidade da autoridade paterna; e até a existência desse apêndice curioso ao casal que eu formava com minha mãe: meu pai. Minha imaginação se limitava ao círculo estreito dos meus fracos sentidos. Amava quem me alimentava, me embalava, me trocava. Do marido caprichoso, minha mãe conservou apenas um bebê chorão; não quis, por nada, uma ama-de-leite, e não me abandonou nem por um segundo durante meus três primeiros anos de vida. Como Isaac e Suzanne Rousseau se conheceram, se enamoraram e se casaram? Isso eu nunca soube.

Suzanne, que retomou o nome de solteira, ficou, sem confessá-lo, talvez até sem ousar dizê-lo, muito bem ao se ver desembaraçada de um marido; e, ainda melhor, por estar dispensada de encontrar outro, pois já tinha se casado uma vez. A mãe de Suzanne se instalou ao seu lado, em nossa casa comprida de pedras cinza. Embora não fosse rico, esse curioso lar Bernard vivia com conforto, com algum rendimento fornecido por terras pequenas, mas de excelente provento: tínhamos uma governanta que caminhava para a velhice, duas criadas de quarto, uma cozinheira. Cresci no meio dessa companhia, num desses gineceus no qual a desigualdade dos sexos confina as viúvas e as mulheres abandonadas. Durante alguns anos, fui o príncipe desse pequeno reino. Todas essas senhoras praticavam a virtude sem ostentação, mas nenhuma freqüentava os homens. Não achavam que isso fazia falta em suas vidas: a castidade é um hábito que se ganha rapidamente, por menos que se sonhe com ela, mas tem suas conseqüências. Para dizer a verdade, vapores subiam dos sexos dessas damas às suas cabeças, e balançavam seu julgamento: elas me tratavam como um prodígio da natureza e celebravam o menor dos meus progressos como um milagre da Providência. Sob esse regime de imbecil idolatria, sentia-me bem à vontade; infelizmente, mais como um porco no chiqueiro do que como um futuro cidadão de Genebra. Deste modo, aprendi a andar depois de todas as crianças da minha idade, sem que ninguém desse atenção ao fato. Outros atrasos foram ainda mais particulares: sujava as calças aos 7 anos, e isso era considerado pitoresco e divertido. Em compensação, bem cedo aprendi a reconhecer algumas palavras mais corriqueiras, e fingia saber lê-las; então, a casa pulava de felicidade: nunca se tinha visto algo parecido; seria preciso voltar às épocas mais ilustres para encontrar outro exemplo de tal precocidade. Bastava eu rir para me tornar o ser mais gracioso de Genebra; e, se por acaso me enfurecesse, esse caráter imperioso me prometia um destino fora do comum. Resumindo, minha presença era como a de um amante querido, mais acariciado, mais penteado, mais tocado e mais perfumado do que um cão fraldiqueiro; eu também manifestava, acredito, imbecilidade e servilismo. Não sendo corrompido de nascença, sentia com freqüência o excesso desses procedimentos, que não deixavam de me inquietar secretamente; mas, logo depois, deixava-me levar pelo edredom macio do amor-próprio. Esse simplório paraíso genebrês me encantava como um ópio. Como poderia resistir? Como todos os paraísos ilusórios, este anunciava um final triste. Acreditavam construir a minha educação encantando-se com tudo e com nada; no entanto, nessa insossa e fria felicidade, eu permanecia uma larva. Sem dúvida, é bom seguir a própria inclinação; mas é melhor que seja para cima.

Convém esforçar-me aqui por entrar um pouco nos motivos daquela que reinou nos primeiros anos da minha infância. Raramente fazemos essa reflexão simples de que as crianças estão mal situadas para evocar seus pais, já que os conhecem numa idade em que não têm mais julgamento do que um animal. Nesse sentido, temos, todos, pais e mães desconhecidos. Certamente há aqui um fato que fere a sensibilidade das crianças, à medida que crescem; da mesma maneira, elas fabricam efígies desses seres e terminam por acreditar que conheceram bem os próprios pais. Relato, portanto, o que um velho pode conjeturar sobre o que observava quando criança, o que lhe contavam quando atingiu a idade da razão, o que ouviu das conversas de seus parentes mais velhos. Cabe a nós desenredar daqui, se formos capazes, a verdade; esforçar-me-ei por não trair em demasia o meu modelo; e, se malograr, será sempre um retrato meu que terei traçado. Falemos de como Suzanne se recuperou do parto e da perda de um marido: quando compreenderam que Isaac Rousseau não retornaria, as pessoas acreditaram que ela não resistiria a esse golpe funesto; muito enfraquecida pelo meu nascimento, chorou copiosamente durante quinze dias seguidos. Em suas lágrimas, havia, sem dúvida, tanto humilhação quanto raiva. É que seria preciso encarar o olhar dos genebreses e, sobretudo, das genebresas: com seu casamento, Suzanne deixara algumas mulheres com inveja, já que Isaac prometia uma certa prosperidade pela profissão que havia escolhido e a herança que receberia. Era preciso se preparar para os perigos do ostracismo, que numa república tão pequena quanto Genebra não era nada suportável. Durante os quinze dias que se seguiram à fuga de Isaac, Suzanne recebeu várias vezes o pastor da sua paróquia, neófito zeloso, dedicado de corpo e alma a seus fiéis, que vinha exortá-la ao estoicismo cristão. O pastor falou pouco, mas bem. Suzanne não escutava nada. Chorava. Acontece com as lágrimas o mesmo que com outros fluidos do corpo humano: o excesso de uso as condena ao esgotamento. O pastor era casto, porém belo. Em pouco tempo, Suzanne passou a escutá-lo mais, e a chorar menos. Era graciosa, mas recatada, e de uma beleza única: certa noite, antes de dormir, achou seus olhos muito vermelhos, e percebeu duas pequenas rugas que não conhecia. Tantas lágrimas certamente não convinham a uma verdadeira cristã. Decidiu, então, superar essa prova enviada pela Providência. O pastor logo lhe pareceu ainda mais belo; e talvez se mostrasse menos casto. Conheci-o mais tarde: sempre enrubescia ao cruzar comigo inesperadamente numa rua da cidade, e algumas vezes supus que Suzanne não podia fazer outra coisa senão me manter perto dela quando o pastor renunciava a seus altares. A fornicação é um acalento como qualquer outro.

A família Bernard dispunha de bens, e a partida de Isaac não a reduzira à miséria. Não faltavam homens para rodear a casa, o que enchia Suzanne de contentamento: não cedia a nenhum de seus pretendentes, mas tampouco desencorajava ninguém. Deliciava-se em ser virtuosa e poder a qualquer momento deixar de sê-lo, se assim o quisesse; prazer duplo e delicado em que se fixa confortavelmente o amor-próprio das coquetes. Todos esses senhores apressados encontravam habilmente uma maneira de fazer gracinha ao filho para agradar a mãe que queriam levar para a cama. Aos 3 anos, eu era a boneca do salão de Suzanne; ela passava os dias me enfeitando, sabendo que formávamos um quadro encantador. Cresci nesse cheiro de cio sem ainda reconhecê-lo; e esse odor se tornou o perfume de uma parte da minha vida. Para passar o tempo, alguns desses suspirantes começaram a aguardar meus ditos espirituosos. Inevitavelmente, tornei-me um sólido fornecedor deles; aos 4 anos, produzia-os com uma regularidade de relógio e aprendi, sem entender, a brincar com palavras ambíguas, fazendo a festa da minha mãe e da sua escuderia afoita. Com o intuito de que os mexericos não ultrapassassem o razoável, nossa mãe convidava algumas vizinhas, o que terminou por rematar o meu adestramento: aprendi rapidamente a fazer elogios aduladores, trejeitos adoráveis, atar lacinhos para oferecer às visitantes, e a me jogar nos braços da minha mãe com esse delicioso frescor que só pertence aos macacos mais domesticados. Há nas crianças um prazer em ser falso que decuplica os demais: acredito tê-lo experimentado mais do que os outros. Atuava todos os dias no palco da Grand'Rue,

40; aliás, raramente me aventurava fora de seus muros: os moleques do bairro cuspiam e jogavam pedras nesse galanteador de fraldas que os desprezava.

Aos 5 anos perdi minha avó, na primavera, e nossa velha governanta, que faleceu no começo do inverno: novo papel para o jovem François Rousseau no pequeno teatro do mundo materno. Uma dor contida e uma alusão bem dirigida à vida eterna edificaram toda a paróquia. Certa vez, arranquei lágrimas de mim mesmo, evocando os pobres defuntos. Sentia-me sublime; era frio e cruel. Tinha da morte uma das noções mais vagas, porém fazia o luto com uma aflição voluptuosa. No final, o pastor, que devia julgar minhas afetações, me chamou à parte e me repreendeu: um verdadeiro cristão não deveria lamentar por tanto tempo que uma antepassada, sem falar de uma simples criada, tivesse reavido o reino do Senhor; as verdadeiras dores não devem ser exibidas, como eu fazia com as minhas. Resumindo: pela primeira vez na vida, deparava-me com um ser que não se enganava com a minha pantomima. Dei-lhe ouvidos. O pastor se retirou satisfeito comigo, quer dizer, consigo mesmo. Mas a partir desse dia o cristianismo me pareceu vagamente suspeito, pois queria que eu parasse de vestir esse pequeno traje de luto que me caía tão bem, assim como meus belos sapatos de fivelas pretas. Meçamos a extensão da minha miséria: eu acabara de perder dois dos seres que haviam me educado com adoração, e chorava profundamente a perda da minha vestimenta. Infelizmente, longe de proporcionar a minha mãe um sentido da justa medida, a morte dessas duas mulheres deu o sinal de uma reduplicação de extravagância. A partir de então, o dia-a-dia da casa girava em torno de mim, dos meus jogos, dos meus caprichos; Suzanne se pôs a falar em todas as ocasiões esse jargão bestificante e gracioso que nosso século acreditou de bom-tom adotar quando alguém se dirige às crianças pequenas, e as antigas criadas a imitaram. Enfim, eu era relativamente idiota quando atingi essa idade em que, supostamente, devemos fazer uso da razão; fisicamente, era um leitão charmoso, louro, untuoso como um creme e rechonchudo como um anjo; em relação à moral, era ignorante como um bezerro, bastante satisfeito tanto com o mundo quanto comigo mesmo. As provocações das nossas serventes teriam condenado um santo, e eu não tinha o temperamento de um Solitário. Elas causaram efeitos na minha sensualidade: certo dia, percebi que tinha ereção. Essas senhoras riram muito. Com o traseiro de fora, corri da cozinha ao quarto onde minha mãe repousava, com o intuito de lhe mostrar triunfalmente meu sexo enrijecido. Será que inventei o que vou relatar aqui? Não saberia dizê-lo. Minha mãe estendida na cama não podia fingir ignorar que o filho reagia à sua afeição de uma maneira decididamente mais viril do que convinha a uma criança. Obrigou-me a sentar e fez-me perguntas meio embaraçosas, meio engraçadas, das quais não entendi nada. Permaneci, então, quieto, e minha mãe acreditou que existia nessa atitude uma elegância rara para a minha idade. Achava que eu simulava ignorância; e, em seu desejo de me mostrar que não era enganada por essa manobra, Suzanne se atreveu a me ensinar como convinha dispor da minha virilidade, e me administrou vigorosamente com a ajuda da sua mão; mal tive tempo de conhecer o prazer que me apoderava a garganta, e ela própria já me enxugava com seu pequeno lenço de cambraia; levemente enrubescida, ordenava que eu saísse do quarto, o que fiz sem dizer palavra alguma. Nunca mais minha brava mãe refez essa experiência; jamais conversamos sobre o assunto; no entanto suponho que as outras habitantes da casa tenham recebido instruções sobre esse capítulo, cuja formulação exata eu tinha curiosidade em conhecer; pois a partir desse dia a menor das minhas ereções era acolhida com um tratamento de favor. Lembro-me ainda com gosto do pano limpo com o qual a cozinheira me enxugava e da boca da criada de quarto de minha mãe, que me parecia tão doce, e cujos dentes eu me maravilhava em nunca sentir, embora fossem realmente bonitos.

Eu não via nada de mau nesses jogos domésticos; e, certamente, tinha razão. Conhecia a fornicação por ter observado os cachorros nas ruas de Genebra, e pequenos camponeses, menos beatos que os citadinos, completaram a minha formação com relatos detalhados que eu trocava por fatias de pão branco. Mas teria ficado estupefato, horrorizado, desesperado, se soubesse que as pequenas atenções que essas mulheres me davam, de manhã e à tarde, tinham a ver com esse pecado original de que nosso pastor falava com tanta freqüência. Quanto a minha mãe, ela ganhou o hábito de vir todas as noites me cobrir com um desvelo úmido que me excitava enormemente, pois se inclinava num movimento que deixava seus seios quase à mostra. Eu simulava uma grande ternura por ela e descansava a cabeça em seu colo, respirando nele, com a volúpia de um amante, esse odor de carne e leite de amêndoa que continuará sendo para mim a primeira sensação consciente. Sem dúvida, era jovem demais para tanta volúpia: freqüentemente, recuava de mim mesmo diante desse abismo de prazer que me inquietava. E talvez tivesse me precipitado nele como um rei ensandecido, imbecil e frouxo de um gineceu estéril, se Isaac Rousseau não tivesse retornado a Genebra numa manhã, sem que tivesse pensado em prevenir seu filho único.

Suzanne escrevera para Constantinopla. Nesse lugar preciso da gesta familiar, os cronistas afirmam que ela reconquistou o marido graças à elegância da sua pluma. As bisbilhoteiras do bairro acrescentavam ainda que Isaac Rousseau se viu, um belo dia, tomado por ardores em lugares delicados, e preferiu tratá-las na nobre República de seus antepassados, que contava entre seus cidadãos com os melhores médicos da Europa. Isaac se mostrou, então, um marido atencioso. Muitos homens têm sífilis sentimental: um retorno de afeição conjugal os deixa cheios de remorso. Foi no mês de setembro de 1711 que ele voltou ao país, onde engravidou novamente sua esposa legítima; um segundo filho veio ao mundo em 28 de junho de 1712. Você ganhou o nome de Jean-Jacques, e nunca mais pude ouvir seus admiradores o chamarem, com um fervor afetuoso, sem me lembrar do seu nascimento: numa manhã, sou levado para perto de um berço, onde dorme um nanico franzido, envolvido em lençóis imaculados. Sou avisado de que é meu irmão. Inclino-me com inquietude sobre essa larva que me roubou os cuidados da mãe, e parece que ela me devolve o olhar. Poderia tê-lo odiado, Jean-Jacques; talvez até devesse, se pensasse nas conseqüências do seu nascimento inóspito sobre o meu destino. Ora, amei-o imediatamente, com um desses amores repentinos que não sabemos explicar de onde vêm e que sempre nos surpreendem. Mas esse sentimento não diminuiu em nada o meu ciúme: durante os quinze primeiros dias da sua existência, fiquei desesperado por não ser mais o centro da atenção geral.

Nove meses antes, um gigante de rosto escuro como o de um negro havia me levantado do chão. Aproximara-me da luz de uma janela e repousara-me com um riso de contentamento: eu tinha, então, um pai. Essa alegria durou pouco; quando Isaac Rousseau me examinou com mais atenção, após esses seis anos de ausência, entrou num acesso de cólera. Havia deixado para trás um bebê vermelhinho, enfaixado como um ídolo hindu, porém robusto e vociferante. E encontrava agora uma bonequinha branca e rosa, repleta de maneiras afetadas. Sem dúvida, você se lembrará melhor do que ninguém, Jean-Jacques, que a educação para o homem daqueles tempos consistia em fazer de uma criança um homem o quanto antes. Isaac agourou bem mal o homem que eu seria. A Europa ainda não havia lido seu *Emílio*, e nosso pai era um homem simples e do seu século. Achou-me grotesco. Ordenou que cortassem meus lindos cachos, o que nossa cozinheira fez, mordendo o lábio de desgosto. Depois, mandou confeccionar uma vestimenta de tecido grosso e cinza, com corte simples, e proibiu formalmente que, a partir de então, me enfeitassem com laços. Eu chorava muito, até batia os pés; percebendo não ter sucesso com meu teatrinho, pus-me a rolar no chão. Essas macaquices manhosas tiveram um grande efeito sobre Isaac. Sem vacilar, nosso pai tirou os sapatos e bateu na minha cabeça com a sola, talhada num sólido maciço de carvalho. Eu sangrava tanto que parei por um momento, sob os efeitos da surpresa, de gemer. Minha mãe e as criadas se puseram a gritar; mas vendo que o chefe da casa conservava o sapato no alto e parecia decidido a fazer com elas o mesmo que fizera com o filho, essas senhoras logo pararam de piar. Fiquei desesperado — ao menos foi o que pensei. Hoje em dia vejo-me como um sortudo por ter ganhado, ainda que tarde, um pai que não esperava mais rever e até ignorava ter perdido. Quinze dias mais tarde, era visivelmente um menino de Genebra como os outros; de início, os moleques da nossa rua contemplaram com estupor essa metamorfose extravagante; maltrataram-me um pouco nos primeiros dias; mas logo me aceitaram como um dos seus. Assim, deixei os limbos da primeira infância, e entrei na sociedade dos semelhantes: minha vida começava.

Uma certa apreensão havia pairado em torno do seu nascimento. Essa criança por nascer era como o sinal tangível do reencontro de nossos pais; por uma espécie de superstição sentimental, cada um, sem dizer ao outro, considerava-o de alguma maneira como um presságio da continuação do lar Rousseau. O presságio foi ruim desde o início: nascido no final do mês de junho, tudo indicava que você não conheceria os meses seguintes. Adiantaram seu batizado, que aconteceu em 4 de julho, e mais parecia destinado a garantir rapidamente a salvação de uma alma que se desejava desesperadamente entre nós, do que a receber um novo cristão na comunidade dos homens. A morte veio, mas poupou a criança: Suzanne Rousseau, Bernard de nascimento, morreu inospitamente em 7 de julho de 1712, no momento em que parecia se recuperar do parto que lhe esgotara. Prometi dizer o que aconteceu, e manterei a promessa; que não se julgue tão severamente a criança que fui. Doze meses antes, eu venerava a minha mãe sem saber que havia um vasto mundo para além dela, e não tinha nem pai nem irmão; perdi a primeira no mesmo período em que ganhei os outros dois! Tinha 7 anos e já falei sobre meus atrasos em relação às realidades da existência: a cegueira do destino não me inspirou nenhuma reflexão filosófica, nenhuma revolta; não procurei nem um pouco a ajuda da religião. Descobria as ruas de Genebra: elas foram a minha primeira escola; ficava encantado em conhecer pessoas que não estavam ligadas a mim por um laço de parentesco ou sujeição. Acho que era a primeira vez que experimentava a igualdade. Digo sem pudor: a morte da minha mãe não me assustou em nada. Talvez tenha sido difícil levar a sério a desaparição desse ser teatral; durante o funeral, acreditei por um momento que ela fosse surgir diante do próprio cortejo fúnebre para reclamar do desconforto do caixão. Ficaram espantados com a minha frieza, e ganhei a reputação, que nunca mais me deixou, de monstro de ingratidão. Quanto a esse pequeno chorão que todo mundo lastimava, que me era dado como exemplo, e que chorava por seu leite, o coitadinho, acabei ficando com pena dele. Imaginava confusamente, Jean-Jacques, que você iria se tornar para nosso pai o que eu fora para nossa mãe, e não estava enganado.

Em suas *Confissões*, você me chama de moleque, diz que fui libertino antes da idade, e é verdade: abracei com entusiasmo essa vocação, porque me arrancava do serralho familiar. Os homens livres não pertencem às suas famílias; ou, se têm uma, é porque a fundaram; que a maioria dos homens se contente em ganhar as cores do seu meio, como se diz sobre alguns insetos, é justo: sua sobrevivência depende disso. Os solitários têm outros enfeites, que não os protegem de nada. Repito: nisso, fomos irmãos, Jean-Jacques; e num sentido mais profundo do que aquele que resulta da conjunção casual de dois seres quaisquer.

Suzanne Rousseau morta, nossa vida mudou. Aos olhos de meu pai, eu era a encarnação da sua partida para Constantinopla, de um passado do qual aparentemente não gostava de lembrar; esse filho que ele não vira crescer o assustava, até o irritava; não achava nenhuma graça em mim, muito menos nas minhas intermináveis expedições pelas ruas da cidade, das quais voltava enlameado e exausto, sem poder contar decentemente o meu dia, que se passava entre rixas e pequenos furtos. Abalado por ter se tornado viúvo tão rapidamente depois de tanto tempo longe da esposa, mas também contente com isso; novamente apaixonado por essa mulher extravagante e bela, que o destino acabava de levar cruelmente, o viúvo Isaac jogou sobre você, Jean-Jacques, todo o peso da sua afeição. Você era fraquinho, doentio, exigia atenção o tempo todo; eu era robusto, adorava a rua, seus jogos e gritos. Em outras circunstâncias, poderia ter amado meu pai como ele poderia ter se ligado a mim. O destino quis que fosse diferente. Isaac sentia confusamente que eu lhe escapara. Com freqüência, acontecia de ele me corrigir, sem nenhum outro motivo além da conjectura de que eu devia ter tramado alguma coisa maldosa, para voltar tão tarde para casa, coberto de poeira. Estava fora de questão que eu e você, Jean-Jacques, brincássemos como irmãos; temia-se minha influência sobre você, minha brutalidade de moleque de rua; além disso, você tinha medo de mim desde a idade em que começou a poder me freqüentar. Nosso pai adorava chorar na sua companhia, dizendo às testemunhas da cena o quanto você se parecia com a sua mãe. Efusões como essas se reproduziam todos os dias, pois Isaac o mantinha ao seu lado em sua loja de relojoeiro. Você logo mostrou essa precocidade de criança doente e mimada que eu conhecia bem; todo o mundo se extasiava com suas primeiras palavras, como antes acontecera comigo. Juntos, você e Isaac liam romances intermináveis, em que cavaleiros quiméricos falavam de amor a pastoras de berço de ouro.

Teria concebido por você um ciúme feroz, se não tivesse conhecido a rua, e talvez tivesse voltado aos meus lacinhos e à tola enfatuação da minha pessoa, se um habitante da Grand'Rue não tivesse se tomado de afeição por mim. Francês exilado em Genebra, não tinha esposa nem filhos. Nunca soube o que ele vira nesse engraçadinho que percorria as ruas genebresas com a convicção de um neófito; a verdade é que colocou na cabeça a idéia de me dar uma educação. Esse aliado inesperado, o espírito mais livre e generoso que encontrei no meu país natal, chamava-se Maximin de Saint-Fonds.

O conde de Saint-Fonds tinha no máximo 40 anos. Vinha de uma antiga família dos arredores de Aix-en-Provence. O pai o educara no orgulho de seu nome, e na humilde consciência dos deveres que impunha. Em todas as cruzadas, sempre houvera valorosos Saint-Fonds. A família fornecera mártires e líderes de guerra da fé reformada durante as agitações do século XVI. Protestantes, os Saint-Fonds não tiveram de deixar a França com a revogação do édito de Nantes, pois o marquês, tendo se tornado muito piedoso com a idade, para espanto geral, unira-se à fé católica antes do início das perseguições; e a probidade do velho era reconhecida a tal ponto que ninguém ousava pensar que agira por medo das represálias. Aos 16 anos, o jovem Maximin, conde de Saint-Fonds, parecia digno de seu nome, e dava orgulho ao pai. Caçava e montava admiravelmente. Dominava as menores finezas da corte, sem se tornar seu devoto. Só faltava à sua perfeição mundana uma estada na corte do rei da França; nessa ocasião, mostrou algum sinal da sua independência de espírito, escapando assim daquilo que considerava, em seu íntimo, uma serventia ridícula. Maximin de Saint-Fonds amava seu século: estimava os méritos de qualquer um, burguês, operário ou camponês, padre ou homem de qualidade; não entendia que alguém se apaixonasse pelas novidades de Versalhes, por uma procissão em Aix-en-Provence, ou por um baile à fantasia. Os jovens aristocratas da Provença lhe pareciam o que de fato eram: seres de boas maneiras e frívolos. Esses fidalgotes sentiam no jovem Saint-Fonds a verdadeira nobreza, aquela que não se prende apenas aos acasos do sangue e da terra. Isso os exasperava; odiavam-no, e às vezes vingavam-se como podiam, maldizendo-o.

Velho feudal, o marquês de Saint-Fonds, pai de Maximin, decidiu ignorar a administração de suas terras. Para isso, contava com camareiros reais, contramestres, administradores. Recebia-os duas vezes por ano, e por bondade. Por outro lado, Saint-Fonds era dos mais rigorosos no que dizia respeito à sua posição social: cada ano, seus servos, seus colonos e os notáveis de seus vilarejos deviam lhe prestar uma longa cerimônia de homenagem, na qual esse senhor severo e seco, com uma coroa na cabeça, sentado num baldaquino azul e dourado, se dignava a receber dessas pessoas reverências complicadas e inúmeros sacos de ouro. Certo de que o filho exaltaria dignamente seu nome, o marquês de Saint-Fonds avançava tranqüilamente por esse século XVIII, que veria morrer os últimos representantes de uma ordem que acreditávamos eterna. No início, tudo corria bem entre o marquês e o conde. Maximin crescia como o filho de um grande senhor: aos 14 anos, violava camponesas, para honrar o costume. Não demorou para descobrir que preferia violar os camponeses. Numa noite de vindimas, seu irmão de leite o iniciou nesses prazeres, como presente de aniversário de seus 15 anos, nos fundos de uma granja. Saint-Fonds ficou encantado; só que experimentou durante vários dias certo incômodo ao se sentar, pois seu irmão de leite punha uma rudeza rústica em tudo o que fazia. Aos olhos do velho marquês, esse vício antigo, aceitável na juventude, e que ele mesmo tivera, pareceu apenas anunciar um temperamento sólido. Por volta dos 16 anos, Maximin entendeu que já conhecia completamente o lugar onde estava predestinado a passar a vida; e que o resto de sua existência consistiria em executar as mesmas habilidades de um cavaleiro que aprendeu o que deve fazer. Essa perspectiva o aterrorizou e, então, resolveu ser útil aos homens e a si mesmo. Contou seu projeto ao irmão, um ano mais novo; esse macaco empoeirado, que não ia além de uma caça às galinhas, o olhou com estupor. Maximin se tomou de paixão pelos vastos domínios dos Saint-Fonds, suas fazendas e campos, seus pastos e florestas. Não demorou para perceber que os contramestres e administradores contratados pelo pai se entendiam muito bem entre si e o roubavam excessivamente. Depois de anos de pequenos furtos, rapinagens discretas, mas variadas, esse punhado de homens estava afoito: fazia dois anos que haviam regulado os domínios como papel pautado. O bosque dos Saint-Fonds era cedido a preço vil a comparsas que partiam para Marselha para revendê-lo pelo quíntuplo; extraviavam regularmente, graças a diferentes trapaças de contabilidade, barricas de vinho; mas essas barricas encontravam milagrosamente vendedores discretos, na Espanha ou na Sabóia. Na profusão das riquezas que ele acreditava desprezar, como todos aqueles que não precisam fazer nenhum esforço além de nascer para recebê-las, Saint-Fonds não percebia nada. O filho hesitava se deveria contar ao pai tudo o que acabara de descobrir; mas duvidava que essas revelações pudessem mudar alguma coisa: Saint-Fonds seria capaz de mandar prender os líderes da armação e substituí-los por homens da mesma laia; jamais condescenderia em se lançar na administração verdadeira de seu patrimônio; além disso, só os camponeses mais modestos e os operários entendiam verdadeiramente desse estado de coisas. No ardor da juventude, Maximin acreditou poder reformar os homens e as coisas, e dar assim à sua condição aristocrática essa significação sublime que ansiava por encontrar. Dirigiu-se a um livreiro de Leiden, nos Países Baixos, e encomendou as obras de agricultura mais modernas, sobre os temas mais variados. Em pouco tempo, o tamanho das amendoeiras, a fabricação de tonéis e a delicada arte de afolhamento não teriam mais segredos para ele. Nem por isso abria mão de se familiarizar com todos os usos em curso, com essa profunda sabedoria dos anciãos que levam em conta as aparências grosseiras do ditado. Formou-se assim, para uso dos homens que pilhavam o conde e que o tinham à primeira vista considerado com a inquietude que se imagina, um personagem um pouco ingênuo e sentencioso, com visão restrita e idéias vagas. Aliviados por considerá-lo tão estúpido, deixavam o herdeiro do marquês freqüentar todos os lugares, escutar tudo, observar bastante, perguntar até se cansar. Aos poucos, Maximin tomou iniciativas: aumentou os rendimentos das terras mais ingratas; racionalizou a utilização do esterco das cocheiras paternas. Secretamente, acumulava provas contra os ladrões, procurando os meios de evitar, no futuro, pilhagens feito as anteriores. Como as melhoras que fazia aumentavam a renda paterna, ele adiava de ano em ano o momento em que deveria informar ao marquês sobre os roubos, esperando que ele fizesse, por conta própria, essa triste descoberta. No entanto, durante o ano de 1705, calamidades que teriam conseqüências infinitas terminaram por abater toda a Provença.

Houve uma primavera terrível de geadas tardias e chuvas de granizo violentas. O verão foi ainda pior: faltou água em todos os lugares; com a água, a forragem; uma seca atroz queimou os trigos, o centeio e o frumento. A pequena população de operários não encontrava mais trabalho. No final de setembro, a natureza impiedosa havia lançado centenas de indigentes nas estradas da Provença, onde eles se arrastavam na mais negra miséria. O povo teve de renunciar ao pão, cujo preço disparou. Em Gardanne, dois padeiros foram atacados, despojados, massacrados. As autoridades despacharam um corpo de soldados que enforcou, nos bosques da vizinhança, cerca de cinqüenta esfomeados. Outros incidentes estouraram. Padres organizaram procissões; mas seu deus não lhes deu ouvido. Muitos miseráveis sobreviviam nos maquis calcinados pelo sol, roendo raízes, sugando musgos mirrados. Encontravam-se nos bosques, limpas com cuidado por pequenos vermes, carcaças de recémnascidos, que as mães matavam ao nascer, sabendo que não atravessariam o inverno, e abandonavam por não ter mais força para enterrá-los. No final do verão, Maximin havia enfim conseguido fazer vir das regiões vizinhas, a altos custos, com parte de suas economias pessoais, alimentos para distribuir nos campos; mas o marquês seu pai, sabendo disso, teve um grande ataque de cólera, e ordenou que seu herdeiro parasse de se ocupar desses projetos frívolos, indignos de um fidalgo. Maximin não cedeu em nada, e o marquês deixou de lhe dirigir a palavra durante meses inteiros; mas, no auge do rigor do inverno, um caso escandaloso se tornou conhecido pelas pessoas de bem e reaproximou pai e filho.

Inspirado pela indiferença soberba do marquês ao infortúnio dos pobres que morriam em massa, impressionado por ver a maior parte dos camponeses reduzida à miséria mais abjeta, o odioso concílio de fazendeiros de Saint-Fonds, cujos fabulosos recursos estavam a partir de então ameaçados, concebera o projeto terrivelmente engenhoso de se cobrar dali em diante pela única mercadoria à disposição: a própria população. De fato, os fazendeiros foram avisados de que em Marselha uma criança de 8 anos, menina ou menino, seria vendida a peso de ouro, mesmo não sendo muito sadia nem bonita. A fome atraíra para a Provença, de toda a Europa, personagens duvidosos e aproveitadores. Alguns chegavam na esperança de explorar os outros, mas para isso precisavam de cúmplices que conhecessem perfeitamente a região. Em alguns dias, o negócio foi montado. Numa fazenda discreta a duas léguas de Aix, uma dezena de pequenas camas foi arrumada. Os próprios fazendeiros passavam nos lugarejos, por todos os caminhos das propriedades, nas fazendas isoladas. A cada família, ofereciam a caridade de recolher uma de suas crianças, assim como a ajuda imediata de uma moeda e, ainda mais preciosos, alguns víveres. Sem dúvida, a fome avilta: os pais cediam os filhos mais bonitos; as mães choravam, mas se submetiam, pensando salvar assim suas crias. Para os fazendeiros de Saint-Fonds, custava pouco alimentar esses pequenos. Quando um desses infelizes estava novamente de pé, davam-lhe banho, catavam seus piolhos e vestiam-no com roupas limpas. Um benfeitor se apresentava ao pegá-lo para seu serviço em sua residência em Marselha. A criança acreditava nesse conto e se lançava com entusiasmo na carruagem fechada que a esperava no pátio. Na estrada para Marselha, o homem encarregado de escoltá-lo procurava um caminho ermo; parava a carruagem e violava a criança, menino ou menina, repetidamente, a menos que o comprador tivesse exigido, por um preço alto, ser o estreante. Na noite do dia seguinte, eles chegavam às portas de Marselha, onde a entrega se efetuava num albergue suspeito, espécie de feitoria povoada de ladrões e sediciosos, onde se podia comprar e vender de tudo. Acontece que um libertino notório, o duque de ***, recebeu uma menina e um menino, que exigira serem virgens; sem poder se conter diante de carnes tão frescas, colocou na cabeça obter no próprio albergue um prazer imediato e, ignorando qualquer prudência, ordenou que lhe preparassem um quarto. Esse senhor tinha a fantasia de apertar o pescoço da vítima enquanto a sodomizava; os relinchos desesperados da criança, seus espasmos de sufocação o faziam mergulhar em delícias prodigiosas, das quais ele se recobrava envergonhado, porém satisfeito. Dera esse tratamento à menina, que havia desmaiado e sangrava sobre o lençol em que fora jogada. Depois de ter respirado sais, avançou para o quarto escuro onde a segunda criança esperava, amarrada e amordaçada, e abriu a porta. O menino tinha desatado as cordas que o prendiam e empurrou violentamente a quina da porta no rosto do libertino, que caiu para trás. Em seguida, quebrou uma gelosia e se lançou ao pátio traseiro do albergue e, de lá, ao caminho pedregoso que levava à estrada principal.

Quando o velho recobrou os sentidos, já era tarde demais. O acaso quis que naquela noite um pelotão de soldados se dirigisse ao albergue, pois eles tinham sido avisados de que lá havia um tráfico de moedas falsas. A criancinha aterrorizada conta seu infortúnio ao oficial da tropa. Por um instante, o albergue fica sitiado. Dois homens da guarda entram com a espada na mão no quarto da infâmia, designado pela criança: um criado se interpõe e é morto. O duque, que havia se recomposto, enfrentou o pelotão e clamou seu ilustre nome, certo de sua impunidade. Os soldados foram buscar o oficial, homem de experiência. Ele sabia quem era o duque de ***, na Provença e na corte. Pediu-lhe então, humildemente, para expor as razões de sua presença naquele lugar, prometendo segredo absoluto. O caso tinha numerosas testemunhas, vítimas, e seria preciso que a justiça fosse feita. O duque entendeu perfeitamente a ameaça velada e fez confissões completas. Em seguida, foi embora do albergue, furioso e aliviado. No dia seguinte, o fornecedor do duque foi preso em sua fazenda de Gardanne. De aparência bruta, era na verdade um frouxo, e bastou o oficial encarregado ameaçá-lo de tortura para que entregasse os nomes dos fazendeiros e todos os detalhes desse comércio infame. O acontecimento rebentou nos olhos de todos como uma tempestade de verão.

Havia em Aix-en-Provence, e notadamente no Parlamento dessa cidade, um forte partido católico que não digeria a conversão dos Saint-Fonds: esses homens farejavam em cada convertido um possível relapso; e, além do mais, essa maldita abjuração os havia impedido de abocanhar as riquezas da família Saint-Fonds, que eram consideráveis. Esses ariscos católicos acreditaram ter com o Caso dos Fazendeiros, como já se dizia, do que desonrar esse nome. Difamar um protestante recentemente convertido e vendedor de crianças, eis o que tentavam essas imaginações beatas e, extraordinariamente, os jesuítas e os jansenistas da cidade se entenderam, com a missão de tirar a reputação do marquês de Saint-Fonds. Eles sabiam muito bem que seria impossível incriminar esse homem; mas sabiam também que bastava que o nome dos Saint-Fonds aparecesse em tal processo;

que o juiz tomasse o cuidado de lembrar incessantemente a quem pertenciam os miseráveis capazes de tal atrocidade; que se mencionassem, sem ar de interesse, as alusões pérfidas às novas idéias vendidas pelo conde de Saint-Fonds, seu filho; que se redigissem, e mandassem afixar à noite, alguns cartazes injuriosos contra esses grandes senhores que toleram em suas terras, autorizam, organizam talvez, tráficos tão vergonhosos. Os piedosos notáveis de Aix-en-Provence sabiam de tudo isso. Eles conheciam o peso dessas pequenas baixezas, já que eram comuns em suas carreiras. Sabiamente orquestrados, esses ruídos foram suficientes para criar esse marulho de esgoto que se chama rumor e que, por pouco que a fome tenha durado, faria de Saint-Fonds, aos olhos do povo, um desumano de outra época, que seria conveniente de se detestar, para se consolar com a morte.

Felizmente, o marquês tinha amigos, mesmo em Aix-en-Provence. Preveniram-no prontamente dessa intriga. Sabendo que o escândalo era público, a prisão de seus outros fazendeiros iminente, mordido em seu orgulho de casta, o marquês reagiu com a dignidade rígida que fazia parte de sua natureza. Um direito de justiça antigo o autorizava a exercer policiamento e justiça sobre toda a extensão de suas terras. Saint-Fonds esclareceu, ele próprio, todo o negócio, precedendo os juízes do Parlamento, que eram integrantes do partido beato. Numa grande sala do castelo, e somente dois dias após o terrível incidente do albergue, os instigadores desses crimes começaram a ser ouvidos. O processo durou três dias, no final dos quais os fazendeiros foram mortos na roda. Seus corpos reduzidos a cinzas foram solenemente dispersos pelos quatro cantos das terras dos Saint-Fonds; por uma clemência insigne do marquês, as famílias dos condenados receberam a autorização de mudar de nome. Mas os juízes do Parlamento, furiosos por se verem contrariados pelo velho, protestaram contra essa justiça de outros tempos; argüindo, não sem razão, que a descoberta do crime ocorrera fora da jurisdição dos Saint-Fonds e que cabia a eles estatuir sobre esse caso. O marquês de Saint-Fonds jogou a seus cães, furiosos de ver a presa escapar, algumas carcaças para roer: foi dada a ordem de que os bens dos criminosos — as casas e os móveis, as terras e o produto do seu comércio infame, que consistia em trinta sacos de moedas de ouro — fossem confiados ao muito-piedoso e muito-sábio presidente do Parlamento de Aix-en-Provence, cabendo a ele reparti-los entre os mais merecedores dos membros dessa majestosa assembléia. O que foi feito, pondo assim um ponto final no assunto.

Afastados os perigos do opróbrio e da desonra, o velho Saint-Fonds, que não vacilara durante todo o processo, se trancou logo no dia seguinte no mais afastado de seus aposentos privados. Esse temperamento inflexível lhe causou um golpe fatal, pois, se salvara seu nome, conhecera, contudo, a humilhação indelével da publicidade e, principalmente nessa trágica ocasião, vira com seus próprios olhos, inclusive em seus pares, o triunfo universal desse espírito de plebeu que tanto execrava, visto que não colocava nada acima do engodo do lucro. O marquês de Saint-Fonds morreu bruscamente no começo do ano seguinte, como um carvalho fulminado. Maximin conduziu dignamente o luto da família, mas se recusou a assumir o título. Seu pai perecera por ser um homem do passado; Maximin sentia que poderia conhecer um destino análogo por ser um homem do futuro. Os novos tempos haviam engendrado legiões de bem-sucedidos, e Maximin via ao seu redor os primogênitos das maiores famílias cortejarem raparigas cujos avós não tinham nem mesmo sapatos, mas cujos pais enriquecidos no comércio de grãos ou na confecção de barricas queriam adotar um nome, por puro orgulho. Os Saint-Fonds eram ricos, mas em terras, em bens móveis e imóveis, à maneira dos tempos antigos; o novo marquês não poderia escapar de uma aliança com algum novo potentado entre os banqueiros e os comerciantes de especiarias. Maximin repugnava tais negociações; e, além do mais, amava muito as pessoas de seu sexo para querer uma vida tão exposta ao olhar do público. Cada vez mais seus esforços em aumentar o produto das terras de seus antepassados se chocavam com a ignorância dos camponeses, que não entendiam que se podia mudar alguma coisa dos hábitos desse mundo, até mesmo na forma de talhar as árvores frutíferas ou de levar as ovelhas para pastar. Por fim, o espetáculo dessa matilha de notáveis cidadãos de Aix pressionando seu pai o emocionara profundamente, reavivando uma lembrança de juventude, sobre a qual me dizia com freqüência ter sido determinante para a formação de sua sensibilidade e filosofia.

Aos 13 anos, Maximin fora levado pelo pai para Avignon. Um processo estava terminando quando eles chegaram à cidade: um jovem sapateiro de Villeneuve tinha sido julgado e condenado à morte. O infeliz se aventurara, numa noite em que bebera demais, a trocar com o vizinho de mesa, na taverna de seu vilarejo, idéias de revolta, que um delator se apressou em contar à polícia. Também encontraram em sua loja um exemplar de um libelo desbocado sobre alguns notáveis da produção. Um juiz novo acabara de ser convocado para essa jurisdição; ele julgou que devia se mostrar severo, a fim de se impor ao povo e agradar aos poderosos. Foi impiedoso: condenou-o à fogueira. Esse sapateiro trabalhava bem e não era pobre; mas as três semanas do processo o arruinaram. Por isso não tinha mais os meios de pagar o carrasco para que o sufocasse no início do suplício. A justiça de Avignon ainda não adotara o uso da camisa de enxofre, que tem o mérito insigne de asfixiar o supliciado nas primeiras chamas. E foi assim que se prepararam, pela primeira vez em dez anos, para queimar um homem vivo, numa bela tarde de primavera. O marquês de Saint-Fonds quis aproveitar a ocasião para completar a educação do filho e lhe inspirar um horror são ao vício que acreditava não encontrar com freqüência nesse rapaz taciturno. Levou-o ao pé da fogueira: vinte braçadas de lenha se amontoavam em torno de uma sólida viga de dois metros de altura. Um homem pequeno, nu até a cintura, era carregado. Maximin, sob o olhar do pai, não ousava desviar os olhos, e olhou tudo, sem ver, calmamente aterrorizado. Os ajudantes do carrasco içaram o artesão, por detrás da fogueira, sobre uma pequena plataforma. Um padre veio ao lado dos Saint-Fonds para exortar o sapateiro, enquanto o atavam solidamente à viga. O homem não se dignou a responder ao padre, e este se retirou. O artesão se pôs a clamar sua inocência, dizendo que não merecia morrer por algumas idéias de bar, e parecia começar um longo discurso; mas o carrasco conhecia a sua obrigação: num instante, inflamou as lenhas revestidas de enxofre habilmente distribuídas na massa da fogueira. A crepitação da madeira começou a cobrir a voz do sapateiro, a fumaça lhe causava graves acessos de tosse. Em seguida, as cordas que o mantinham à viga cederam de repente; o infeliz, surpreso, avançou e tropeçou; conseguiu dar dois passos adiante. Depois, caiu na fornalha.

Perdoamos a barbárie quando ela é metódica. Às vezes, basta uma falta de jeito para torná-la odiosa. A multidão, que se deliciava com o instante precedente ao horror desse espetáculo tão raro, emudeceu depois dessa crueldade terrível. Ora, acontece que, o corpo tendo rolado quase até os pés do público, o carrasco quis reparar seu erro e empurrá-lo de volta com a ponta da lança para o meio da fogueira. Foi possível ver que o homem ainda não estava morto, e ouviram-no soltar um uivo estranho. Para o povo bondoso, era demais: em dois minutos, o grunhido da multidão se transformou em vociferações, pedras voaram em todas as direções, e a cabeça do carrasco terminou na ponta de sua lança, carregada pela muralha. Do corpo do torturador, só sobraram farrapos. O marquês de Saint-Fonds ignorou esse populacho e levou o filho ao abrigo. Como uma hora depois a multidão não havia dispersado nem um pouco, o chefe da guarda colocou à disposição dois canhões carregados de metralha na esplanada da execução e matou trinta pessoas. À noite, os restos do sapateiro foram jogados no rio discretamente. No final do mês seguinte, Avignon ganhou um novo juiz, e um novo carrasco, autorizados a fazer uso da camisa de enxofre, caso necessário. O marquês voltou às suas terras com o filho, encantado com o fato de seu herdeiro ter assistido a toda a cena com a bravura que cabe a um Saint-Fonds. Jamais suspeitou do horror que fora para ele: a versatilidade dos homens, a barbaridade de sua justiça, as potências infinitas do sofrimento humano, tudo isso formara em seu coração um nó indefectível. De volta ao castelo paterno, Maximin quis compreender. Estudou a fundo todos os historiadores e todos os filósofos; mas nenhum arrazoado, nenhuma sabedoria lhe tirou da sua indignação primeira. Viu que a história dos Estados ressoava quase sempre do estrondo das armas; que uma justiça ambígua alimenta com suas penitências públicas os instintos mais baixos desse zoológico abjeto que chamamos de sociedade dos homens. Aprendeu a conhecer esses suplícios inaudíveis que honram a sua inventividade, em todos os cantos do mundo: como no império chinês trincha-se um culpado ainda vivo, a fim de matá-lo o mais lentamente possível; como, na Turquia, castigam-se dignamente as mulheres infiéis, dispondo-as nuas, com alguns gatos, em sacos de pano lançados ao mar; a Europa não estava em falta com esses hábitos, e o sapateiro de Avignon, durante anos, veio povoar seus pesadelos. Ele faz parte dos seres que sentirão sempre, no homem civilizado pelo alimento moralizador da filosofia e da religião, o odor da pólvora escondida, prestes a explodir. Aos 13 anos, e sem entender direito, Maximin de Saint-Fonds havia entrado na confraria secreta daqueles que amam demais os homens para não detestar a Humanidade. Sua fé cristã foi abalada, mas ele continuou deísta: o espetáculo da diversidade dos seres vivos, apresentado em toda parte, levava essa alma generosa a imaginar um Criador benevolente, a quem se recusava dar um nome em particular. Assim era aquele que, aos 30 anos, deveria se tornar o novo marquês de Saint-Fonds e que julgava, não sem razão, ser impossível esse acontecimento.

Maximin fez, então, a felicidade de alguém na Provença. Propôs ao irmão mais novo que se tornasse marquês no seu lugar. O rapaz aceitou a proposta com entusiasmo e foi imediatamente se ajoelhar na capela da família, a fim de agradecer à Providência. No fastidioso conselho familiar que se seguiu, chegou-se à conclusão de que era conveniente que Maximin conservasse o título de conde, na condição expressa de que não aparecesse mais na Provença, e que se retirasse discretamente para o estrangeiro. A família não estava nada irritada por se desfazer desse original; haviam escutado rumores da inclinação persistente de seus hábitos e estavam inquietos com isso; porém temiam ainda mais a libertinagem de seu pensamento. Pois Maximin de Saint-Fonds, durante todos esses anos, não encomendara a seu livreiro de Leiden apenas pesados tratados de botânica ou as melhores monografias de fisiocratas. A biblioteca desse conde esclarecido se estendia sobre duas prateleiras: na primeira, expostos ao olhar de todas as visitas, encontravam-se numa engenhosa desordem manuais ingleses de jardinagem, todos os sábios da Antigüidade e todas as obras publicadas de Voltaire. A segunda abrigava tudo o que a Europa produzira de obsceno, tudo o que o passado nos legara como obras de descrentes e ímpios. A devassidão dos corpos engendrara no conde a devassidão do espírito, e ele mergulhara com contentamento nesses livros de idéias novas que, para evitar a censura, arvoravam a máscara profunda da galanteria. Maximin de Saint-Fonds avisou ao conselho de sua família que tinha escolhido Genebra, e fez os preparativos para a partida.

Agora, essa escolha por Genebra pode assustar e pede uma palavra de explicação. De fato, pode-se perguntar que diabos levaram um deísta tranqüilo, um sodomita fervoroso, fisiocrata amador e pornógrafo esclarecido, a se instalar na virtuosa e cinzenta República de Calvino? Em primeiro lugar, o conde precisava de uma cidade de alguma importância, onde pudesse gozar do prazer de ser esquecido pelos homens. Escolha bastante conveniente: Genebra era, em toda a Europa, para um homem dos costumes de Maximin, o menos acolhedor dos Estados; mas ele concluíra que, sendo impensável que um ser como ele escolhesse essa terra como domicílio, lá estaria, então, bem dissimulado, certamente mais do que em Paris, por exemplo, onde o vício supostamente grego se espalhava por todos os lugares, sobretudo entre os aristocratas que seguiam a moda; e que se encontravam à mercê do tenente-geral da Polícia, que tinha meios de entregar todos os libertinos da capital, e que não deixava de fazê-lo, caso necessário. Mais valia se estabelecer no coração da Europa dos virtuosos. Quando seu traje severo pesasse, Maximin de Saint-Fonds partiria em viagem sob qualquer sábio pretexto; e iria passear em Veneza,

Madri ou Paris, onde sempre encontraria com o que satisfazer seus sentidos. Mas precisava seduzir Genebra. Se a cidade soubesse quem era o homem que lhe pedia hospitalidade, certamente o teria expulsado com horror. Saint-Fonds imaginou o mais simples dos estratagemas: escreveu à República, dizendo que os católicos não o deixavam em paz desde que retomara a verdadeira fé reformada; que pretendia praticar a fé de seus antepassados o mais próximo possível de sua fonte viva. Não parava de evocar o pastor e sua ovelha desgarrada, o filho pródigo, e sua fortuna pessoal. Genebra logo soube que o Senhor de Saint-Fonds podia adquirir uma casa na parte alta da cidade. Ele veio, então, se instalar no número 20 da Grand'Rue, no início do ano de 1706; também adquirira numerosas terras ainda por delimitar e duas propriedades menores, das quais pretendia se ocupar mais de perto: uma situada na entrada de Genebra, própria à criação de animais e ao pasto. A outra, no flanco de uma montanha do Jura francês, em Péron, serviria a seus experimentos de culturas, e justificaria facilmente todas as ausências que o conduziriam a caminho de Paris. Finalmente, sobre o capítulo do comportamento, Maximin de Saint-Fonds decidira se ater ao preceito de Descartes: em terra estrangeira — e para um homem como ele toda terra era estrangeira — convinha adotar os costumes e os usos dos nativos locais. Durante todo o tempo em que viveu em Genebra, esse francês conquistou a admiração dos autóctones, assistindo duas vezes por dia aos ofícios, praticando uma caridade constante, porém discreta; de forma que, quando o conheci, Maximin de Saint-Fonds era para os genebreses um burguês honrável, e nem passava pela sua cabeça a suspeita da menor ignomínia quando ele me escolheu como protegido, aos olhos e ao conhecimento de toda a cidade. Eis tudo o que pude reconstituir da vida do meu benfeitor. Quanto a seus próprios benefícios, direi agora alguma coisa; teria material para me ocupar durante longo tempo! Mas comecemos por nosso encontro.

Na primavera de 1715, Saint-Fonds, que saía pouco, e ainda mais raramente a pé, me notou entre os moleques que usavam suas galochas pela calçada da Grand'Rue. Em cada uma de suas pequenas sociedades, a juventude segue o terrível exemplo dos adultos, e adora atormentar um de seus iguais. Em nosso bairro, o papel da vítima era interpretado por um certo Christophe. Não se sabe muito por que lhe coubera esse destino infame: sua voz de falsete, talvez, qualquer coisa de abatido em seu olhar de criança maltratada, mal alimentada. Christophe era filho de um comerciante de tecidos que, um pouco por desocupação, um pouco por essa raiva que domina os maridos quando têm de tomar conta de um bastardo, batia nele com violência. A pobre criança passava os dias na rua, onde procurava, com uma teimosia terrível, a companhia de seus pares; e recebia de volta uma chuva contínua de pancadas e insultos que suportava com o frouxo estoicismo das crianças não amadas. Nesse dia, ele era o joguete de uma brincadeira ainda mais repugnante do que as de costume: alguns meninos desocupados tinham cuspido na calçada, e comparavam suas obras; convenceram Christophe de que ele ganharia sua amizade se tivesse a coragem de lamber alguns desses cuspes caídos no lixo. Eu observava a cena a alguns passos, horrorizado com essas vulgaridades. Christophe, tremendo, já estava ajoelhado e se inclinava sobre a sujeira, quando não resisti e me atirei, sem refletir, em seu socorro. A surpresa me favorece: a pontapés, deixo dois miseráveis estirados na calçada. Christophe foge tolamente, e fico sozinho diante de seus carrascos. Recebo um golpe violento nas costas. Rolo no chão e levo um verdadeiro corretivo da pequena trupe. Arrasto-me para sair do seu domínio quando num instante ela se espalha ao vento, como um bando de andorinhas. Levanto-me novamente, mas nesse movimento brusco o sangue me sobe ao cérebro e perco a consciência.

Saint-Fonds, que dispersara a grandes bengaladas meus corajosos adversários, me levou para o interior da sua moradia, em frente ao lugar onde havíamos travado batalha. Encontrávamo-nos numa estranha salinha, repleta de objetos cuja natureza eu não era capaz de decifrar. Estava estirado sobre um sofá, com um lenço fresco na testa. Meu salvador elogiou minha valentia cavalheiresca e me perguntou com uma ponta de ironia o que a vítima representava para mim. Confessei ter agido menos por afeição a esse pobre Christophe, que me causava tanta repugnância quanto aos outros, do que por desprezo pela baixeza de seus torturadores. Sem dúvida, a franqueza da minha resposta lhe agradou. Puxou uma cadeira para perto do meu leito, fez mil perguntas sobre a minha família, sobre as minhas ocupações. Falava comigo com a cortesia que normalmente se reserva a seus pares; e a criança que eu era foi sensível a essa atenção, ignorando que Saint-Fonds, como percebi rapidamente, se dirigia a todo mundo com esse tom de igual polidez, sem se preocupar nem com a raça nem com a fortuna. Fez com que eu me levantasse e me mostrou, nas vastas vitrines que ocupavam o ambiente, curiosidades do seu gabinete de antiguidades, espécimes da sua coleção de história natural. Eu não gostava nada de livros, mas era apaixonado por coisas da natureza. Fiz muitas perguntas sobre seu herbário, às quais ele respondeu de bom grado. Um enorme recipiente de vidro onde boiava um cordeiro com duas cabeças me assustou profundamente. Como a noite caía, Saint-Fonds me ofereceu uma colação, e depois me acompanhou à porta, convidando-me a lhe fazer outra visita. Voltei no dia seguinte mesmo, e todos os outros dias.

Saint-Fonds me confiara com freqüência que nos primeiros tempos de nossa convivência ele não pensava em mim com concupiscência. Eu acreditava nele. Eu era o primeiro ser com quem ele se relacionava em Genebra. Ele acreditou encontrar em mim o companheiro que às vezes lhe faltava; sem dúvida, foi essa miragem que o fez transgredir a lei inflexível de suas perversões, pois colocava a vida em perigo naquilo que parecia, de fora, a corrupção do filho de um cidadão genebrês. Aliás, já não sei mais como veio a ter intimidade comigo. Tudo aconteceu naturalmente, parece-me. Saint-Fonds não era a esse respeito nem um bruto, nem um imbecil, e sua sensualidade, que exigia pouco dele, não lhe teria conduzido a forçar carícias, se eu tivesse demonstrado horror a elas. Eu tinha 10 anos, e o fogo do meu temperamento começava a se manifestar. Tinha esquecido então os procedimentos que minha defunta mãe me indicara. Maximin me refrescou obrigatoriamente a memória, e considerei com curiosidade o produto esbranquiçado e pegajoso que eu nunca tinha visto. Ele me explicou sua natureza. Mostrou-me como lhe proporcionar a mesma coisa. Acredito ter visto nisso, de início, apenas um prolongamento natural de nossas sessões em seu gabinete de curiosidades. Com quase um século de distância, dou razão à criança inocente que eu era: não convém dar a tais ações valores morais que elas não comportam; valores falsos, criados pela imaginação mórbida de padres viciosos, que não são nada bons de ser partilhados entre um grande número de pessoas. Essas brincadeiras da minha juventude não me preparavam em nada para a vida; no entanto eu nunca soube recusar o prazer, de onde quer que viesse, e, se preferi a companhia das mulheres, foi por inclinação sentimental. Agora me lembro de uma vez em que Saint-Fonds teve a fantasia de me apresentar o seu traseiro. Considerei suas nádegas enrugadas com pouco apetite; sempre fui, nesse aspecto, um pouco delicado. Os Saint-Fonds têm, tradicionalmente, o traseiro baixo, as nádegas chatas e cabeludas: nada que me atraísse. O excelente conde o percebeu, e não insistiu. Havia pouco em comum entre seu temperamento e o meu: ele teve a nobreza de reconhecê-lo; e continuamos como pai e filho. Consolava-se na ocasião com os pênis de cera polida que ele próprio fabricava; eu lhe emprestava a mão de bom grado, e era maravilhoso constatar a facilidade com que objetos tão consistentes desapareciam nesse nobre fundamento, prova de que a Providência, se não os desejava explicitamente, permitia de todas as maneiras esses jogos anódinos. Muitos anos mais tarde, aprendi que os homens chamavam tudo isso de amores antifísicos. Saint-Fonds me fizera jurar não evocá-los por nada; mas não achou por bem me dizer por quê. Acredito dever a minha mãe e a esse homem o fato de ao longo da vida ter praticado sem pudores os prazeres da alcova, ter conhecido prazeres tão intensos cujo único perigo era que às vezes eu desejava morrer deles.

Ganhei o hábito de bater à porta do número 20 da Grand'Rue todas as tardes. Saint-Fonds levava uma vida regrada, e conquistei nela o meu lugar. Tomava café da manhã bem cedo e, das seis às onze, escrevia cartas para toda a Europa — burgueses, nobres esclarecidos, sábios ou artesãos. Trocavam receitas para eliminar os pulgões de uma roseira, conselhos sobre a melhor maneira de drenar um terreno argiloso ou de adubar com poucos gastos uma terra muito acre. Depois do almoço, por volta de uma da tarde, o conde se retirava para ler na sua biblioteca: sua Bíblia mais bonita repousava ostensivamente num magnífico púlpito.

Maximin trancava a porta à chave e, virando as costas ao seu belo púlpito, afundava num sofá e relia, pela vigésima vez, o *Dicionário* de Pierre Bayle, algum tratado de Fontenelle e milhares de outras obras, até as seis da tarde. Era interrompendo suas tardes de leitura, cinco vezes por semana, das duas às quatro, que Saint-Fonds me dava aulas. Entendera que os livros me intimidavam. Eu dava a impressão de desprezá-los, por medo de não ser digno deles. Começamos por lições de coisas. Aprendia o nome das pedras e suas propriedades, como nomeamos e classificamos as plantas. No segundo ano, apaixonei-me pelos animais; quis entender o mistério dos monstros, pois o cordeiro de duas cabeças continuava sendo objeto da minha fascinação. Saint-Fonds me mostrou negligentemente um exemplar intacto da primeira edição do tratado *Dos monstros e prodígios*, do grande Ambroise Paré, dizendo duvidar de que eu fosse capaz de decifrar a velha linguagem do livro. Eu fingia conhecer nossa língua francesa, do alto dos meus 11 anos, e essa astúcia funcionou admiravelmente com a criança orgulhosa que eu era: quis ler. Saint-Fonds fingiu não perceber meus erros de leitura. Eu agia como se compreendesse a prosa do ilustre cirurgião. Sob esse regime, uma meia hora passou antes que eu desse um grito de misericórdia. Enfim, confessei minha impotência. Ele me interrompeu e disse que continuaria a leitura: eu perguntaria o sentido das palavras que não me eram familiares; por sua vez, meu bom mestre faria um comentário cada vez que achasse necessário. No começo da semana seguinte, uma surpresa me aguardava no gabinete: Saint-Fonds havia construído para mim, com as próprias mãos, uma pequena estante de carvalho, ao lado da sua secretária. Era o primeiro objeto que me pertencia. Ficou decidido que cada livro que eu tivesse começado a ler ficaria exposto ali e que ali permaneceria quando eu tivesse terminado de ler. O Paré reinou sozinho durante longo tempo. Lembro-me ainda da felicidade que me animou o coração, numa tarde escura de inverno, quando chegamos, graças a um Plutarco bem espesso, ao final da minha primeira prateleira.

Depois das aulas, o conde chamava seu velho criado Théodore, que o acompanhara da Provença em seu exílio, e fazíamos uma colação consistente, ainda conversando. Às sete, eu retornava à residência paterna. As famílias são odiosos teatrinhos, Jean-Jacques. Os soberanos desses reinos quiméricos, que são nossos pais, têm o terrível capricho de nos fazer representar a pantomima: eu era o moleque ocioso e pervertido; você tinha tomado meu antigo papel. Eu gostava de você, mas via com cólera essa máscara de criança modelo penetrar em sua pele, porque você nunca a abandonava. Dava-me carinho, acredito. Precipitava-se sobre mim quando eu entrava em casa; mas em parte porque essa demonstração se efetuava sob os olhos ternos de nosso pai. Eu me aborrecia, rejeitava-o às vezes: nosso pai gritava enfurecidamente diante de tanta ingratidão. Afastamo-nos assim, sem grandes rumores. Apenas me tornei mais assíduo aos estudos.

Meu aprendizado na casa de Saint-Fonds durou três anos. Partíamos sempre da experiência, e o conde, que se divertia com esse papel de preceptor como uma criança, era ótimo em dar às coisas um ar de desenvoltura encantadora. Um dia, nosso pai teve uma terrível dor de dentes. Fiquei extremamente ansioso de ver esse homem tão duro se torcendo de dor, durante horas seguidas, e relatei o fato a Saint-Fonds. Ele aproveitou a ocasião para me mostrar essa parte da máquina humana. Primeiramente, fez-me beber uma água quente, depois gelada. Meus jovens dentes não foram insensíveis a esse tratamento, e consultamos as tábuas de um tratado de medicina em que se viam, delicadamente desenhados, os nervos de nossos dentes. Em seguida, interrogou-me sobre as preferências alimentares de meu pai. Isaac Rousseau sempre tivera loucura por açúcar, e sua estada em Constantinopla apenas piorara esse vício. Saint-Fonds não se mostrou assustado: as nações que abusam dos doces têm a dentição mais pavorosa; as que os ignoram têm os dentes saudáveis. Os sábios mais audaciosos recomendavam que se limpasse a dentição. Algum tempo depois, recebi um estojo de toalete de marfim, presente de Maximin, e tomei o hábito de usá-lo todos os dias, o que sempre fiz bem. Dos cuidados com a boca, passamos aos diferentes regimes alimentares, considerando quais órgãos estimulavam, quais corriam o risco de enfraquecer. A dietética logo deixou de ter segredos para mim: devo-lhe uma saúde prolongada e o fato de, após os 60, parecer sempre vinte anos mais novo. Assim, cada estação me trazia seu lote de novos conhecimentos, úteis e sólidos. Vivia melhor, obrigava-me a pensar de forma direita, sentia tudo mais finamente. O que mais poderia querer? No entanto observava que tudo isso vinha com uma melancolia crescente: à medida que meu espírito se desenvolvia, eu me desligava cada vez mais das superstições, das crenças grosseiras e dos falsos ídolos que os homens inventam por medo do único mundo, que é este daqui. Quanto a você, ó, meu único irmão, fazia a marionete em seu teatrinho genebrês. Isaac e você compunham quadros tocantes: você chorava quando ele se lançava em seu pescoço, dizendo que se parecia com sua pobre mãe falecida; em seu ateliê, lia para ele velhos romances imbecis. Os melhores livros o corrompiam: você tomava as poses antigas que encontrara num Plutarco. No final, uma melancolia me arrebatou, e compreendi que estava sozinho.

O verão se aproximava. Saint-Fonds deveria partir, como todos os anos, para a quinta que possuía na França, na saída da cidade de Péron, a um dia a cavalo de Genebra. Nessa ocasião, apresentou-se no escritório de meu pai e pediu o favor da minha companhia. Isaac Rousseau, encantado com a idéia de se ver livre de mim, deu sua bênção. Partimos por volta do final de junho de 1719. A Charmille era uma fazenda modesta: um contramestre permanecia na habitação, e era suficiente à tarefa, auxiliado por diaristas quando a ocasião pedia. Também havia na Charmille, para se ocupar das vacas, uma rapariga chamada Denise, camponesa cheia de juventude, que não tinha nem 16 anos e tomava o conde por um santo, porque a recebera na fazenda sem tentar violá-la. Denise crescera não muito distante de lá, em Ferney, e mal conhecera o pai; mais tarde, sua mãe perdera a lucidez de camponesa, enamorando-se de um gatuno, nativo de Lille, que tentava se retirar dos negócios antes que a justiça dos homens o enviasse ao outro mundo. O fugitivo chegara a Ferney, pensando que a Suíça vizinha lhe ofereceria um asilo contra a polícia de seu país; lá, ficara deslumbrado com a relativa opulência de alguns criadores hábeis que vendiam peças de gado a preço de ouro, duas vezes por ano, aos genebreses. O belo cidadão de Lille se pôs então a cortejar a única viúva da cidade, vinte anos mais velha, e ficaria muito contente ao se casar com ela, no final do inverno de 1715. Chegada a primavera, o marido esperto reparou que Denise era núbil, e acreditou-se autorizado a gozar de seus frescos favores. Denise resistiu, pediu ajuda, fazendo com que o tratante não tivesse outra escolha senão a de rasgar a própria camisa e acusar a infeliz de lhe ter proposto esse incesto abominável. A mãe de Denise conhecia a probidade da filha, mas estava cega pelo marido. Permaneceu surda aos apelos do coração e, escutando apenas seu sexo, fingiu acreditar no marido e deu à filha um pequeno pecúlio e a ordem formal de deixar Ferney. Denise obedeceu, chorando.

Em setembro, havia em Chambéry uma feira de gado recém-inaugurada. Foi lá que Denise encontrou o conde de Saint-Fonds, felizmente, antes de cair nas garras de um rústico que teria terminado, nos fundos do pátio lamacento de um cabaré, o que o marido da mãe quisera começar. Saint-Fonds conversara com essa moça que servia em sua hospedagem. Contratara-a e, a feira finda, levara-a para a sua terra de Péron. Denise agradou ao austero contramestre que administrava a Charmille; esse excelente homem acreditava na danação eterna da espécie humana e se mostrava, desde então, com cada um dos representantes dessa corja maldita, de uma notável tolerância e de uma cortesia incomum. Saint-Fonds lhe confiou Denise, que se entendia com as vacas. Em menos de um ano, ela embelezara e prosperara, dirigindo o gado de seu patrão, que contava uma dezena de cabeças. Os rapazes da vizinhança a cortejavam assiduamente, acreditando que ela era amante do genebrês, e sonhando com o dote que ele poderia oferecer. Denise tinha sentimentos e não se deu a nenhum deles. Assim era a bela criatura, amável e terna, que vi avançar no pátio da Charmille, em 21 de junho de 1719. Fiquei deslumbrado. Ela tinha o frescor da juventude, esse ar desprendido que afeta os cidadãos em visita ao campo: fiquei muito contente por Denise também gostar de mim. As criadas genebresas com quem pude me iniciar me repeliam, pois não tinham delicadeza. Eu era virgem nesse assunto e, se conhecia da luxúria os personagens mais refinados, por ter explorado a segunda prateleira da biblioteca do meu mestre, em relação ao sentimento e à prática do sexo oposto era um ignorante completo. A falta de jeito com que lhe falei, a forma como a olhava, boquiaberto, em suma, todos esses descuidos que teriam repelido outra rapariga, dispuseram Denise a meu favor. Havíamos chegado ao crepúsculo. A noite veio logo. Foi preciso pensar em dormir. Denise me mostrou o caminho. Estávamos alojados em dois quartos contíguos; para dizer a verdade, dois colchões jogados no feno da granja, em cima do estábulo, onde era preciso subir com a claridade da lua. Acreditará alguém em mim? Quando Denise reclamou do frio e me perguntou se eu consentiria em aproximar nossas cobertas para nos manter aquecidos, achei que fosse friorenta e me espantei, já que usufruíamos do calor almiscarado que subia do estábulo. Estávamos de camisa. Empurrei meu colchão contra o seu e lhe virei as costas. Ela veio se colar atrás de mim, e senti sua respiração fazendo cócegas em meu pescoço. Virei-me, enfim. Enlaçamo-nos como se sempre o tivéssemos feito. O resto, pode-se adivinhar. Eu nunca tinha pensado de verdade sobre a diferença dos sexos; ela me apareceu num lindo luar, e achei-a admirável.

Na manhã seguinte, Saint-Fonds precisou subir pela pequena escada para me tirar do sono profundo em que me deixara a minha doce amante. Ela se levantara antes do alvorecer, como de costume, e seu pudor não tinha ousado me acordar. Saint-Fonds contemplava com enternecimento os dois colchões unidos. Entendi que esperara em segredo essa conjunção de seus dois protegidos queridos. Lancei-me a seus joelhos num impulso de reconhecimento e beijei sua mão, chorando. Ele começou a rir, para não chorar, e pediu que eu levantasse, dizendo que também devia aprender em Péron os rudimentos da criação bovina. E que Denise tinha como instrução fazer de mim um honesto vaqueiro, durante a minha estada. Desci ao estábulo para reencontrar a minha preceptora. Saint-Fonds foi passear o dia inteiro, e só o vimos no jantar, que ele presidiu fazendo inúmeras perguntas sobre meus progressos do dia; mas notei nele um ar de tristeza. Será que se arrependia da nossa intimidade passada? Com freqüência, pensei que sim. Uma espécie de veia paterna havia surgido, e ele acabou por se conformar com ela.

Denise me ensinou os princípios da sua profissão: quais os cuidados que se devem tomar com os animais no repouso do estábulo, como levá-los para pastar, escová-los, vigiar o surgimento de carrapatos; mas também a arte de ordenhar sem levar alguns golpes mordazes; a de fabricar os queijos e apurá-los. O dia voava. Denise e eu tínhamos as noites livres, enquanto Saint-Fonds se retirava para o quarto para corrigir seus escritos, meditar sobre a compra de uma nova ferramenta. Subíamos exaustos para o nosso ninho em cima do estábulo. Denise jogava por cima da cabeça saias e roupas de baixo, e ficava de pé, nua e arrepiada, sob a luz azulada do luar, e eu a contemplava com uma felicidade extrema. Às vezes ela dizia, rindo, que tinha puxado a seus animais: suas formas eram opulentas. Ela vinha por cima de mim, eu a puxava contra o meu corpo, rolávamos um sobre o outro. Não cansava de acariciar seus flancos potentes, suas coxas enormes e brancas. Ela ria do meu entusiasmo, depois se deixava excitar pelas minhas carícias e terminava introduzido alegremente o meu membro entre as suas coxas. A cada noite, exercitava-me na função de amante, que sempre me pareceu a mais doce das servidões. Em especial uma região da anatomia feminina, que era nova para mim, provocava a minha admiração, e eu a manejava com precauções fervorosas. Denise me fez entender que não era proibido aproximar meu rosto, e certa noite encontrei-me face a face com um adorável botão de carne, coberto por uma pelezinha desatada, que logo me inspirou uma reverência que perduraria tanto quanto a minha vida. Obedeci às discretas instruções da minha amante, às inspirações da minha fantasia, e utilizei a língua e os dedos da melhor forma que pude. Um suspiro mais forte do que os outros me fez conhecer que a sorte sorri ao neófito, suprindo a sua inexperiência. Levantei-me lambuzado do seu gozo e bastante decidido a renovar imediatamente o exercício, já que não me saíra tão mal assim. Aprendi com a minha companheira que às vezes era preciso deixar repousar esse frágil utensílio; e que, à imagem de nosso pênis, ele tinha intermitências cujas sutis estações convinha respeitar. Em seguida, Denise adormeceu em meus braços, e não ousei me mexer; sonhei durante muito tempo com as maravilhas da máquina humana.

O dia seguinte era um domingo. Corri para encontrar o conde, que tomava um chocolate em seu quarto. Relatei-lhe a minha descoberta. Ele não soube me esclarecer nada, como era de se esperar, sobre esse pequeno apêndice; pôde apenas me ensinar que ele tinha sido batizado com um nome que significa pequena chave, pois parecia ser o local onde jazia a chave do prazer dessas mulheres; mas prometeu mandar vir de Genebra algo para satisfazer a minha curiosidade. Assim o fez, e quinze dias mais tarde eu me saciava com os mais belos atlas do corpo humano que as faculdades de Bolonha, Montpellier e de outros lugares haviam produzido; assim como os melhores tratados do físico feminino. Precisei me render à evidência: o clitóris não tinha atraído nem um pouco a atenção da ciência médica. Os melhores sábios não falavam dele; e vim a preferir os melhores aos medíocres, pois estes se excediam em besteiras sobre o assunto. Alguns davam razão àqueles povos mais sábios que cortam essa excrescência diabólica, responsável pelos furores uterinos das desavergonhadas mais indomáveis; outros pretendiam que se tratava de uma espécie de pênis que, pendendo do útero das fêmeas, lembrava a superioridade dos machos; outros sustentavam enfim que a lascívia da matriz escancarada das mulheres bastava para explicar por que haviam cedido ao Maligno, e que um bom cristão não devia excitar as partes da criatura que não eram destinadas à procriação. Tais ingenuidades me esquentaram tanto a cabeça que decidi imediatamente recusar esses metafísicos tão mesquinhos. Não contei esse projeto a Saint-Fonds, pois queria lhe fazer a surpresa da minha metafísica. Depois de ter revirado no meu espírito o mistério do clitóris, depois de ter descartado todas as justificativas absurdas da sua existência e todas as triviais condenações morais desse pobre órgão, tive, enfim, uma iluminação. O clitóris me apareceu como a prova irrefutável da inexistência de Deus. Essa idéia interessante me viera numa noite em que o luar iluminava minha adorável e monumental amante: a graça sublime de seu corpo, a descarga tempestuosa que lhe havia deixado prostrada, seus risos de contentamento, meu próprio prazer, a doçura de seu pescoço onde eu enterrava a cabeça, tudo isso me pareceu perfeitamente resumido por esse pequeno botão de carne rosada, essencial e inútil como a própria vida. Que uma ínfima parte do corpo feminino emanasse tanto prazer era, propriamente falando, o verdadeiro milagre da natureza. Acreditar num deus, quando o mundo nos oferecia Denises, era uma impertinência daqueles que a vida dotara injustamente de um temperamento bilioso, dos infelizes que conheciam a miséria aqui embaixo, sem falar dos poderosos que havia muito tinham compreendido como a superstição lhes podia ser útil. Tal era em substância o belo sistema filosófico que à venerável idade dos 14 anos lancei em segredo no papel.

Passadas algumas semanas, encantado comigo mesmo e o meu sistema, dei a Saint-Fonds uma bela cópia da minha filosofia primeira. Ele a leu imediatamente, e não me lembro de tê-lo visto rir tanto. Zanguei-me. Ele riu ainda mais. Fora de mim, intimei-o a justificar a sua hilaridade: que ele soubesse, algum autor já tinha ligado de forma tão magistral a apologia do clitóris e a defesa do ateísmo? Ele respondeu que, para dizer a verdade, eu dava ao tema uma nova voz, que ninguém havia me precedido. Não entendi a zombaria, e talvez tivesse levantado a mão contra esse excelente homem se, voltando ao sério sorriso que o deixava apenas raramente, ele não tivesse percebido que eu não estava brincando, e não tivesse se disposto a me fazer entender pacientemente que meu sistema, talvez sedutor, era um pouco limitado. Por fim, encontrou uma maneira de me felicitar: dizendo que, se eu não tinha a cabeça filosófica, meu tratado manifestava claramente a minha individualidade; que estava nela, segundo ele, o que convinha reter. Permaneci sob o golpe da vexação, e reclamei com um tom irritado uma refutação em prol da minha filosofia. Ele não se fez de rogado e a executou num instante, divertindo-se em demonstrar que esse mesmo clitóris, que eu transformara na chave-mestre do edifício do meu pensamento, creditava a tese da existência de um arquiteto divino. Pois se o Criador, em sua sabedoria infinita, concebera o útero como a sede da punição da mulher destinada às dores do parto; se concebera o pênis como o sinal indiscutível da autoridade do macho sobre a passividade da fêmea; era preciso, então, manter o clitóris como uma consolação acordada aos humanos salvos pelo Nosso Senhor Jesus Cristo, e como o meio de saborear antes do dia do Julgamento as felicidades verdadeiramente extraterrenas. Deixei meu mestre, bastante desconcertado. Fui mesquinho a ponto de não lhe dirigir a palavra na semana seguinte; em seguida, esqueci tudo isso, e nunca mais me aventurei a fazer filosofia. No entanto, um dia, foi preciso deixar Charmille, essa vida laboriosa e fecunda, as delícias do amor compartilhado! Não é difícil adivinhar que meu adeus a Denise foi entrecortado de lágrimas e suspiros. O conde me prometeu que voltaríamos para a festa de São Merdardo. Retornei triste para Genebra, em setembro, sob um céu já outonal; tudo que me esperava era uma longa paciência. Teria recusado recolocar os pés nessa terra, se soubesse das infelicidades que nos aguardavam.

Assim que nos revimos, choramos de alegria, Jean-Jacques. Nosso pai ficou bastante decepcionado; esperava que eu nunca descesse dos montes do Jura, e que tivesse se livrado de mim para sempre. Indignado, intimou-me na mesma noite a escolher um ofício. A proteção de Saint-Fonds me deixara mal acostumado a esse respeito: havia muito tempo, eu não pensava mais na minha posição nessa sociedade em que me encontrava isolado dos meus pares e, de repente, a mão dessa sociedade se abateu brutalmente sobre meus ombros. Respondi em voz alta que jamais pensara sobre isso e achava que ele não podia me consultar sobre esse tema, visto que cabia aos cidadãos de Genebra escolher um ofício para os filhos, e que esses filhos não tinham de se exprimir sobre o assunto. Essa resposta demasiadamente orgulhosa não agradou Isaac Rousseau. Ele levantou a mão para mim, e você se levantou para contê-lo. Eu era um ingrato, um filho desnaturado. Greuze não teria renegado o quadro que formávamos. Precipitei-me sem uma palavra para fora da casa paterna e desapareci na noite.

No dia seguinte mesmo, estava de volta à Grand'Rue. Saint-Fonds me escutou primeiramente, sem me aprovar nem me condenar, o que me desconcertou um pouco. No final, cansei-me de minhas próprias lamentações. Saint-Fonds disse, então, que eu não era, sem dúvida, homem de recusar um ofício sem ter deliberado maduramente sobre aquele que eu escolheria. Tremi com essas palavras. O conde propôs que examinássemos, juntos, as carreiras que se ofereciam para mim. Em primeiro lugar, evocou, não sem malícia, a de sacerdócio, falou da faculdade de teologia, benefícios, vida regular, e prometeu comprar-me algum cargo. Protestei. Isso significava, então, que eu queria ser criado? Respondi que preferia morrer a servir. O comércio, talvez? Novos gritos da minha parte. Aqui, o conde se calou. Examino-me: percebo que nem por um momento considerei o conteúdo da proposição paterna. Levanto os olhos na direção de Saint-Fonds, e entendemo-nos sem uma palavra. Ele me mostra como relojoeiro é um ofício agradável, de bom relacionamento; que posso exercê-lo à minha maneira em toda a Europa, até mesmo no Novo Mundo, caso tenha vontade. Resumindo, volto no mesmo dia ao pequeno teatro da família Rousseau, decidido a representar meu papel, e obedecer à injunção paterna. Não sem contrariedade, pois vejo tristemente se distanciar, talvez para sempre, as doces carícias da minha Denise. Voltei à casa do meu pai, lancei-me aos seus joelhos e implorei seu perdão; você chorou novamente como um bezerro, meu pobre Jean-Jacques, fazendo Isaac chorar. Aceitei começar a aprendizagem. As leis de Genebra, que estatuíam sobre tudo, impunham aos artesãos engajar os aprendizes no início de cada ano; e meu pai me mostrou que seria impossível encontrar, nos meses que restavam, um artesão que consentisse em me tomar sob a sua tutela. Eu ganhara um ano. Apressei-me em pedir licença; profundamente aliviado com a minha mudança, nosso pai me concedeu descanso sem hesitar. Pediu apenas a minha palavra de honra de que retornaria a Genebra, e pronto a obedecer, o mais tardar no último dia do mês de setembro, para que pudesse me apresentar ao meu futuro mestre. Concordei. Depois retornei, apesar da hora bem adiantada, à casa de Saint-Fonds, que me aguardava, deitado e lendo, para me felicitar. Ordenou-me a partir para Péron no mesmo instante e mandou selarem para mim a sua melhor mula.

Denise não me esperava. Desfaleceu de alegria. O contramestre lhe deu o dia de folga, e carreguei-a tremendo, até nossa cama de amor, onde me ocupei em lhe provar que não era uma aparição. Nossos passatempos eram entrecortados de lágrimas, pois Denise tivera da mãe notícias que mudariam o curso da sua vida. Seu marido morrera numa queda, saindo de um cabaré (alguns diziam que era de um lugar ainda pior), em Lyon. Parecia que dessa vez sua mãe estava decidida pela viuvez, mas não pela solidão. Lembrara-se de que tinha uma filha e procurara por ela em toda a região; um vendedor de cavalos de Chambéry, com quem cruzara em Coppet e que conhecia Saint-Fonds, colocara-a no caminho, e Denise encarava agora a idéia de voltar à sua terra de nascimento, onde a prosperidade da fazenda familiar lhe permitiria um belo casamento. A excelente moça chorava ao me dizer isso. Exortei-a a não se prender à nossa separação futura; disse-lhe que eu também precisaria iniciar um ofício. E passamos os meses mais bonitos da minha vida. Denise, eternamente grata a Saint-Fonds, não queria que ele dissesse que ela abusara de suas bondades; de forma que nunca, na memória dos habitantes do Jura, nenhum rebanho de vacas foi cuidado com tanto zelo e amor quanto o do conde. Quanto a mim, passava o dia a escumar as prateleiras obstruídas da biblioteca de Saint-Fonds, sem o menor discernimento. Queria apenas poder lhe anunciar, no meu retorno, os trabalhos hercúleos que concluíra. Assim, não fazíamos nada além de trabalhar e amar. Espíritos delicados me acharão grosseiro: digo que essa mediocridade foi o melhor que fiz na minha vida. Mais tarde, conheci o luxo em Paris; desfrutei dele com freqüência, quase nunca o desprezei; mas esses dias na minha granja me bastavam; e ainda me bastariam, se um bom gênio propusesse amanhã arrancá-los do vazio do passado. Quanto à minha querida Denise, nunca mais a revi; que tenha conhecido a felicidade com o seu casamento em Ferney!

Aquele ano devia terminar, como os outros. E terminou. Dissemos adeus para sempre, e renuncio a descrever essa cena. Parti em 28 de setembro, pois não queria faltar com a minha palavra. Aproximava-me das portas de Genebra na tarde do dia 30, quando, levantando os olhos para os Alpes, vi uma terrível tempestade avançar em nossa direção, devorar a cidade com suas nuvens, inundar a estrada principal. Em alguns instantes, a tempestade estava sobre nós: a pobre mula de Saint-Fonds, que acabara de passar três meses no pasto nos prados da Charmille, que são como o paraíso terrestre das mulas, recebeu muito mal essas intempéries, jogou-me num fosso e desapareceu no bosque vizinho. Perdi cerca de uma hora percorrendo a vegetação, sem sucesso, quando me lembrei de que em Genebra os guardas tinham a missão de fechar as portas da cidade ao cair da noite, e até a manhã seguinte. Ponho-me a correr, encharcado e açoitado pela tempestade. Alcanço a porta sul da cidade. Os guardas me avistam, mas para o meu azar um deles me reconhece. Sou um desses saltimbancos que outrora, e durante anos, fizeram brincadeiras ferozes com eles. Eles ficam contentes em fechar a porta na minha cara, e me desprezam em demasia. Reajo, injuriando-lhes copiosamente. Felizmente, como todos os moleques da República de Genebra, conheço uma passagem proibida: escorrego-me no fosso e percorro os muros em direção ao oeste, alcanço uma porta baixa que o tempo corroeu: deslizo entre duas grades soltas. Entro numa guarita abandonada; desemboco num terraço; passo por cima de um murinho e salto para a rua.

Subestimei a fineza dos meus adversários. Eles estão lá, furiosos com as minhas injúrias, encantados com a possibilidade de me punir. Debato-me em vão; enchem-me de golpes, atam-me as pernas e os braços e arrastam-me para o calabouço da guarda que, servindo apenas para encarar três vezes por ano um bêbado de passagem, fede a urina rançosa e a vinho vomitado. Supliquei em vão, eles permaneceram inflexíveis, e passei a noite lá. De manhã cedo, e em troca do conteúdo da minha bolsa, o facínora mais pérfido do grupo aceita a missão de avisar sobre o ocorrido a meu pai, que conhece a humilhação de atravessar a cidade ao lado de um sargento da guarda. Volto ao seu lado, sem ousar pronunciar nenhuma palavra. Isaac Rousseau se diz cansado dos meus excessos; faltei com a minha palavra. Ele não duvida, aliás, que eu possa criar alguma excelente explicação para esse acontecimento, mas dessa vez recusa-se a escutar os meus motivos. Sou um renegado sem honra; ele maldiz o dia do meu nascimento; invoca minha mãe morta e todos os santos do paraíso. Esse tom de tragédia me faz rir, apesar de tudo, e para a minha infelicidade Isaac percebe. Mudamos logo de destinação: ele deseja consultar seu antigo cunhado, nosso tio do lado materno. Eu tremia com a idéia do conselho familiar que se esboçava. Esse tio Bernard, de apenas 45 anos, era um velho gasto, que não servia para muita coisa; na verdade, nunca servira; e acreditava-se, por isso, feito para resolver tudo. Mas o fazia com tanta autoridade, e com esse aprumo dos imbecis que tanto se assemelha à inteligência, que na casa dos Rousseau havia o hábito de interrogar esse antigo soldado nos momentos difíceis. Recebeu-nos solenemente e comprou com convicção a indignação paterna. O tio tinha a confiança do administrador da casa de correção da nossa boa cidade, estabelecimento que causava admiração em toda a Europa reformada, e no qual os próprios católicos diziam se inspirar. Esse administrador tinha se acostumado a ajudar a consertar a desordem das famílias; dizia também que onde há fumaça há fogo, e tomou a cólera do meu pai como dinheiro certo. Dessa forma, encontrei-me, por um pecadilho e sem a sombra de um processo, condenado a um ano de casa de correção, sob a acusação de dissipação; termo vago e cômodo que pune a pessoa sem manchar o nome de uma família conhecida e honrada. Levaram-me na mesma noite.

Na rua da Misericórdia, uma fachada de basalto quase cega, monacal: era a casa de correção de Genebra, que chamávamos de o Hospital; num pátio estreito, celas individuais (pois não se queria o estímulo ao vício que produzem os dormitórios de pensionato), mas sem porta, para que os vigilantes pudessem exercer incessantemente seu magistério; as janelas eram uma espécie de seteiras, para que a visão constante do céu inspirasse pensamentos sublimes e idéias de arrependimento. Cinqüenta pensionistas dividiam uma alimentação admiravelmente infecta, bastante diferente dos laticínios do meu Jura. Uma dezena de tutores, escolhidos por sua probidade escrupulosa, compartilhava a nossa vida; passavam-nos alguns conhecimentos elementares que fingi descobrir sob a sua palmatória, como meus companheiros de infortúnio, para não chamar a sua atenção. Eram homens admiráveis de devoção ativa, sinceramente convencidos de que uma redenção era possível para cada miserável da Terra, e da idéia de que seu Deus gostava que eles se consagrassem, com uma paciência sempre renovada, a essa tarefa infinita. Vi exercer-se entre os muros dessa casa a forma superior da caridade, aquela que se faz sem a menor preocupação de retorno — e que é provavelmente fruto, por mais que isso desagrade aos turiferários da humildade, de um orgulho ainda maior do que o comum. Seus esforços heróicos eram inúteis em nove a cada dez vezes; mas, generosamente, lembravam-se apenas do décimo caso. Às ordens desses homens, havia cerca de trinta vigilantes, em sua maioria ignaros e mal lavados, que formavam um terrível contraste com nossos devotos preceptores. Contraste perigoso, pois os segundos eram demasiadamente ingênuos para imaginar as torpezas dos primeiros, que nos ameaçavam com os piores maus-tratos caso nos atrevêssemos a pensar em buscar proteção perante nossos mestres. Esses brutos tinham encontrado seu paraíso no Hospital. Suas infâmias eram variadas: alguns se contentavam em ter prazer atormentando os mais jovens, com trotes ou punições absurdas; outros os estupravam. Desde a primeira noite, o vigilante geral, bravo chefe dessa trupe, veio me acordar e se sentar na minha cama. Fedia a suor velho.

Examinou meu rosto em primeiro lugar, aproximando sua lanterna fraca. Eu estava nu por debaixo do pijama áspero que o Hospital fornecia: ele verificou cuidadosamente se tinham me lavado e raspado para eliminar qualquer verme. Tinha a voz doce, as maneiras untuosas. Primeiramente, recomendou-me colocar, durante as horas de sono, as mãos por cima do lençol, a fim de que não pudessem cair na tentação de atentados irreparáveis: assim ele se exprimia; o estilo desse homem e de seus esbirros, como percebi rapidamente, era um composto de proposições de nossos mestres, extorquidas no refeitório, da prosa mercenária de brochuras santas vendidas pelos ambulantes, que por economia encontrávamos despedaçadas nas latrinas; e de suas obscenas fantasias. Depois dessa primeira exortação ao bem, o vigilante geral me fez inúmeras perguntas. Eu deliberava enquanto ele falava: daria um pontapé em seu baixo-ventre? Procuraria me desfazer dele de maneira mais sutil? Quis saber quem eu era, e sobretudo quais as atitudes infelizes que haviam me levado para lá. Não quis decepcioná-lo e, de improviso, evoquei com uma voz hesitante a luxúria. Ele logo me pressionou para entrar nos menores detalhes, a fim de conhecer a extensão do mal para que pudéssemos, juntos, empreendendo o longo e tortuoso caminho da humilhação, encontrar a gloriosa cidadela da graça; entretanto passava sua mão sobre uma das minhas coxas enquanto dizia essas palavras, com a respiração curta. Inventei devassidões capazes de abalar o libertino mais calejado; minha mão tinha deslizado sobre seus calções, onde encontrei um instrumento majestoso, mas ainda meio murcho: dupliquei as carícias e as obscenidades. Um suspiro mais forte que os outros logo me mostrou que o prazer do vigilante geral tinha chegado, naquela noite, ao fim de sua carreira. Ele pegou seu lenço e enxugou o membro, o ar um pouco desconcertado. De volta ao estado flácido, o pobre-diabo não escondeu estar assustado pelo fato de um ser tão jovem ter se deleitado em abjeções tão pestilentas. Parecia temer que minha cabeça atormentada tivesse engendrado tais quimeras. Retornou à sua cama, localizada numa espécie de vestíbulo, no andar dos grandes, onde eu dormia. E nunca mais recebi sua visita noturna; mais tarde, fiquei sabendo que ele tinha se voltado, nas noites seguintes, para seu pequeno favorito, quase uma criança, espécie de idiota gordo e branco que ele sodomizava todas as noites, pois saboreava com gosto as suas lágrimas. Minha defesa audaciosa tivera êxito.

Os pensionistas formavam um grupo bastante heterogêneo, cujas idades variavam entre 12 e 24 anos. Os seis primeiros dias decorreram sem que eu fosse autorizado a falar com eles, já que o hábito no Hospital era de isolar o calouro, a fim de levá-lo mais rapidamente à completa resipiscência. Nessa candura produzida pela solidão, de início imaginei esses prisioneiros como espíritos livres e indomáveis, e alegrei-me com a idéia de encontrá-los em pouco tempo. Rapidamente, desencantei-me. A maioria era de uma imbecilidade abissal; não era de estranhar, pelas suas conversas, que estivessem lá (as prisões são povoadas de idiotas e atordoados; os sagazes não atravessam as suas portas). Eu tinha imaginado pessoas originais; ora, a maioria desses seres tinha sido levada ao crime pela miséria, sem uma vontade específica, como os galhos carregados por uma correnteza; um pequeno número era de rapazes honestos, que um pai morto, uma colheita catastrófica, uma desavença familiar haviam jogado na estrada, longe de seus vilarejos; enfim, apenas uma minoria ínfima tinha verdadeiras, ativas e completas disposições ao vício: e eram os mais restritos. Foi no Hospital de Genebra que perdi toda a minha admiração por esses moleques que, na minha primeira juventude, tinham me fascinado. Terminei por me apiedar deles; pois essa escória da humanidade formava um espetáculo infinitamente triste. Todos têm, em suas vidas, momentos vãos: esses doze meses simplesmente passaram, mornos e tranqüilos. Fui autorizado a enviar cartas, mas não usufruía desse direito, certo de que qualquer coisa que eu escrevesse a Saint-Fonds poderia ser lida. Perto do final da minha estada, divertindo-me em macaquear o estilo florido do vigilante geral, escrevi uma carta em que prometia me conduzir melhor no futuro. Fizeram uma cópia a meu tio e a meu pai. Em setembro de 1721, saí do Hospital, nem mais nem menos dissipado do que quando entrara. Corri para a Grand'Rue para encontrar meu mentor e desfaleci diante da porta da sua casa, ao encontrá-la drapejada de preto. Maximin de Saint-Fonds havia morrido. Théodore me achou nos degraus da casa ao regressar, depois de ter encomendado o caixão do seu patrão.

Eu tinha 16 anos e fiquei espantado em saber que os homens morriam: imaginei que meu mestre zombaria da minha ingenuidade, e obriguei-me a ser razoável. Mas então pensei novamente em minha mãe, que morrera nove anos antes; e pela primeira vez chorei, por ela e por ele. Interroguei Théodore, que parecia desde então uma sombra corroída pela dor, sobre essa morte que me deixava quase órfão. Os cânceres eram na casa dos Saint-Fonds uma sólida tradição familiar. A doença do conde se alimentara, de alguma maneira, da sua juventude e do seu vigor conservados, e lhe abatera em alguns meses. Ele morrera dois dias antes de eu sair do Hospital. Felizmente, tivera tempo de se confessar, de tomar todas as disposições requeridas pelo seu temperamento escrupuloso e por sua posição na sociedade. Pediu que o levassem à biblioteca. Théodore ficou encarregado, durante dias, de pegar cada um dos volumes da segunda prateleira, e jogá-los ao fogo, o que fez sem nunca demonstrar se sabia do que tratavam esses livros. Quando a dor que devorava seu estômago se tornou intolerável, Saint-Fonds começou a fazer uso de uma reserva de grãos de ópio que tinha guardado para uma eventualidade como essa, pois não comprava o falso estoicismo de afrontar o sofrimento desarmado, e correr o risco de terminar como um animal, enquanto vivera como homem. Apressou-se em colocar em ordem seus negócios, concluindo a venda de sua moradia, organizando sabiamente a dispersão de suas coleções de curiosidades e de obras sábias para as melhores bibliotecas da Europa. Também se encarregou para que uma boa pensão fosse deixada a Théodore. Por fim, engoliu um chocolate enriquecido com dez grãos de ópio e foi deitar-se tranqüilamente, para nunca mais se levantar, certo de que o autor benevolente das coisas aqui de baixo enxergaria seu coração, e não o condenaria por ter sabido evitar o suplício inútil de sua doença.

Théodore não pôde terminar o relato, eu já não conseguia mais escutá-lo. Propôs me mostrar o corpo, que repousava no andar de cima. Recusei conservar outra imagem dele que não a de vivo, e voltei à residência paterna na bruma dos meus soluços. Algum tempo depois, o corpo do conde foi encaminhado para o jazigo da família, na Provença. Os Saint-Fonds devem tê-lo sepultado embalsamado num caixão triplo, sob um excesso de mármore branco, com anjinhos e guirlandas de enfeite. Certamente não o deixaram se decompor nessa terra que amou mais do que qualquer um deles, para alimentá-la e fundir-se nela inteiramente! Théodore, depois de tê-lo acompanhado, retirouse para a sua cidade natal, aos pés do castelo de Saint-Fonds, onde duvido que tenha sobrevivido muito tempo depois do patrão. Então, não sobrou mais nada da passagem de Maximin de Saint-Fonds na República de Genebra, senão o bem que ele fizera aos homens e as sementes de vida e verdade que tinha depositado no coração de um moleque de 10 anos chamado François Rousseau. Este descrente procurava como podia honrar a memória de Saint-Fonds: liberto das Igrejas e dos deuses, precisava inventar uma forma de realizar seu luto. Acredito, meu querido Jean-Jacques, que entenderá o que ele fez. Numa manhã, saí de Genebra, num frescor mordaz e sob um sol radiante. Fui a um outeiro onde Saint-Fonds gostava de meditar, subindo rumo ao norte, na margem ocidental do lago; e de onde se viam os tetos cinza da cidade; dava para ver o tempo mudar, e graças a um belo sol podia-se distinguir a agitação dos homens nas ruas e nos convés dos navios. Lá, seu irmão travesso ficou durante muito tempo, cabeça ao léu, saboreando os beijos do sol e as rajadas do vento; agradeceu a seu defunto bem-amado e, perante a natureza indiferente aos desastres do homem, tomou a decisão de viver sua vida tão intensamente, tão singularmente quanto o conde vivera a sua, viver a sua vida, e não os papéis ridículos que o teatro do mundo lhe propunha perfidamente. Depois, esse jovem solitário desceu de volta à cidade, e três dias mais tarde o pai o levou à casa de Louis Augustin, artesão relojoeiro de sua corporação, onde devia trabalhar como aprendiz.

Entre a minha estada na casa de correção e meu aprendizado, há um episódio cômico sobre o qual preciso falar um pouco, já que tem um lugar de honra no labirinto admirável de suas *Confissões*. Nosso pai teve uma briga, com um oficial, acho eu; Isaac feriu seu braço com a espada, e teve de deixar a cidade. Você foi levado para a casa do pastor Lambercier, a alguns quilômetros de Genebra, na cidadezinha de Bossey. Isaac se inquietava muito por você, e eu prometera visitá-lo algumas vezes em Bossey, já que tinha férias. Você estava com 10 anos. Gostávamos apaixonadamente de discutir, e nessa área você mostrava uma precocidade assustadora. Um de nossos debates mais inflamados foi sobre o heroísmo. Eu dizia o quanto você estava obstinado pelos grandes personagens que encontrara em Plutarco. Você sustentava que o heroísmo pertence aos homens fora do comum e que nasceram assim, que nada poderia lhes impedir de realizar ações grandiosas. Misturava aos heróis de Plutarco esses romances ruins que você e nosso pai haviam devorado, ainda mais religiosamente do que se lembravam de nossa pobre Suzanne; e que só tratava de nascimentos secretos, príncipes fantasiados de camponeses, combates de uma generosidade sublime e coincidências milagrosas. Eu respondia que isso não tinha nada a ver com o Destino: que a meu ver um criado de fazenda poderia se tornar um bom rei, se o educassem para isso. Certamente, tínhamos razão, e estávamos, os dois, igualmente equivocados, como acontece necessariamente em debates dessa ordem. Tomávamos as imagens que ditava a nossa viva imaginação por pensamentos; de forma que se tornava impossível acolher a menor discordância; e essa impotência nos levava a acreditar que éramos absolutamente irrefutáveis. No fogo de nossa conversa, víamo-nos em duas extremidades: disse-lhe claramente que seus heróis não teriam suportado a vida de um aprendiz; e que era mais fácil se fazer de grandioso, sendo o primeiro em Roma ou Tróia, do que ser apenas um homem, quando se é o último operário de uma casa onde se está mal alojado, mal alimentado, num bairro piolhento de Genebra. Acho, Jean-Jacques, que você teria me batido se pudesse. Afirmou-me peremptoriamente que não havia injustiça neste mundo de baixo, que cada um recebia o que merecia; resolvi-lhe dar uma lição. Mas estava longe de adivinhar que uso barroco você faria dela mais tarde!

Eis as coisas tais como aconteceram. Em primeiro lugar, é preciso dizer uma palavra sobre as circunstâncias da minha perversidade: sempre fui para os Rousseau e os Bernard o Sujeito Mau; por sua vez, Jean-Jacques, você cumpria com entusiasmo seu papel de Criança Virtuosa. No passado, eu tinha sido recriminado por algumas travessuras e alguns pequenos furtos que você tinha cometido: e você não tivera o cuidado de se denunciar. Voltei secretamente a Bossey, dois dias após nosso torneio filosófico e espiava-o, esperando o momento favorável: tinha uma idéia precisa e tremenda para me vingar de você. Uma criada de Lambercier, seu anfitrião, tinha o hábito de colocar para secar todos os dias os pentes da filha do pastor num quarto onde você lia com freqüência. Esperei muito tempo, escondido no jardim. Finalmente, você entrou nesse aposento onde ninguém, além dela e de você, entrava. Lia em voz alta perto da janela, escondido atrás de um biombo, as costas viradas para a chaminé onde secavam os pentes da senhorita Lambercier. A criada deixou, enfim, a casa. Deslizei sem fazer barulho atrás de você, peguei da placa da chaminé um dos pentes, quebrei-o e recoloquei os pedaços. Saí como entrara, distanciei-me apressadamente de Bossey sem que ninguém tivesse me visto: era preciso que me encontrasse, no momento da descoberta do pente quebrado, fora do alcance de qualquer suspeita; corri para Genebra, entrei na cidade sem me fazer notar. Infelizmente, algumas circunstâncias imprevistas que relatarei adiante me impediram de saborear a minha vingança, e revelar em seguida que se tratava de uma farsa. De forma que esqueci rapidamente esse incidente pueril, e ele jamais teria voltado à superfície da minha memória se, sessenta anos mais tarde, não tivesse descoberto no livro primeiro de suas *Confissões*, para a minha surpresa, a última palavra dessa aventura. Acredito ter sido o único leitor que gargalhou tanto com a sua narrativa do incidente. A criada encontrou o pente quebrado; ninguém poderia ter feito essa maldade, senão você. Você negou energicamente. Mas os Lambercier não tinham a indulgência incansável que nosso pai teria testemunhado por você numa circunstância como essa. Tudo o acusava. Todos se indignavam dolorosamente com a sua perversidade. E, se você foi castigado, foi menos pelo pente quebrado do que pela insistência em negar a sua culpa.

Qualquer outra criança, sem a sua sensibilidade extrema, sem seu talento, teria esquecido tal incidente (quem não sofreu uma injustiça análoga?). A maioria entre nós teria superado; ou se sentiria consolada pensando em todas as vezes que ficou impune. Você agiu de forma diferente, Jean-Jacques: encoberto com sua toga, do alto do teatro de suas *Confissões*, fez desse Acontecimento do Pente Quebrado a pior injustiça jamais cometida na memória da humanidade, o protótipo de toda inquietude, um segundo fim do paraíso terrestre! No seu lugar, eu teria procurado, teria encontrado a resposta a esse enigma, teria interrogado os vizinhos, algum deles, sem dúvida, deviam ter me visto: você preferiu a sua verdade. Que tenha havido nisso algo de ridículo, pareceu evidente àqueles que tomaram conhecimento de suas *Confissões*, no momento em que começaram a lê-las. O quê? Fazer uma história dessa historieta? Seus antigos amigos, os Enciclopedistas, gozavam de você. Como disse, não foi diferente comigo, na primeira vez em que o li. Pois bem, nenhum de nós tinha razão. Você foi o primeiro a pensar em considerar que nadas como esse mereciam ser ditos; o primeiro a escrever assim, à altura de homem, a falar desse protesto singular do comum dos mortais. Menos de dez anos após a publicação do primeiro tomo de suas *Confissões*, milhares de Jean-Jacques fizeram nesse país uma revolução como nunca se havia visto; e muitos deles o tinham lido. Cada um lutava contra uma injustiça irrisória que havia sofrido; muitos outros os imitaram sem saber por quê. Juntos, demoliram uma sociedade iníqua. Esse era seu gênio singular, Jean-Jacques, e lamentei mil vezes que você tivesse morrido antes de poder medir sua extensão: acreditava-se sozinho no mundo, e até acabou sendo, de alguma forma; acreditava-se único, e, porque o era, uma armada de semelhantes se ergueu para mudar a ordem das coisas. Será que você reconheceria essa revolução como obra sua? Estou certo de que não. Eu estava presente, e digo-lhe em voz alta: eles tinham razão de reivindicar seu nome.

Mas voltemos ao momento em que saí do Hospital: dessa vez, pareci ao círculo familiar um imbecil entregue, um idiota completo, que não via nem mesmo onde estava seu valor. Considerei todo o partido que podia tirar dessa má reputação. Fingia não ser conversador; desencorajava todas as tentativas de conversas elevadas; nunca emitia uma opinião que não se situasse no registro da mediocridade insignificante. Eu fora o escândalo da família; agora ninguém se importava mais comigo. Estava só e tranqüilo. Terminaram por me encontrar um professor de maus alunos. O próprio Isaac me levou à casa desse cidadão, um certo Louis Augustin. Ao contrário do que eu temia, a arte da relojoaria foi para mim um encanto, ainda que não possa dizer o mesmo da companhia de Augustin, velho sofredor e bilioso, admirável pedagogo, mas um patrão como outro qualquer, já que, para me pagar o menos possível, decidiu me instalar em sua casa, numa ruela suja da cidade baixa.

Desde o momento em que me sentei à mesa do mestre Augustin, entendi por que os aprendizes não se acotovelavam à sua porta. Lá estava seu companheiro relojoeiro, um tal Léveillé, que não merecia seu nome, um idiota, ou quase, com os dedos de uma agilidade maravilhosa e um gosto apurado na ornamentação dos relógios. Monique, a governanta, antiga cantineira bigoduda e coxuda, redonda e sólida como um barril de carvalho, começou por me desprezar na cozinha, onde me dava uma sopa, para meu gosto, um pouco rala. Achei curioso que me exilassem assim, sendo eu um aprendiz, mas era a primeira noite e fiz cara de satisfeito, enquanto esperava que o mestre Augustin e o companheiro Léveillé, servidos pelo guardião, terminassem de comer. Por fim a megera me estendeu um prato frio, esquálido, em que a carne era tão magra que eu temia não vir da feira, mas de um gato da vizinhança. Não terminei a refeição, apesar da fome. Lamentei imensamente a minha atitude, quando constatei no dia seguinte, e em todos os outros, que o jantar figurava, naquele lar insosso, o momento de regalia. A governanta dormia sobre um colchão de palha, num alpendre onde também me alojava: eu deitava primeiro, apagava a vela, e Monique vinha se deitar na escuridão. A idéia de que Denise pudesse me ver nessa alcova me arrancou um sorriso, mais de uma vez. Nem por um momento pensava em alguma aventura: a venerável Monique me considerava como um cão recolhido pelo dono da casa; descobri que fora amante do mestre Augustin. Como bom seguidor, Léveillé, que almejava a sucessão do velho no estabelecimento, a roubara num intervalo do jogo amoroso dos dois, como pude confirmar depois. Esse galhofeiro de 30 anos estudava todas as noites, à luz de um castiçal, a cantineira que mordia uma das pontas de seu lenço, para não atrapalhar ninguém; na penumbra, não se podia ver seu rosto de cadela, e essa carne apetitosa, que tremia sob os golpes de um homem vigoroso, não formava um espetáculo desagradável, e terminou por me excitar. Negócio feito, o companheiro retornava sem uma palavra para o quarto. A cena se reproduzia todas as noites, sem que meus vizinhos parecessem se chocar, ou nem mesmo perceber a minha presença; no décimo dia, enquanto eu fingia dormir, o castiçal tinha sido deslocado, e pude ver que a matrona escrutava sem sucesso a escuridão onde eu estava; não parava de procurar meu olhar até que o prazer revirasse o seu. Léveillé partiu com seu castiçal, esperei com curiosidade para saber qual seria a reação da minha vizinha. Intimidada sem dúvida pela própria ousadia, não mexeu mais a coberta; mas sua respiração me dizia distintamente que não estava nada adormecida. Já que a desavergonhada, eu me dizia, se dá a Léveillé, vamos brincar de idiota. Fui engatinhando arrojadamente até ela e perguntei o que era esse barulho que eles faziam e, como ela demorava a responder, se tinha sofrido ou se o senhor Léveillé a machucara. Sem dúvida, tinha desconfiado da brincadeira, mas eu vestia tão bem as roupas do personagem que acabou acreditando em mim tal como eu queria. Movimentou-se no escuro, e o odor da sua carne quente e transpirante me subiu à cabeça. Puxou-me para perto de si, dizendo que não deveria falar tão alto, pois corria o risco de acordar o mestre (essa mentira anunciava a minha vitória, pois o mestre Augustin dormia como uma pedra, roncando como uma centena de peões, separado de nós por uma parede espessa; e nada o acordava). Senti na pele as curvas do seu quadril e da sua coxa, mas não me mexi mais do que um anjo. Ela me perguntou se era mesmo verdade que eu desconhecia esse jogo ao qual havia se dedicado há pouco tempo; jurei sobre a Bíblia sagrada que sim. Então, não se segurou mais e empunhou com uma mão meu batente, e com a outra apertou-me as nádegas e jogou-me por cima de si; com alguns gestos, mostrou-me a manobra, e penetrei-a com todo o meu coração; em seguida, rolei para o lado, suando, mas a mulher grandiosa me escalou e apresentou à minha boca um matagal fabulosamente denso cujos eflúvios me embriagaram, e apressei-me em devorar esse fruto quente e mucoso com uma falta de jeito calculada que aumentou dez vezes mais o seu prazer. Não demorou a gozar, e acompanhei-a alegremente. Comecei, naquela noite, a aprender essa verdade da experiência que não se deve julgar uma amante pela aparência, ou pelo personagem que representa para a sociedade.

Essa Monique maciça era na intimidade a mais entusiasta e a mais doce das amantes. Não parei de apalpar nem de contemplar seus atrativos maduros e majestosos. Tive, mais tarde, outras experiências. Acredito que a variedade dos sexos e dos corpos femininos não seja menor nem tenha menos graça do que a dos rostos. Aliás, uma cabeça tem menos dobras charmosas do que uma vulva; existem sexos imbecis, mornos e sem expressão, e outros, ao contrário, graciosos e alegres como rostos amigos. Enfim, achei que essa face mentia menos do que a outra; e talvez seja por isso que escondemos a primeira e mostramos a segunda. Meu raciocínio, acredito, vale também para o sexo masculino. A vagina de Monique tinha experiência, e não a escondia; parecia não se arrepender de nada; honrá-la jamais fora enfadonho. Em pouco tempo, Monique passou a deslizar todas as manhãs para o meu colchão. Com ela, nunca abandonei a minha máscara de santinho; pois essa idéia da minha tolice a excitava, como a de Léveillé, e lhe dava as audácias que nunca teria com um amante comum. Numa dessas belas manhãs, quando recobrávamos os espíritos, ela me fez uma estranha confidência, na semi-escuridão da minha cama. Se mordia um pedaço de tecido quando fazia amor, não era para evitar os gritos, pois isso ela conseguia perfeitamente sem esse acessório. Mas, assim equipada, imaginava que a tinham amordaçado; que esses malfeitores que a tinham arrebatado vinham, um de cada vez, abusar dela, dizendo-lhe que perderia a vida se lhe escapasse um só suspiro; que essa imaginação bizarra tinha encontrado, no dia em que compartilhou o alpendre comigo, uma aparência de realização que a fizera descarregar como nunca; e foi então, em suma, que tivera a audácia de me corromper. Fingi não entender uma palavra dessa confidência; ela jamais a teria feito, se pensasse que eu compreenderia. Mas as fantasias de Monique com seu pedaço de pano, as minhas, das quais falarei mais adiante, e os acessórios de cera do conde de Saint-Fonds às vezes me fizeram sonhar profundamente. Pois se no começo de meus amores acreditei que, curiosamente, o acaso me jogava apenas nos braços de pessoas originais, a experiência me ensinou lentamente que a maior parte dos meus semelhantes se apegava, no comércio da carne, a pequenos rituais singulares, alguns provindo apenas do corpo, outros de sua imaginação; que essas singularidades inocentes eram comparáveis a essas rodagens tão minúsculas das quais o beócio sempre acredita poder prescindir, mas que são essenciais ao funcionamento do relógio. A máquina humana tem suas próprias rodagens, e os moralistas se equivocam ao condenar a brutalidade de nossos desejos, ignorando a infinita delicadeza do motor das ações dos homens. Era sobre isso que meditava às vezes, durante as longas horas em que aprendia pacientemente o meu ofício.

Já era aprendiz havia seis meses quando me chegou do notário de Saint-Fonds um pequeno pacote lacrado; em seu estilo florido o homem da lei me informou que era da vontade do conde que eu guardasse a obra anexada à presente missiva; também me disse que em seu testamento o Senhor de Saint-Fonds antecipava que esse manual me edificaria da mesma maneira que o edificara ao longo de sua vida; e ainda mais, se Deus assim o quisesse. Ao ler essas palavras, desconfiei de alguma malícia de Saint-Fonds; esperei ficar a sós para abrir o in-oitavo. A capa de marroquim vermelho trazia esse título admirável: *A Flor dos Santos*, e a folha de rosto prevenia o leitor de que seriam encontradas reunidas aí as máximas mais fortificantes da cristandade, recolhidas com amor pelos moralistas mais eminentes da nossa Igreja. Ao ler ao acaso algumas frases, logo entendi que não eram nada cristãs. O próprio Saint-Fonds é quem devia ter confeccionado o livro; acabei descobrindo a verdadeira página do título, que indicava se tratar da tradução de um livro intitulado *Da natureza das coisas*, feita por Maximin-Irénée-Tancrède, conde de Saint-Fonds, a partir do poema latino de Titus Lucretius, cidadão de Roma.

Uma das tristezas de Saint-Fonds era o fato de não ter conseguido com que eu me apaixonasse por latim nem por grego. Não sei muito bem o que me impediu de ser atraído por essas línguas. Nascera bárbaro, e assim continuei; aprendi o suficiente desses idiomas para perceber que não sabia nada; e foi em francês que li tudo o que li. Saint-Fonds brincava às vezes, dizendo que jamais faria de mim um sábio. Eu respondia no mesmo tom que não estava nos meus projetos me definhar sobre pergaminhos; que os bárbaros eram, à sua maneira, civilizados. Ele me provocava, assinalando que eu, que me queria pagão, me privava de conhecer meus ancestrais. Fora essas brincadeiras, Saint-Fonds me falara diversas vezes de Lucrécio; e lastimara não existir nenhuma tradução de sua obra digna desse nome. Atrelou-lhe então, no recôndito do seu escritório, a essa tarefa. Consultei a data da impressão desse volume bastante particular: minha estada imprevista no Hospital de Genebra deve tê-lo impedido de me dar esse presente. Não é difícil adivinhar que, logo que tive um momento de solidão, pus-me a ler o livro! E foi assim que descobri Lucrécio. Digo que o descobri: *Da natureza das coisas* se abria com uma invocação a Vênus, e encontrei-me imediatamente animado com isso. Como no amor, existem paixões nas coisas do espírito. Devorei a obra, e escondi cuidadosamente meu novo tesouro. Logo o aprendi de cor, e saí pálido das últimas conjeturas desse deísmo que meu mestre tentara me ensinar; pois me parecia evidente que esse deus que Lucrécio evocava às vezes era tão sutil, tão recolhido, que se poderia suprimi-lo confortavelmente, sem que o mundo parasse de girar; e foi o que fiz definitivamente, aliás, persuadido de que Lucrécio, em seu íntimo, não pensava de outra maneira, e só apresentara as coisas assim por prudência. De resto, tudo me encantava nele: escrever sobre a natureza das coisas me parecia a única tarefa digna, a mais elevada e a mais simples; como conhecer o mundo se tornou, então, a minha única ambição. Esse livro me fez lamentar não saber latim; amava-o tanto que, vinte anos mais tarde, em Paris, comprei uma versão original, e logo a decorei: recitava como um talismã, nas horas mais negras da minha existência. Parecia que esse homem me falava, no ouvido, como um irmão; tal é, acredito, o milagre da poesia. Lucrécio cantava que tudo o que existe pode receber uma explicação: as montanhas e o raio, os rios e os ventos; que podemos dar razão a tudo: como se formam os sonhos, o que são as sensações, como se deve viver e como morrer dignamente; e incumbia aos homens a tarefa imensa e apaixonante de encontrar as causas próprias de todas as coisas desse mundo único onde estamos. E que para tudo isso não era preciso imaginar deuses nem ir construir num além palácios inabitáveis e feios. Que se dissesse tão simplesmente não haver nada para além das nuvens, isso me encantava.

Assim, Saint-Fonds não me abandonara completamente. Às vezes, lembrava-me dos debates de metafísica que tivéramos, mas estava bem decidido, desde então, a abandonar a hipótese de um divino relojoeiro, respaldado por meu Lucrécio. O homem me parecia uma espécie de autômato, mas um autômato que nenhuma chave deveria dar corda. Eu mantinha com Saint-Fonds um diálogo solitário: admitia, a rigor, que se declarasse não se conhecer o primeiro motor do homem; mas sustentava com a maior energia que a mecânica terminaria por nos dar a explicação última dos seres vivos. Como se pode perceber, eu não era melhor metafísico aos 14 anos do que aos 18. E foi por volta dessa época que fui tomado também por uma efêmera paixão pela busca do movimento perpétuo: os Dons Quixotes das matemáticas corriam sobre a quadratura do círculo; os do relojoeiro, no movimento perpétuo. Levei esse estudo até a obsessão, mas num acesso de lucidez me vi correndo como um furioso atrás de uma quimera inalcançável, e foi o fim das minhas pesquisas estéreis.

Eu tinha talentos para a arte sutil da relojoaria; mas dissimulava alguns de meus progressos mais rápidos, e cometia cuidadosamente alguns desastres, na esperança de que prolongassem esse estado subalterno de aprendizagem, que me desagradava menos do que o futuro que, mesmo sem ter pensado, minha família previa para mim. Às vezes, no silêncio laborioso do ateliê, eu levantava a cabeça do meu trabalho e olhava para Léveillé: outrora, ele ocupara o meu lugar e, em breve, ocuparia o de Augustin. Era este o círculo estreito a que Genebra me limitava! No final de um ano e meio, meus fingimentos de falta de jeito tiveram um efeito que ultrapassaram minhas intenções. O mestre Augustin foi declarar oficialmente ao sindicato dos relojoeiros, sem me dizer nada, que era preciso me dar um novo prazo; termo hipócrita que significava que eu não dominava o ofício, que deveria me submeter às ordens sindicais, junto com pompas e circunstâncias, uma filípica interminável; eu deveria suplicar para obter a oportunidade de consertar meus enormes erros. Ouvi tudo isso da boca de Monique, numa manhã do mês de abril de 1723. Fui até o ateliê, onde Léveillé trabalhava, como de costume, desde o alvorecer, tão absorvido na preocupação desse golpe do destino que nem reparei nos sorrisos maliciosos com que me gratificava o meu vizinho. Ele acabou se atrevendo a me fazer uma observação bastante vulgar de que em breve eu deveria esquecer essas refeições que me eram servidas na cama. Não tinha concluído a frase e mordia os dentes; mas o trovão já tinha explodido: compreendi que fizera intrigas a Augustin, que, de outro modo, não teria renunciado, em sua paixão pela relojoaria, a me inculcar seu saber. Indignado com essa baixeza, dei uma bofetada nesse rival tão mesquinho. Ele devolveu, e o empurrei com tanto vigor que caiu de costas, fazendo com que a cabeça do infeliz batesse contra uma caixa, e ele não se mexesse mais.

Estaria morto? Em todo caso, foi nisso que acreditei. Dessa vez, era a minha vida que eu arriscava perder com a minha liberdade, e a minha idade não me protegeria mais. Abandonei Léveillé. Corri para o quarto, peguei minha bolsa e me precipitei à rua. Peguei a estrada da França, porque era a mais movimentada e assim me notariam menos. Antes da fronteira, tomei um atalho, pois não tinha passaporte para apresentar. Não pude dar adeus a ninguém. Mas será que o lamentava de fato? Tornara-me um estrangeiro em meu próprio país. Tivera um irmão; acreditava tê-lo perdido para sempre, pois na época você parecia ter se tornado a marionete sem vida com a qual sonhava nosso pai. Estava sozinho no mundo, mas o mundo me estendia os braços. Para cada um de seus teoremas os matemáticos buscam a demonstração mais curta, que chamam de elegante: eu estava contente em imitar esses sábios.

Caminhei o dia inteiro pela estrada da França; será que a República de Genebra se rebaixaria para perseguir um miserável da minha espécie? Eu duvidava. O fato é que nunca consegui saber se Léveillé falecera na queda; ter, talvez, apressado a morte desse pobre idiota é o único remorso profundo de toda a minha longa vida. Para qualquer fim útil, abandonei a estrada principal. Pelos atalhos de caçadores e camponeses, cheguei a Nantua sem cruzar com ninguém, dormindo em abrigos de pedra, desertos ainda antes do verão. De Nantua, me juntei a um grupo de operários que caminhavam a longas etapas para Mâcon, onde os deixei para subir rumo a Dijon, pois, ao longo do caminho, decidi tentar a minha sorte em Paris; fazia castelos no ar, povoados de mulheres amáveis; caminhar sozinho começava a me pesar, quando percebi um velho bem-vestido, sentado num grande carvalho, que parecia dormir. Aproximei-me, e ele virou a cabeça na minha direção. Pelos óculos fixos e redondos escurecidos pela fumaça, pelo corpo pendido, cheguei à conclusão de que era cego. Agradeceu à Providência pela minha chegada e levantou-se pedindo meu braço, que lhe ofereci de bom grado. Perguntou qual era o meu destino, e respondi prudentemente que ia para Langres. Também era para lá que ele ia. Inventei, para escorar o que dissera, um conto verossímil: ia a Langres para aprender cutelaria. O cego se alegrou com a minha juventude, que medira pelo meu passo. Contava que com o meu apoio caminharia galhardamente. Pusemo-nos a caminho. Ele avançava a passos tão rápidos que eu ficava quase sem ar ao seu lado. Fez-me várias perguntas: menti o menos possível. Acabei lhe confiando que depois de Langres pensava em ir para Paris, onde um mestre relojoeiro me prometera um trabalho (disse essa mentira pueril na esperança de que me trouxesse sorte). Sobre o relojoeiro parisiense, meu companheiro de estrada me perguntou se por acaso não seria o Sr. B***: disse que era exatamente ele, embora nunca tivesse ouvido falar nesse nome. Essa coincidência feliz nos transformou nos melhores amigos do mundo.

Meu cego diz se chamar Bois-Robert. Comandara durante longo tempo um regimento da região de Brie, antes de se aposentar em Paris. Sua enfermidade não lhe tirara o bom humor. Contou-me brincando como tinha perdido a visão dos dois olhos durante a última campanha de fogo Luís, o Grande; infelizmente, não fora durante um grande feito, caso em que sua doença teria lhe valido uma pensão vitalícia; ele simplesmente se encontrava na linha de fogo de um canhão do regimento que comandava; mostrou-me num dos lados de seu crânio com o cabelo falhado a terrível semeadura que a metralha havia lhe deixado. A noite caiu: uma chuva nos envolveu, fina e penetrante. Abrigamo-nos sob um arvoredo, e Bois-Robert, homem habilidoso, me ensinou como preparar um acampamento improvisado: armei, seguindo suas instruções, uma espécie de clarabóia de ramagens onde dormimos no seco, sob um teto de folhagens coberto com nossos sobretudos. Fazia-lhe inúmeras perguntas sobre Paris, que ele conhecia bem. Alertou-me vivamente contra os trapaceiros e os ladrões de casacos, que pululavam na capital. Enfim, colocou sabiamente um ponto final em nossa conversa, pois a noite avançava e a estrada era longa. Para me tranqüilizar, prometeu continuar a instrução quando acordássemos; e dormi, contente comigo mesmo, com o destino e com esse companheiro que ele pusera em meu caminho.

Acordo tarde, com um violento raio de sol. Sinto uma terrível dor nas têmporas. Tateio minha testa e viro o rosto em direção a Bois-Robert. Ele desapareceu; curiosamente, a minha bolsa também. Fico com raiva, arrasto-me até o arroio vizinho. Lavo a minha ferida, apalpo-a, sinto um corte profundo: o cego tinha a mão pesada. Bois-Robert não mentira sobre nada: era importante desconfiar dos trapaceiros de Paris (retive tão bem essa lição que cheguei sem ter caído outra vez no mesmo golpe). Entretanto essa desventura me atrasaria imensamente; sem o viático das minhas economias, teria que trabalhar de novo. Felizmente, estávamos no mês de junho, e a estação fora precoce: alimentava-me de amoras, de ramos de dente-de-leão; chupando às vezes grãos de açafrão, para enganar a fome. O verão mata os pobres ainda mais do que o inverno. Nas portas de Dijon, fiquei bastante contente em cruzar com um monge que, ao saber que eu entendia de coisas das artes mecânicas, me levou à sua comunidade, onde consertei diversos objetos pequenos. O verão se passou assim e foi no mês de setembro de 1723 que entrei em Dijon, munido de um certificado que os monges bondosos tinham me oferecido.

Meu emprego em Dijon foi como todos os outros que conheci: sempre isolado numa doce mediocridade, não senti nem as falsas alegrias de uma carreira brilhante, nem os pavores da fome. No arcebispado, o porteiro me indicou um ateliê que vendia pequenos relógios para decorar chaminés, com os quais a Europa se obstinara naqueles anos. Dormia com os outros operários, sob o teto, em cima de longas mesas; jantávamos uma sopa espessa e saborosa, na qual eu mergulhava grandes fatias de pão preto. Com cortesia, meus camaradas haviam me prevenido de que o mestre, desconfiado por natureza, tinha o hábito de submeter cada empregado novo a duas provas. Não demorou para que as aplicasse. Um dia, deixou negligentemente algumas moedas numa mesa e saiu para fazer compras nas redondezas; não tive nenhuma dificuldade em evitar esse perigo. Numa noite, sua mulher me pediu para levar alguns pacotes à cidade, e na carruagem que nos levava a casa deles, com a ajuda dos buracos do pavimento, roçou-se diversas vezes em mim. Permaneci incorruptível, e empurrei-a educadamente ao seu lugar; mas não tive nenhum mérito nessa façanha, pois era seca como um graveto. Um ano decorreu antes que meus companheiros de trabalho se revelassem tal como eram: rústicos fantasticamente fastidiosos. Inscrevi-me no primeiro gabinete de leitura que encontrei. A responsável era uma certa viúva Tribu, criatura tão delicada e doce que parecia ter escapado de alguma coletânea de contos da sua biblioteca. Foi o único encontro memorável que tive em Dijon. Com mais de 45 anos, a viúva Tribu tinha uma única paixão: a da conversa; suspeito que tenha aberto essa loja para se satisfazer, pois, sendo herdeira de um rico negociante de vinhos, não tinha nenhuma necessidade dessa renda. Parecia tão casta e recatada que nunca me passou pela cabeça tentar conquistá-la; gosto demais dos prazeres sólidos para fazer parte daqueles que se encantam com a caçada de um animal difícil; para dizer a verdade, nunca nem me pareceu que o doce comércio das mulheres pudesse se assemelhar à guerra, nem à caça; deixo aos velhos soldados as fortalezas. No entanto, um dia, pedi-lhe, por fanfarrice, um livro romano bem obsceno; sem mostrar nenhuma estupefação, a viuvinha desapareceu nos fundos da loja e me estendeu, sem uma palavra, um exemplar bastante gasto da obra.

Devo ter mostrado um ar tão surpreso que ela se pôs a rir com sinceridade. Que eu a considerasse de forma tão diferente divertia-a enormemente. Observara-me com atenção durante os seis meses em que eu freqüentava o seu estabelecimento; avaliara-me de uma forma que lhe parecia certa, e que de fato o era: os livros que um homem lê dizem quem ele é. A reserva que eu mostrara até então a confortara na confiança que eu inspirava. Começava a me achar um pouco insípido quando lhe fiz esse pedido obsceno. A partir desse dia, a viúva Tribu se abandonou à afeição quase maternal que experimentava por mim, e nos tornamos os melhores amigos do mundo. Você se espantará sem dúvida, Jean-Jacques, ao me ver descobrir a amizade com uma mulher. É que a viúva Tribu, como logo me confessou, tinha gostos particulares, em que os homens não entravam. Falei-lhe dos meus projetos de fortuna parisiense. Ela concordou inteiramente: um homem jovem e são, decidido, com mãos hábeis, a quem não faltava instrução nem leveza de espírito, só poderia, segundo ela, subir na vida em Paris. A viúva Tribu se ofereceu para me recomendar a uma mulher importante da capital, que carregava o nome predestinado de Paris.

Essa Madame Paris fora outrora sua melhor, e mesmo a mais terna, amiga: Camille Paris e Rose Tribu (nome pelo qual jamais pude chamá-la) confundiram, no princípio da juventude, os impulsos da carne virgem com o apelo do sagrado: sentiram uma vocação religiosa que ninguém em seu meio se preocupara em examinar; não mais do que a superiora do convento de L***, na Normandia, que antegozava a fortuna que os pais das meninas, ricos negociantes de Rouen, deram de bom grado para casá-las com Deus, sabendo que o dote seria bem menor do que com os homens. Rose e Camille se aproximaram imediatamente uma da outra. Era o ano de 1694: elas compartilhavam uma admiração secreta pelos escritos místicos de Mme Guyon. As responsáveis pelo convento deixaram essas jovens de 14 e 15 anos dividir o quarto, e de efusão mística em efusão mística Camille Paris se encontrou, numa bela noite de verão, desflorada pela mão delicada de Rose, de quem beijava o baixo-ventre com fervor. Foi numa posição análoga que a madre superiora as surpreendeu algumas semanas mais tarde, indo ao banheiro por volta das três da manhã, pois tinha abusado dos melões de que gostava tanto. Esses exercícios nada espirituais provavelmente lhes teriam sido perdoados se não tivessem encontrado, ao bisbilhotar o quarto das meninas, uma brochura quietista exaltando as renúncias pregadas por Mme Guyon. A madre superiora do convento de L*** era ambiciosa: viu nisso o meio de chamar a atenção da corte, fornecendo aos adversários de Mme Guyon e do doce bispo Fénelon a prova de que o quietismo era um fermento de heresia. O estratagema funcionou; mas foi preciso mandar as culpadas de volta às suas casas, onde foram prontamente separadas e casadas, sem autorização, com velhos que não se permitiam ser escrupulosos, ou a quem excitavam os maus cheiros do tribadismo. Rose foi entregue a um certo senhor Tribu, homem bondoso e próspero que não a tocou trinta vezes em sua vida e de quem ficou viúva apenas seis anos depois do casamento. Camille teve menos sorte: seu marido, um bruto que só gostava da caça e do lucro, negociava em obscuras concussões com traficantes de Bordeaux. Pacientemente, Camille ganhou sua confiança e guardou em lugar seguro, no final de sete longos anos, provas suficientes para expedir esse malandro para as galés. Anunciou-lhe essa novidade durante um jantar que o casal Paris dava todos os anos para abrir a estação de javali; assim evitou que ele a matasse sob os efeitos da cólera. Ele teve de disfarçar a raiva diante da boa sociedade de Rouen e, quando todos os convidados foram embora, Camille obteve o que queria: Paris a deixou partir, aliviado por ela não ter pedido dinheiro algum, fingindo estar abatido com o escândalo. De fato, Camille foi se juntar diretamente à sua querida Rose na capital, onde se estabelecera, a fim de fugir das calúnias abomináveis que começavam a correr sobre as circunstâncias da morte do marido. Com o dinheiro do velho Tribu, Rose abriu para Camille uma loja de perfumes, seu sonho de infância, sob as arcadas do Palácio Real. Viveram três anos de uma paixão enlouquecedora. A loja começava a fazer sucesso, e elas tinham a honra de ter pessoas elegantes entre a clientela. Camille Paris não deixava mais o Palácio Real, enquanto Rose se entediava em seu apartamento. A segunda se acreditou traída: havia algum tempo, só se falava de uma nova vendedora, a quem Camille confiava a loja enquanto percorria seus fornecedores em toda a capital. Certo dia, Rose seguiu Camille, que apenas passou sob as arcadas, e foi num pulo para as grades das Tulherias. Um homem a esperava; eles pareciam íntimos. Todos os dois subiram em sua carruagem.

Camille chorou muito; na mesma noite, teve uma longa conversa com a amante. Camille perdera, com a idade, o gosto pelo sexo frágil; de início, acreditara que seu temperamento se embotava. Depois, um cliente mais arrojado a seduzira, e ela teve de se render a uma triste evidência: embora conservasse por Rose os sentimentos mais ternos, não sentia mais aquele abrasamento que acreditara ser amor, mas que era apenas o fogo da juventude; fogo do qual os homens, ela o sabia agora, eram o melhor alimento. Rose havia conhecido muitas tristezas em sua curta existência e não fez dessa notícia uma tragédia violenta. As duas mulheres se separaram tristemente, mas continuaram amigas. Pouco tempo depois, Rose decidiu se retirar para uma cidade mais limpa e tranqüila do que a capital, cuja incessante agitação pesava para seu temperamento sonhador. Correspondia-se sempre com Camille, ainda que com os anos suas cartas tenham ficado bem mais espaçadas e curtas.

Sete anos se passaram: a vida corre como um rio, segundo os acidentes do terreno, arrastando-se aqui em lentos turbilhões, precipitando-se lá num estrondo de espuma. Deixei Dijon nos primeiros dias do mês de maio de 1730, numa clara manhã de primavera. Abracei a viúva Tribu, que escrevera a Madame Paris para anunciar minha chegada. A estrada era seca e bela; com as costas já quentes pelo sol, um pouco esfalfadas pela minha vida sedentária, experimentava a simples alegria de existir, consciente das incertezas do futuro, enriquecido pelo meu passado, mestre e detentor, enfim, do meu destino. Tinha 25 anos. Era um homem. Decidira viajar a pé e dormir ao léu: dos bandos armados dos grandes caminhos, é sempre possível escapar; enquanto os estalajadeiros da França despojam seus clientes como os pulgões as roseiras. Não falarei nada da minha viagem, dos encontros que fiz. Basta dizer que não tive a ocasião de me entediar, e que nesse tempo longínquo tudo me parecia pitoresco. Hoje, quando relembro a viagem, pergunto-me como pude ignorar tudo o que aprendi bem mais tarde. Pois esse belo país da França, por volta de 1730, não andava muito bem. A maioria dos homens com quem cruzava não era mais livre do que os pensionistas do Hospital de Genebra: os operários e os agricultores estavam subjugados a suas terras, submissos ao duplo flagelo dos coletores de impostos e das intempéries, cujos caprichos podiam jogar por terra uma colheita esperada ao longo de um ano inteiro; os pequenos artesãos dos vilarejos eram pegos numa rede fechada de regulamentações do Estado e dias de folga impostos pela Igreja. Todo o povo da França carregava o peso de parasitas insaciáveis: os padres e os fazendeiros gerais, os nobres e os oficiais, os grandes burgueses e fidalgotes; e ainda por cima, de tempos em tempos, armadas de velhos soldados que pisoteavam seus campos e roubavam seus víveres. Aqueles que lamentam os tempos antigos o confundem com suas juventudes ingênuas. Nossa revolução mudou tudo isso? Vejo bem que não. Os nobres emigrados, todos nossos inimigos, que constituem a Europa inteira, têm a faca e o queijo na mão: as guerras, as reformas, as especulações trouxeram à França golpes terríveis. Por que negá-los? Mas a revolução estava apenas começando. Agitamos e quebramos correntes; outros virão consertá-las, outros ainda forjar novas. Não há motivo para se assustar. Contudo os homens continuarão lutando. Fizemos nosso tempo. Sou o fantasma de um mundo que não existe mais, e daquele que o precedeu; é por isso, Jean-Jacques, que me dirijo a um morto, meu único semelhante, a fim de dizer como vivi. Quanto ao futuro, tudo é possível: é o que me diz o passado, já que no momento em que entrei em Paris, o velho mundo do qual Versalhes era o centro parecia girar tão bem que ninguém imaginava ser possível mudar sua cadência. A história é um teatro estranho: os atores representam sem conhecer previamente seus papéis; nunca se sabe quais aparecerão no ato seguinte; o desfecho nunca é certo; se é uma tragédia ou bem uma farsa, deixo isso ao critério dos filósofos; sei apenas que a peça vale a pena ser representada; e continuo a minha narrativa.

SEGUNDA PARTE

Paris

AO ALCANÇAR AS FRONTEIRAS DE PARIS no final do verão de 1730, eu não tinha nenhuma idéia preconcebida; esperava apenas que essa cidade não se parecesse nem um pouco com Genebra. Não me decepcionei em nada a esse respeito. Antes de entrar na capital, resolvi fazer a toalete. A meia légua de Paris encontrei um riacho onde me lavar, um arvoredo onde me trocar. Vesti meu traje mais bonito; que era também o único que eu possuía, já que viajava de forma simples, em camisa e sobretudo. Considerava esse traje de bom gosto e da última moda, o que era o caso: da moda de Dijon, onde o tinha encomendado, que era também a da capital, mas com cinco anos de atraso. Seguindo os conselhos de um cocheiro, diretamente decidira entrar na cidade pelo sul: o que era o mais cômodo para chegar ao bairro de Saint-Germain, onde morava Madame Paris. No momento de passar a barreira do Inferno, escovei a minha farda. Vestia meia e sapato, calça e camisa, e era o homem mais orgulhoso de si. Tinha um passaporte emitido pela guilda dos artesãos de Dijon. O oficial da guarda examinou rapidamente esse documento, e num instante eu estava em Paris. A noite começava a se anunciar. Um vento leve assoprou, e recebi em pleno rosto o hálito poderoso da cidade. Logo aprenderia que o fedor de Paris era proverbial; mas para mim, que sempre tivera paixão por cheiros capitosos, esse sopro pesado, mefítico, me embriagou: à entrada do Inferno, parei para saborear esse cheiro que subia à cabeça. Infelizmente, meu vento vesperal não veio sozinho: uma chuva logo se juntou a ele. Avancei por Paris, ao longo dos magníficos jardins. A tempestade duplicou de vigor. Num instante, a rua se metamorfoseou num insondável atoleiro, que um arroio dividiu prontamente em dois, carregando os lixos e crescendo incessantemente. Para conseguir abrigo, decidi atravessar essa torrente de lama, mas calculei mal a sua profundidade. Fiquei com os joelhos cobertos e acabei caindo: ao menos não precisei mais me preocupar com um abrigo; em volta de mim, raros transeuntes vagarosos, estrangeiros como eu, sem dúvida. À minha direita, alguns homens com terno da Sabóia haviam se refugiado sob um pórtico. Carregavam estranhas arcas de madeira cuja utilidade eu desconhecia, e que eram como pequenas pontes que as pessoas de qualidade, surpreendidas por um aguaceiro, alugam em Paris a fim de atravessar os riachos que se formam embaixo das calçadas. À minha esquerda, algumas mulheres abrigadas sob uma árvore zombavam abertamente de mim. Não é difícil imaginar o desgosto que eu experimentava com a idéia de ser alvo das risadas das primeiras mulheres elegantes com quem cruzava! Na realidade, essas senhoras eram as meretrizes mais desavergonhadas e malvestidas da cidade; mas ainda não sabia reconhecê-las. Obstinei-me a caminhar, e desci a rua do Inferno, enquanto as carruagens, velozes, me enlameavam.

Um guarda prudentemente envolvido em seu amplo sobretudo me explicou: o bairro de Saint-Germain, felizmente, não estava distante. Segui religiosamente as instruções desse mentor. A chuva cessou, mas o sol não conseguiu atravessar as nuvens, e a noite caiu de verdade. Dirigi-me ao clarão de uma rua estreita, repleta de transeuntes, cercada de altas fachadas, onde flutuavam odores complexos que eu não podia distinguir, e onde ressoavam barulhos familiares de ferramentas batendo na madeira e no metal; além de tudo isso, os gritos modulados dos artesãos, as arengas dos vendedores; tanto e tão bem que cheguei ao final dessa rua sem me dar conta de que se tratava de uma ponte, e que eu acabara de atravessar o Sena. Continuei a caminhada, no ar pesado da noite. Senti um frescor de grama, e quis descobrir de onde vinha: avistei um jardim e quis entrar para me repousar um pouco. Um suíço bastante fanfarrão me interditou a entrada com a sua lança, erguido sobre seus esporões. Perguntei a razão desse gesto. Esse jovem fátuo se aprumou em seu uniforme e afirmou: a entrada dos jardins do Palácio Real era proibida aos soldados, aos lacaios, aos criados, às pessoas de boné ou jaqueta, aos estudantes, aos moleques, às pessoas sem confissão, aos cães e aos operários. Com esforço, passei por cima de sua insolência e perguntei o caminho da rua de Bagneux. Com um grande sorriso, informou-me que eu virava as costas à minha destinação. Eu estava me dizendo que esse suíço merecia uns bons pontapés quando um frade franciscano de passagem se apiedou desse estrangeiro enlameado e cansado e se ofereceu amavelmente para me levar ao meu destino, que ficava no seu caminho.

Graças a meu guia, aprendo que em Paris nem todos os números das habitações estão inscritos visivelmente em cima das portas; que, por uma singular aberração, saltam de uma extremidade à outra da rua: de forma que o 19 da rua de Bagneux, para onde devo me encaminhar, se encontra na frente do número 2. Ao ouvir o nome de Madame Paris, meu franciscano me olha curiosamente e se distancia. Enfim me encontro face à moradia dessa senhora Paris. Seria decente, nessa cidade, bater à porta de alguém às oito da noite sem ter sido anunciado? Meu amor-próprio fazia com que eu hesitasse em me mostrar transformado em estátua de lama. Mas não sabia onde dormir, e refleti que o ridículo disporia sem dúvida a meu favor. Toquei a campainha. Um porteiro avultado, com ar de homem gentil, abriu a porta, e estendi sem dizer uma palavra a carta da viúva Tribu, que eu conseguira salvar do dilúvio. O porteiro me convidou cortesmente a passar sob o pórtico, para me abrigar. Eu não me enganara em nada: divertiram-se enormemente com meu estado, e vários criados vieram me admirar, rindo por debaixo do capuz. Tratei de não me mostrar incomodado com esses risos, e todos foram agradáveis comigo. Dos aposentos da dona da casa chegou a ordem de me fazer parecer gente de novo. O porteiro se encarregou: Michel era um antigo sargento, rude gascão, repleto de cicatrizes de cutiladas, que tinha os movimentos restritos por causa de reumatismos e não parecia um grande inimigo do vinho. Fez-me entrar no pátio: no canto, duas cocheiras vazias pela metade, diante de nós uma fachada branca e simples, alegremente entrecortada por vastas janelas; através dos salões, avistei as aléias brancas de um jardim. Nunca tinha visto algo tão bonito, mas não ousava dizê-lo a meu guia. Michel me fez entrar num estábulo vazio, entre dois cavalos de carruagem de praça: fez-me tirar a roupa, e confiou meu traje a uma criada, que o levou; bateu-me com palha seca como numa galinha, fezme vestir uma camisa na qual cabiam duas das minhas. Quinze minutos depois, a governanta trouxe a minha roupa, ainda fumegando, mas quase seca, e milagrosamente limpa. Avisaram-me que era muito tarde para me apresentar a Madame Paris; mas que ela lera a minha carta com atenção, e me oferecia sua hospitalidade durante a noite. Imagine se não aceitei com efusão! Apressei-me em arrumar uma cama sobre a palha da cocheira, mas uma criada tão bonita quanto desagradável me conduziu pela grande escada da construção principal até o primeiro andar, depois, através de uma rede de corredores e duas escadas bastante estreitas, a um quarto vasto e encantador, onde havia estendido um tecido rosa no qual pastores contavam pequenas flores para as náiades. A criada se retirou; na penumbra, desnudei-me com pressa. Uma cama alta me estendia os braços. No momento seguinte, roncava profundamente.

O porteiro Michel ficara realmente encantado comigo. Às cinco da manhã, encontrei-o de pé perto da minha cama, convidando-me paternalmente a compartilhar seu chocolate na cozinha. Comemos largas fatias de pão branco e um queijo de ovelha seco e friável, acompanhado de um vinho escuro e almiscarado. Honrei tudo. Duas criadas, a cozinheira e Michel me olhavam comer com enternecimento. Estavam curiosos para saber o que me levava para lá, se eu tinha algum talento. Ao ouvir a palavra relojoaria, Michel me deu a esperança de que Madame Paris me encontrasse um trabalho, e ele se alegrava com essa idéia; a casa de Madame Paris não contava com muitos homens. Eu quis saber se eram bem-vindos aqui. Foi uma gargalhada geral; e assim fiquei sabendo que o número 19 da rua de Bagneux era reconhecido em toda a Europa como um dos mais admiráveis estabelecimentos de prazer da capital.

Assim, Camille Paris não persistira na venda de perfumes. Minha curiosidade pela sua casa duplicou. Como cada um tinha o que fazer, fiquei com a cozinheira, que aceitou a minha ajuda. Interroguei-a. Madame era uma patroa amada, pagava bem, mas impiedosa com os medíocres. Era conhecida em Paris como uma mulher de liderança, que nunca se deixara importunar por um marido; apesar da idade avançada, ainda era ela quem lançava os jovens à moda. Era-se amante de Madame Paris como nos tempos de outrora era-se treinado por cavaleiros experientes. Ela era vista freqüentemente, pela duração de uma estação, com um amante; mas nunca com o mesmo de um ano para o outro. Um rumor inexplicável — nesse ponto da conversa, esforcei-me por conservar um rosto impassível — lhe atribuía amizades um pouco vivas demais com o sexo frágil; rumor inexplicável, já que nunca dera provas a essa afirmação. Com o eleito da estação, Madame Paris seguia um protocolo invariável, levando-o ao campo nos dias bonitos, à Ópera no outono. O último de seus maridos passageiros fora mandado embora por Madame em pleno verão: era o visconde de D***, amável fátuo com peruca que seguia as mínimas modas, as mínimas predileções do último estilo de Paris. O visconde fizera menos uso do que seus predecessores: com gula, a cozinheira me contou a versão final dessa história.

Havia sete meses que o visconde estava na casa de Madame Paris quando foi convocado, juntamente com a condessa, pelo conde de D***, seu pai. Este apostara toda a fortuna familiar, e até um pouco mais. Tudo se volatilizara nas mesas de jogo de faraó, na casa de um de seus amigos. O conde acreditava poder recuperar uma fortuna já desfalcada pelas arriscadas especulações sobre os negros e o cacau. Restava-lhe a escolha entre a pistola e a prisão. A prisão lhe causava horror. A pistola tampouco lhe agradava, mas tinha seus encantos: escapava-se à desonra; deixava-se à família a possibilidade de bancarrota, a esperança de apagar o passivo. Resumindo, a decisão do conde tinha sido tomada. Ele julgara seu dever informar o filho e a esposa. A senhora de D*** se jogou aos seus pés. O visconde quis tocar a campainha para pedir sal, mas perdeu a consciência. A condessa afirmou preferir um marido desonrado, porém vivo. O conde lhe agradeceu, afirmando que seria fácil se sacrificar por uma mulher tão generosa; com essa palavra de sacrifício, foi a vez de a infeliz desmaiar. Quando voltou a si, levaram-na para a cama, e esse visconde apatetado ficou ao seu lado. Ela deu um grito terrível: e o conde? O filho respondeu calmamente não ter julgado bom impedir um ser tão corajoso de devolver ao nome de D*** sua solvabilidade. A condessa empurra esse filho desnaturado e se precipita no aposento do esposo: uma gaveta está aberta; sobre a secretária, duas cartas seladas; do conde, nada. Ouve-se um estrondo vindo do pátio. A Sra. de D*** se desespera. O Sr. de D*** foi encontrado num gabinete do térreo. Atirara na frente de um espelho, para garantir o sucesso da empreitada. O próprio visconde correu para narrar todo o acontecimento à amante, esperando encontrar em sua casa conforto e consolação; pois a alegria de se tornar conde estava temperada com o rude golpe da ruína, que o obrigava a vender terras, contrair empréstimos; coisas que lhe pareciam bastante fastidiosas. O visconde ficou realmente espantado ao receber da amante, como consolação, um tapa magistral e uma vigorosa repreensão que se ouviu das cozinhas. Indignada por ter se dado a um incapaz como este, Madame Paris o expulsou na mesma hora. E o novo conde de D*** foi se casar, para desencalhar os caixas, com a filha de um comerciante de tecidos grosseiros enriquecido nas Índias, enquanto Camille publicava essa história que obrigou o infame a se retirar em sua casa de campo em Limousin.

Minha contadora de histórias estava nessa parte da narrativa quando foi interrompida por uma criada de quarto. Madame Paris me aguardava em seu salão espanhol. Fui levado até lá. Uma timidez tomou conta de mim. Entrei, cumprimentei-a sem saber o que fazer e endireitei-me novamente. Sentada sobre um sofá, Madame Paris me observava com atenção. Isso a que se chama de beleza sempre me pareceu uma quimera fria e sem alma; e centenas de vezes admirei um rosto de mulher sem que sua imagem atingisse meu coração. Fisicamente, Madame Paris era pequena, mas proporcional; nada bela, mas infinitamente amável: a parisiense perfeita, numa cidade onde milhares de mulheres de qualidade podem pretender esse título. Ela oferecia, sem dúvida, esse rosto gracioso, essa vivacidade contida no aspecto, esse desembaraço de fala que são os passaportes exigidos para entrar nos salões da moda. Mas seu charme operava segundo causas mais profundas e mais tênues: um perfume de mulher sensual; essa intensidade no olhar que sempre me estremeceu; por fim, uma eloqüência medida, envolvente, que ela me demonstrou depois de ter perguntado bastante sobre Rose Tribu e sobre o que fora a minha vida até então: respondi com franqueza e simplicidade, tal era a admiração que essa mulher me inspirava. Quis saber se eu tinha a intenção de trabalhar para ela, e apressei-me a responder que sim. Então ela tomou a palavra, num tom tranqüilo que formava com a ousadia de suas propostas um contraste picante:

"O senhor deve saber que essa casa é o que os tolos chamam de lugar mal freqüentado; e, ouso dizer, um dos melhores de Paris. Desfrutamos de uma admirável reputação, tanto diante de nossos visitantes, que vêm de toda a Europa, quanto de nossos pensionistas, que se julgam afortunados por trabalhar aqui. Administro um bordel e não tenho a menor vergonha disso. Ao contrário, sinto até uma certa glória. Por Rosa, o senhor conhece o suficiente do meu passado para me prejudicar; mas conheço Rosa o suficiente para saber que não escolheu a pessoa errada ao lhe revelar segredos que, imploro, nunca divulgue em Paris, caso deseje a minha proteção e não queira atiçar a minha cólera. Permita-me contar o que me tornei depois de ela ter ido embora: isso o fará compreender o que posso esperar do senhor.

"A loja de perfumes do Palácio Real prosperou por mais dois anos; depois, as divindades caprichosas da moda, que tinham nos exaltado, decidiram nos dar as costas. Fechei a loja antes de ir à falência; vivi em Bruxelas de galantaria, durante dois longos anos:

quis que Paris me esquecesse, e dois anos em Paris são dois séculos. Um velho lorde inglês me levou de volta à França. Instalou-me neste palacete da rua de Bagneux em que o recebo. Queria imensamente desposar-me; mostrava-se tão insinuante, tão persuasivo e encantador que eu não estava longe de ceder, apesar de todos os juramentos que meu terrível casamento me inspirara. Acreditou que, plebéia, eu temia pela minha independência: convocou seu notário e, num abrir e fechar de olhos, tornei-me a única proprietária desse lugar, e de tudo o que ele continha. Não tive o prazer de lhe testemunhar a minha gratidão: seis meses depois, morreu de uma apoplexia. Eu morava num palacete suntuoso, mas sem um luís* no bolso. Encontrar um novo benfeitor, suportar a tutela de um importuno cujo único mérito seria dominar, estava além das minhas forças. Resolvi retomar com mão firme as rédeas do meu destino. Reuni meu pessoal: prometi honorários generosos a todos os que quisessem ficar a meu serviço; mas de início teriam que concordar em ser muito mal retribuídos. Aos que desejassem se aposentar, eu daria uma pequena pensão; mas pedia o prazo de um ano. É preciso que o senhor acredite que eu era amada pelo meu pessoal; apenas uma moça de 20 anos, que havia muito sonhava em retornar a Compiègne para se estabelecer como costureira, nos deixou. Em seguida, associei-me a um banqueiro, hipotequei meu único bem, e pus-me a conceber e realizar um bordel de um novo gênero.

"De fato, quis que esse estabelecimento fosse absolutamente singular. E o foi. Em Bruxelas, aprendera o seguinte: a imensa maioria das moças da galantaria é composta de infelizes criaturas reduzidas à escravidão, que odeiam sua condição; uma ínfima parte escolheu viver de seus encantos e teve sorte sufi-

---

*Antiga moeda de ouro francesa. (*N. da T.*)

ciente para não cair na conversa de uma proxeneta ou de um cafetão. Recrutei apenas mulheres dessa categoria e decidi que meu pessoal nunca seria composto de mais de dez moças, entre a idade de 16 e 20 anos. A cada uma dei a educação de uma jovem de qualidade, e para esse fim não negligenciei nada: essas raparigas tiveram aqui mesmo aulas de canto, música e dança; encorajava-as vivamente a ler; levava-as ao teatro. Naturalmente, toda essa educação tinha um preço; e foi nisso que apostei: dizendo-me que numa cidade como Paris deveria haver um número considerável de homens riquíssimos para desejar, pagando o preço justo, se oferecerem aos charmes de criaturas tão bem instruídas dentre as quais escolheriam suas amantes; e que não apresentariam em nada esses defeitos de galantaria, essa avidez por dinheiro, essa insaciável fome de atenção, esses ares enfadonhos ostentados para atrair o olhar alheio, e que formam nesse país a essência da personalidade das mulheres sustentadas. Apostei bem: os clientes se apressaram. Diante do excesso de demanda, tomei a decisão mais sábia: aumentei nossas tarifas já bastante elevadas e recusei contratar outras moças em vez de aumentar a jornada das que já trabalhavam comigo.

"A respeito da luxúria, das conversas e dos modos de salão, encarreguei-me de instruir as que precisavam; ordenei-as a não aceitar nada que julgassem degradante; mas também aconselhei-as a não se melindrar com nada dos caprichos da máquina amorosa. Logo tivemos a clientela mais opulenta e refinada de Paris. Velei pelo bem-estar dos meus pensionistas: oito criadas; uma cozinheira e duas ajudantes, uma para a carne, outra para as massas, o porteiro Michel, que o senhor conhece, e que é a alma da casa. Eis como esse estabelecimento se ergueu até onde está. E espero que assim continue. O senhor me pergunta que utilidade pode ter aqui. Michel está envelhecendo. A causa disso é uma tristeza que carrega: há um ano, perdeu um filho querido, sua única descendência. Desde então, anda distraído, melancólico, prejudicando o serviço; não posso nem imaginar despedi-lo, mas tampouco comprometer o bom funcionamento da casa. O senhor poderia auxiliá-lo, fazendo de tudo um pouco: aqui é sempre preciso consertar as janelas, lubrificar as portas, executar pequenas obras e toda sorte de missão em Paris, que Michel lhe indicará. Quanto a seus talentos de relojoeiro, verá que descobriremos como empregá-los. E quanto a nossas moças, o senhor as encontrará amanhã. A esse respeito, uma palavra: está proibido de dormir com elas; a não ser que lhe peçam, pela necessidade do serviço. Escute bem o que lhe digo. O senhor quer esse emprego? Não responda agora. Se não se importa, vamos antes visitar o meu estabelecimento."

Madame Paris se levantou sem esperar meu assentimento, e sem parecer minimamente ofegante por seu discurso. Deixando seu salão espanhol, entrou num longo corredor, por onde a segui. Os aposentos de prazer ocupavam, de um lado ao outro do pátio, o primeiro andar inteiro. Era uma segunda-feira, dia de descanso dos pensionistas. Os doze quartos estavam vazios, e visitamos um por um. Madame Paris prodigalizava todas as explicações necessárias. Oito desses quartos eram mobiliados e decorados no gosto simples daquela época, e serviam ao trivial das sessões galantes. As portas ficavam abertas; uma porta fechada significava que o quarto estava em serviço. Os outros quatro podiam responder, mediante um suplemento, a paixões mais exigentes, ou mais cerimoniosas. Chamavam-se quartos das máquinas. Muito felizmente a fantasia humana seguia regras de recorrência, e a maioria desses senhores compartilhava, sem saber, algumas paixões dominantes. Além disso, cada um desses quartos particulares era arrumado como um pequeno teatro; um sistema engenhoso de biombos e tetos falsos permitia organizar os lugares de várias maneiras. Havia o quarto religioso: uma cama de tiras de lona, dois genuflexórios, um confessionário; em dois altos armários, tudo o que se quisesse em matéria de círios e vestimentas eclesiásticas, inclusive os trajes religiosos mais banais. Seguindo esse mesmo princípio, um quarto oriental, repleto de panos escarlate e véus; em seguida, vinham o quarto camponês, com chão de terra batida, as vidraças cobertas de papel lustroso, e um quarto masmorra, o mais freqüentado pelos poderosos, onde representavam mais vezes o papel de condenado do que o de juiz ou o de carrasco. Eis as pacotilhas que a obediência aos desejos mais selvagens comprava, dia após dia. Cada cliente tinha também a liberdade de levar os acessórios de que precisava, e os meticulosos armazenavam na rua de Bagneux todos os apetrechos barrocos de seu prazer. Perguntei quanto custava uma sessão normal: Madame Paris me anunciou a soma fabulosa de 100 libras. Quanto às sessões particulares, cabia às raparigas fixar o preço que, no caso de comportarem algum ritual repugnante ou doloroso, poderia atingir o topo.

Ao sair desses apartamentos, Madame Paris me levou aos jardins, e anunciou que esperava a minha resposta. Eu estava no país de Vênus, onde os desejos reinam em toda a variedade de suas potências; pensava em meu mestre Lucrécio, sentia-me em casa, na efervescência dessa vida triunfante da morte. Beijei a mão de Madame Paris; e foi assim que entrei a seu serviço. No dia seguinte, Michel me apresentou a essas famosas pensionistas, que assistiam a uma aula de solfejo: interrompemo-las um instante. Doze olhares amáveis pousaram sobre mim; cumprimentei-as da melhor forma possível, cada uma disse seu nome, esqueci o nome ao olhar a pessoa, saímos, e a aula recomeçou. Achei-as encantadoras, mas não faziam meu gênero. Muito civilizadas, muito irônicas à moral; muito comuns fisicamente:

muito francesas, em uma palavra. Alegrei-me, pois assim não havia o risco de tentar seduzi-las. Michel me perguntou: será que adivinharia qual dessas jovens era a mais requisitada? Supus que se tratava da morena maliciosa, a primeira que me fora apresentada. Michel me cumprimentou pelo meu gosto, mas se divertiu com a minha ingenuidade: aquela por quem disputavam era a chamada Antoinette, uma loura cujos traços e a silhueta não me deixaram a menor lembrança. Perguntei por quê. Ele me respondeu que a maioria dos homens não busca nem o belo nem o original, mas o medíocre; quanto a saber por quê, Michel havia renunciado; que certamente as mais belas raparigas de Paris tornavam-se amantes estimadas; dessas que os homens compram a fim de mostrar em seus braços, no salão da Ópera; mas com as quais, no fundo, não fazem questão de se deitar. E citou o caso de uma Srta. M***, criatura divinamente bela que durante dois anos os jovens da moda disputaram; um jovem lorde inglês, desesperado com a idéia de voltar a Londres sem ter o que contar, pagara 1.000 libras por uma de suas noites. Em seguida, nem mesmo tentara possuí-la; fazendo-lhe prometer não dizer nada a quem quer que fosse. No raiar do dia, havia partido, descansado e contente, para se vangloriar em seu país dessa louca despesa, que supostamente era o sinal de uma louca paixão. Srta. M*** vingou-se dele, publicando a história, e o jovem lorde nunca mais pôs os pés em Paris.

Acomodaram-me no celeiro, numa espécie de pequeno quarto de rapaz, deram-me dois trajes simples, mas convenientes (por uma delicadeza notável, Madame Paris não impunha o uso de uniforme a seu pessoal). A luz só entrava por uma clarabóia, mas eu não tinha do que reclamar, pois levava uma vida das mais engenhosas: de manhã, na ausência dos clientes, inspecionava os aposentos de prazer, efetuando as menores reparações necessárias; caso fosse preciso, arrumava com Michel os quartos das máquinas; depois do almoço, permanecia em alerta, sempre pronto para levar um refresco, a fornecer algum acessório; às vezes uma rapariga me chamava porque um cliente caprichoso ou embriagado se permitia alguns atrevimentos; nesses casos, apresentava-me na companhia de Michel, e acho que devíamos parecer muito sérios, pois apenas uma única vez um importuno foi bastante teimoso e fomos obrigados a jogá-lo na rua. Finalmente, eu velava pelo bom funcionamento dos filtros de água, pois por razões compreensíveis todo o palacete era equipado de bombas modernas, que levavam a cada quarto uma água própria e abundante, e que se revelava menos custosa, uma vez o investimento reabsorvido, do que a compra intermitente dos carregadores de rua. Resumindo, fazia para o palacete da rua de Bagneux de tudo um pouco, o que correspondia profundamente ao meu talento, que era, como acabei por compreender, o de não ter nenhum. Não pense, Jean-Jacques, que procuro aqui a sua piedade. Não é repugnante não ter talento. Os gênios são freqüentemente seres cheios de mania: presos à mesma estaca, pastam sempre no mesmo círculo. Quanto a mim, agradou-me ser tal como era.

As semanas passavam e, para a minha infelicidade, não tivera mais nenhuma conversa particular com a patroa do estabelecimento, que eu avistava lendo ou costurando, todas as tardes, no vasto salão que dava para o pátio. Essa distância, a forte impressão que essa mulher extraordinária me deixara, a excitação que me provocava o trabalho entre saiotes e cremes, essa atmosfera de lençóis amarrotados e estupro, tudo isso me levou à conclusão de que devia estar apaixonado por Madame Paris. Esse pensamento surgiu numa bela manhã como uma revelação celeste; na primeira oportunidade, subi no meu celeiro, peguei pluma, tinta e papel e escrevi a Camille Paris uma carta inflamada, que me pareceu original, e que deixei, sem reler, no cesto de livros no alvorecer do dia seguinte. Depois, aguardei o dia inteiro na agonia de uma incerteza que eu interpretava como o sinal indiscutível da paixão mais ardente. Não tive que esperar muito tempo: um bilhete me convocava para a mesma noite. Na hora combinada, bati à porta do aposento da minha amada. Ela própria veio abri-la. Esse começo era de muito bom augúrio. Fez-me sentar ao seu lado, numa longa poltrona; lancei-me a seus pés, beijei-lhe a mão num arrebatamento indescritível. Obrigou-me a levantar. Minha altura coincidia com a dos seus olhos; ela abaixou de uma só vez as minhas calças, apoderou-se do meu utensílio já congestionado e pôs-se a me masturbar com vigor. Eu tinha esperado palavras doces, pronunciadas em meio a suspiros, defesas sutis, até mesmo reticências. A carga heróica de Madame Paris não demorou a provocar seu efeito contra a minha virilidade surpresa. Em seguida, Madame Paris tirou do seu corpete um pequeno e delicado lenço de cambraia; enxugou o produto do meu fervor juvenil e lançou tudo ao fogo. Voltou-se para mim, que retornara maquinalmente para a poltrona, depois de ter guardado um nervo eretor enrugado e desnorteado, e dirigiu-me mais ou menos essas palavras:

"Honrei o senhor ao recebê-lo hoje, assim como o acolhi recentemente: com franqueza e amizade. Saiba que ao lhe falar como o farei agora, honro-o ainda da minha confiança. Não sei o que pode tê-lo levado à conclusão de que me ama; e sobretudo de que podia se mostrar tão íntimo comigo para me revelar seus sentimentos. Li a sua carta. Ela é digna de sua sensibilidade, mas não de seu conhecimento do mundo, e menos ainda de seu julgamento. Sem a desculpa da idade, sem a afeição de nosso bom Michel, o senhor estaria esta noite na rua. Não pensou para quem dirigia seu ardor? Sabia que em Paris é mais fácil sobreviver à sífilis do que ao ridículo? Há, aqui, mais do que o suficiente, para o senhor e para mim. O que faria de um amante como o senhor? O senhor se torna inoportuno sem que eu tenha tido tempo de achá-lo engraçado. O que faria de uma amante com o dobro da sua idade? O senhor me admira e se crê apaixonado. É o sinal de um bom temperamento; há dois meses o observo: o senhor trabalha bem, e bastante; mas abriu mão de ter relações, e todo esse licor lhe subiu à cabeça. Os homens raciocinam muito mal quando seus colhões estão cheios. Pois bem, masturbei-o, eis que agora está purgado: coloque a mão sobre seu peito; ouse dizer novamente que me ama; e, se persistir sem mentiras, juro que serei sua."

Nesse momento de seu interessante discurso, Madame Paris percebeu que eu espumava de furor. Levantando imperiosamente a mão, intimou-me a manter silêncio, e acrescentou as seguintes palavras: "Não deixe seu amor-próprio lhe ditar uma resposta tola. Em cinco dias, no mesmo horário, se o senhor se apresentar a mim, saberei que não deseja largar seu serviço. Caso contrário, dar-lhe-ei uma gratificação, cartas de recomendação das mais calorosas, e tudo estará dito. O senhor encontrará nessa cidade vinte patrões que não têm, como eu, a mania da verdade!"

E essa mulher extraordinária me levou até a porta. Saí, decidido a nunca mais revê-la na vida. No dia seguinte, ocupei-me de meus encargos sem que a cólera fosse embora. No outro, ainda estou furioso e, de raiva, masturbo-me colocando Madame Paris nas posições mais obscenas que uma imaginação fértil e minhas sólidas leituras podiam sugerir. No final do terceiro dia, a minha cólera se atenua como acontece com todas as cóleras, e começo a cair em mim. Disse uma palavra da minha desventura a Michel, que teve a bondade de não rir na minha frente; e a fineza de não me dar conselhos. No dia e na hora combinados, estava diante de Camille Paris, que não tirou proveito de sua superioridade, mas, ao contrário, me fez sentir, não sei em que doçura de tom, que não guardava ressentimento da minha conduta. Ignorante que eu era então dos modos parisienses, medi a extensão de sua generosidade. Um reconhecimento sincero dita frases desajeitadas mas sentidas: declarei com muito gosto ter sido um idiota; renovei o testemunho da minha mais sincera admiração. Enquanto me escutava, ela tirou da manga uma carta que reconheci; não posso jurar não ter enrubescido; jogou-a ao fogo. E isso pôs fim ao incidente.

Nossa conversa tomou então uma direção bem diferente. Michel falara em termos favoráveis da minha habilidade manual, e ela julgara que eu deveria fazer novos serviços à casa Paris, se estivesse de acordo. Alguns de nossos clientes gostavam de dispor para os jogos de alcova de determinados acessórios; ferramentas que requisitavam, em sua fabricação, a utilização de materiais freqüentemente preciosos, como o marfim, e de mecanismos altamente sutis; mas que para dizer a verdade não eram desses que encomendamos sem risco, ou sem dificuldade, a um fornecedor de nome na praça. A fim de que eu pudesse ter uma idéia mais precisa da extensão da tarefa, Madame Paris me reservou a primeira hora do dia seguinte, e fomos ao bairro suburbano de Saint-Jacques, num vasto pátio traseiro onde um italiano produzia esses artigos. Conhecia um pouco esse velho Gondi, por ter ido, algumas vezes, buscar em sua casa entregas de finos pacotes cuidadosamente atados, cujo conteúdo eu era proibido de sondar. Gondi se estabelecera nesse local trinta anos antes, banido de Bolonha por um desonesto negócio de crianças, do qual corriam dez versões em Paris. Seu pequeno balcão vira desfilar a flor da libertinagem parisiense; mas também discretos invertidos, velhos meticulosos e compassados, sedutores de todas as idades; as damas da boa companhia, por sua vez, não apareciam ali por nada: enviavam alguma criada de confiança.

Gondi nos recebeu no pátio, nos fez atravessar a loja e subir por uma escada tortuosa e fedorenta até o ateliê, no segundo andar. O lugar era cômodo, a luz entrava por janelas compridas que não davam para nenhum outro imóvel, e dispunha de uma saída discreta para uma rua freqüentemente deserta. Gondi armazenava lá, cuidadosamente alinhada em vitrines que cobriam a maior parede do ateliê, uma gigantesca coleção de pênis artificiais, de uma notável variedade, no que diz respeito tanto ao material quanto aos tamanhos e às cores. Também havia sobre uma longa mesa um grande número de objetos destinados a usos obscenos: correntes e braceletes adornados, vaginas artificiais, poltronas especiais, luvas, bijuterias e utensílios de todos os tipos. Gondi tinha um belo rosto de prelado, fino, espiritual e profundo; sobretudo suas mãos eram admiráveis, castiças, comprovando sua fabulosa habilidade. Fora isso, nada além do comum: um busto curto, membros tortos; quanto à moral, tinha a mordacidade de uma cobra. Esse comerciante sensato não ignorava que seu sucesso tinha os dias contados, pois começava a se sentir cansado; Madame Paris havia se predisposto a comprar suas coleções volumosas, sua loja e seu ateliê; com a condição de que ele iniciasse na sua arte a pessoa que ela designasse. Madame Paris despediu-se de nós. E fiquei ao lado de Gondi, que me mostrou de bom grado as peças mais notáveis de sua produção. Não as detalharei aqui. Que se saiba que só o exame de imitações do órgão viril nos ocupou diversas horas: Gondi experimentara todos os tamanhos; todos os materiais; modelos duplos ou simples; fundos falsos cujo abrigo favorecia; peças mecânicas, que examinei com a atenção merecida, com molas engenhosas que davam um movimento quase natural. Gondi tinha diante dele dez meses de encomenda; ficou decidido que durante esse tempo eu observaria ao seu lado os segredos de sua arte, antes que se aposentasse.

Uma vida nova se organizava para mim, bem distante do ócio. Tinha 25 anos, estava em plena forma: de manhã cedo, dedicava-me às pequenas reparações da desordem das noites da casa Paris; em seguida, corria ao bairro suburbano de Saint-Jacques, onde me transformava no assistente de Gondi. Em alguns meses, dominei as principais destrezas desse artesanato, e comecei a propor inovações. Fiquei particularmente orgulhoso de certa mola de minha invenção, capaz de dar a uma poltrona para senhoras ou senhores um balanço que imitava maravilhosamente os assaltos repetidos de um amante vigoroso; e cuja amplitude se regulava à vontade; tive igualmente a idéia de organizar um catálogo de nossos produtos e batizar nossos modelos: os objetos formados à imagem do pênis foram nomeados Prestígios — vendíamos, sobretudo, Formidáveis e Insidiosos; os objetos à imagem de vaginas receberam o nome de Frascos: o Eliseu e a Donzela tiveram grande sucesso; a cadeira que me deixava orgulhoso era a Incansável. As tardes se passavam no balcão de Gondi. Aprendi a escutar, impassível, dignos senhores nos apresentar fábulas longas e constrangedoras, que visavam a nos fazer acreditar que os pênis artificiais cujas medidas respeitáveis eles me ditavam com uma voz trêmula eram destinados a conhecidos distantes que eles ajudavam por pura bondade da alma, ou a alguma experiência divertida de físico. O final da tarde me levava a Paris, onde eu entregava algumas encomendas. Às vezes acontecia de me pedirem uma demonstração, e eu raramente recusava essas sujeições do comércio.

Chegou o momento em que Gondi devia se aposentar. Foi necessário me encontrar um nome, nesse teatro parisiense de prazeres secretos. Madame Paris propôs Laroche, patronímico cuja firmeza pareceu convir a meu temperamento; acrescentei Bernard, em homenagem a nossa mãe, que tinha esse sobrenome quando solteira. E foi assim equipado que apareci no palco da libertinagem parisiense, no outono do ano de 1731; representei meu papel com aplicação nos nove anos que se seguiram. Conheci então os indivíduos mais singulares da capital, todas as cabeças filosóficas que o pensamento íntegro tinha conduzido ao caminho da exploração dos sentidos, e que não se satisfaziam com o raso moralismo das celebridades ascendentes do partido filosófico. Aprendi muito do contato com eles, pois esses homens tinham a mania inofensiva da conversação, e o furor menos inocente de convencer seu próximo. Divertia-me em lhes fornecer a contradição, opondo a meu cliente de sexta um argumento que um outro me assentara na terça. E, quando era pego de surpresa, tinha sempre o prazer de citar meu Lucrécio. Eu, que nunca abria um livro, tive logo a reputação de um homem de saber. A ingenuidade dos libertinos sempre me comoveu vivamente; e algo de artificial, de aplicado em seu gosto pela libertinagem, me impediu com freqüência de admirá-los completamente. Da mesma forma, nunca entrei de cabeça nessa panelinha de devassos. Estava sozinho aqui, como em todos os lugares.

Ao longo desses anos, recebi representantes da polícia francesa. O passaporte falso que um poderoso amigo de Madame Paris havia me fornecido indicava que eu era cidadão de Genebra, por causa de um sotaque que nunca pude corrigir; era então um grande suspeito sob o aspecto da política e da religião. O primeiro a se apresentar, assim que Gondi se aposentou, foi um homem pequeno e afável, enviado por Versalhes. Queria conhecer a natureza do meu comércio, pediu-me notícias do senhor Gondi e mostrou-se interessado por meus novos modelos. Felizmente instruído por Michel, não me aventurei a dissimular o que quer que fosse a esse representante da ordem, cortês e benévolo, que tinha o poder de me fazer apodrecer em Vincennes ou na Bastilha o resto de meus dias. O homem me fez muitas perguntas sobre nossos clientes mais fiéis e mais eminentes. Vinha colher comigo pequenos fatos escandalosos que entravam em seguida na composição desses relatórios escabrosos com os quais se deleitavam, todas as manhãs, o rei e a sua favorita. Todo tipo de policial me visitava, de longe em longe. A alguns, oferecia examinar o caixa onde fechava os benefícios das vendas do dia. Inspecionavam-no com cuidado, e devolviam-no um pouco mais leve. A outros, arriscava-me a propor um modelo de sua escolha, homenagem do operário dos prazeres ao mestre dos segredos; geralmente, eles declaravam aceitar apenas por desejarem oferecê-lo. Graças a esses bons procedimentos, nunca fui obrigado a fechar o ateliê.

Esses anos correram num abrir e fechar de olhos. Parecia que os franceses tinham se encantado como nunca com os progressos da mecânica, e não apenas no estrito domínio em que eu exercitava. Houve em Paris uma moda de máquinas autômatas que não estava longe de virar uma mania, de modo que o dono de um café dos jardins do Palácio Real fazia assim a sua fortuna, sem esforço: as beberagens servidas em seu estabelecimento, que eram comuns mas fora de preço, chegavam às mesas dos clientes sem a intervenção visível de qualquer criado humano. Como por uma operação mágica, surgiam de uma coluna oca disposta sob a mesa que descia até a adega. Esse dispositivo dos mais simples ganhava, por ser dissimulado, um fabuloso prestígio. O hábil comerciante a quem se devia essa representação ganhava não apenas com as bebidas, mas também com os assentos localizados diante da vitrine, que os transeuntes alugavam como camarotes de teatro. Todo esse público gostava desse falso prodígio e se deleitava em não compreendê-lo.

Numa manhã, recebi a visita de um homem gordo que eu nunca tinha visto, mas que trazia um ar de alegria e de prosperidade em toda a sua pessoa. Não me disse seu nome quando chegou, e me interrogou com um ar de imperiosa autoridade que me fez entender que convinha lhe responder sem hesitar. Ele desejava saber se eu aceitaria um trabalho bem particular, que se distanciava não apenas dos bons modos, mas também, e mais perigosamente, dos ensinamentos da santa Igreja Católica, Apostólica e Romana. Assim falava ele: a franqueza desse tom me agradou; sua ousadia conquistou a minha admiração. A pessoa que o enviava vinha de uma das maiores famílias da França, e não queria aparecer nesse negócio; então, eu deveria me dirigir ao Sr. B***, se entrássemos em acordo. Examinou-me com seu olhar perspicaz. Ao ouvir o nome do Sr. B***, meu rosto se iluminou; perguntou-me se era um conhecido meu; respondi que lera seus *Comentários* de Lucrécio. Ele me fez algumas perguntas sobre meu filósofo. Não devo ter dado respostas muito estúpidas, pois me falou com um tom de liberdade ainda mais evidente ao entrar nos detalhes de seu requerimento. Mas, antes de expô-los, convém dizer aqui algumas palavras sobre o Sr. B*** e sobre a ocasião que o levara a meu ateliê de Saint-Jacques.

Tudo o que eu sabia sobre ele dispunha a seu favor. B*** fora coletor dos impostos régios nessa mesma Provença que vira nascer Saint-Fonds. Lá, fizera fortuna sem arruinar outrem, antes de se aposentar em Paris. Dizia-se que certas autoridades religiosas terminaram por conseguir seu afastamento das funções de arrematador de impostos; pois o homem era brutal, total e definitivamente ateu, e mal o escondia. Contava voluntariamente que nascera assim, privado do falso sentido dos deuses; que era impossível acreditar que seu ateísmo fosse resultado de rancores pessoais, pois recebera de bons padres a melhor educação. Seus famosos *Comentários* de Lucrécio haviam saído numa dessas edições ficticiamente situadas no Congo; não a assinara, é claro; mas a obra continha um prefácio de sua autoria, no qual fingia se indignar com a idéia de que um leitor ingênuo tiraria da obra suporte para derrubar a verdadeira religião. Em seu palacete da rua Saint-Honoré, B*** passava para receber todos os maus espíritos da capital. Falando pouco, escutando bastante, atento tanto ao serviço quanto às conversas, B*** atraía a melhor sociedade, sendo que metade vinha para poder dizer ter estado em seu estabelecimento; e a outra metade por fome de alimentos filosóficos mais substanciais. Todos partiam contentes. B*** não tinha nada de um devasso. Pelo que se sabia, não tinha nem uma amante nem um favorito. Parecia não ter nenhuma paixão pela carne, mas cultivava o gosto, mais raro e delicado, de satisfazer os prazeres de seus próximos: dizia-se que oferecera ao melhor amigo, por ocasião de seu aniversário de 40 anos, quarenta raparigas núbeis, escolhidas no mundo inteiro entre as raças mais belas. E, para as coisas da mesa, era de uma delicadeza e uma erudição infinitas: não se incomodava de cozinhar ele próprio; sob esse aspecto, era de uma tal volúpia que se supunha estar aí a explicação da sua castidade completa. O homem era verdadeiramente enorme, o que não se percebia de início, tamanha era a energia que ele transbordava.

O palacete da rua Saint-Honoré abria as portas às quintas e aos sábados; além disso, B*** recebia às segundas uma espécie de pequena sociedade composta por seus amigos mais próximos, todos sábios e letrados. Não era, propriamente falando, um dia como outro qualquer, e os curiosos que se apresentavam sem ter sido convidados eram recusados, enquanto a casa inteira estava iluminada com grandes castiçais, e atrás das portas se ouvia a grandes gargalhadas e gritos que o patrão estava viajando. Alguns grandes senhores íntimos do dono da casa, colecionadores, como ele, de plantas e animais raros, possuidores de vários gabinetes de curiosidades; alguns prelados curiosos de tudo, e não muito fortemente ligados aos tratamentos que ele dispensava a suas ovelhas. Nenhum burguês. Eis o que compunha, como ele mesmo me explicou, toda a sua sociedade, que contava notavelmente com o ilustre duque de C***, e onde reinava uma liberdade absoluta, longe da idiotice dos homens e do ouvido dos espiões da polícia.

De orgias que às vezes denunciavam libelos injuriosos, nem mesmo um vestígio nessa confraria bizarra. É verdade que todos os convidados eram conhecidos, particularmente, por serem libertinos impenitentes: o bispo de M*** deixava a cada semana na casa de Madame Paris e em outros estabelecimentos dessa ordem somas consideráveis, e os quadros delicados que ele pedia às raparigas custavam um suplemento bem caro; o duque de C*** fora o César das últimas campanhas militares do reino; passava-se, como seu modelo, pelo marido de todas as mulheres, mas também pela mulher de todos os maridos. Esses dois, e alguns outros do mesmo calibre, se encontravam na casa de B*** por volta das seis da tarde; os criados traziam colações e se retiravam em seguida: eles degustavam doces frios, filés de aves na brasa; ostras que o dono da casa apreciava com gula, e das quais gostava de dizer que superavam o aroma das vaginas mais frescas. Experimentava-se de tudo. Falava-se de tudo. A pequena sociedade se entretinha das novidades e dos progressos da ciência, cada um trazia segundo sua tendência uma pedra ao edifício. Tudo o que parecia singular e divertido no mundo encontrava lá um público atencioso e severo, inclusive no domínio infinitamente diverso dos comportamentos humanos, as posições elevadas desses senhores lhes fornecia lá de cima uma matéria abundante. Por volta da meia-noite, todos se retiravam, e cada um retornava, descansado e contente, à sua vida social bem farta.

Por volta do fim do ano de 1738, um certo Vaucanson conheceu uma fugaz celebridade. Ele tinha elaborado pacientemente um pato mecânico. Não era exatamente um autômato: o animal se parecia mais com o relógio da sala do que com o habitante de uma criação. Mas, tal como era, o pato de Vaucanson inflamou as imaginações tão rapidamente que enriqueceu seu proprietário, que cobrava pelas demonstrações. Aqueles que o tinham visto diziam que ele bebia como um animal de verdade e, ainda mais extraordinário, também digeria; no entanto ninguém era capaz de dizer como essas operações delicadas eram efetuadas. O Sr. B*** e seu pequeno círculo de segunda-feira quiseram ver com seus próprios olhos o prodígio: a corte e a cidade, que tanto bajulavam o pato mecânico do tímido engenheiro, também haviam se mostrado, no passado, tão ingênuas quanto a gentalha embasbacada, na feira de Saint-Germain, pelo homem serpente ou a mulher barbada. O Sr. de Vaucanson não seria apenas um hábil saltimbanco? O Sr. B*** ficou encarregado de convidar o homem e seu pato. Conseguira a preço de ouro uma demonstração, pois desejava desvendar os segredos de fabricação do objeto: talvez ele fosse efetivamente prodigioso; talvez B*** suspeitasse de alguma fraude; nos dois casos, recusava-se a se deixar levar. Ora, seria preciso que B*** tivesse os conhecimentos técnicos requeridos para desmascarar um impostor dessa ordem, ou admirar seu gênio mecânico. E foi por isso que se propôs a me introduzir nessa pequena companhia, sob falsa identidade, a fim de que o senhor de Vaucanson, que recusava que sua máquina fosse examinada por homens da arte, não desconfiasse de mim; prevenido, cada um se dirigia a mim como o conde de Artois. Eu examinaria sem ar de entendido a máquina de Vaucanson, e entregaria meu relatório a esses senhores. Não é difícil adivinhar se aceitei a proposta do Sr. B***.

Na tarde de segunda-feira, um esquadrão de fornecedores se apresentou no palacete da rua Paraíso, onde eu aguardava as instruções do meu patrão de uma noite. Pentearam-me, perfumaram-me, vestiram-me à última moda e calçaram-me com sapatos novos. E eu, que não gostava de nada além de me arrastar desleixado, sem peruca ou fato, fui naquele dia um senhor da moda, de tal modo é verdade que, se o hábito não faz facilmente o monge, faz tudo pelo fidalgote. A carruagem do meu anfitrião me leva à sua casa. Entro num salão luxuoso forrado de azul, sou apresentado a metade dos homens mais ilustres de Paris. A verdadeira grandeza não tem afetação: esses senhores são extremamente simpáticos comigo. Vamos para uma sala de jantar onde há duas horas o convidado de honra se entretém com sua invenção.

O pato de metal e madeira nos aguardava; de pé ao seu lado, a cabeça nua, Vaucanson nos cumprimentou e, superando uma timidez nativa, pôs-se a nos mostrar sua invenção. O pato se compunha essencialmente de peças de metal. Era recoberto com uma espécie de molde acobreado, o que mostrava que seu fabricante não tivera o cuidado de imitar uma plumagem. O Sr. de Vaucanson abriu para nós esse molde, e pusemo-nos a examinar por prazer a maquinaria complicada do animal. Enfim, o sábio convidou o duque de C*** a alimentar o animal. O duque colocou um grão de trigo em seu bico. O molde ficara aberto para que pudéssemos acompanhar a operação: primeiro, o alimento desceu lentamente pela goela, pelo simples efeito da gravidade; chegou assim a uma espécie de vaso que imitava o estômago, e no fundo do qual estagnava um líquido clarete; aqui o grão sofreu uma lenta dissolução. O bispo de M*** perguntou-lhe a respeito da composição desse caldo, mas o inventor recusou energicamente a nos fornecer a receita. Logo o grão perdeu sua aparência primeira; o líquido se tornou mais escuro; um jogo astucioso de êmbolos levou os resíduos caídos no fundo do estômago a um esfíncter, que serviu para comprimi-los. Enfim, num silêncio absoluto, o pato do Sr. de Vaucanson liberou essas pequenas fezes verdes que arrancavam os gritos de toda a respeitável cidade de Paris havia algumas semanas. Repetimos a experiência uma vez, com o miolo de um pão branco. E foi tudo. Agradecemos ao Sr. de Vaucanson e o gratificamos generosamente. Ele se despediu acanhadamente. Seus assistentes vieram desmontar o pato, abrigando-se atrás de um biombo. Perguntei se tentara dar um movimento autônomo à sua criatura (pois o animal que ele apresentava era desprovido de patas, e devia ser colocado num pedestal que continha as peças de relojoaria necessárias à ação das partes móveis do sistema digestivo): Vaucanson respondeu que não pretendia rivalizar com o Criador de todas as coisas. Agradecemos polidamente, e ele se despediu. Retornamos ao salão azul, onde os restos de nosso jantar já tinham sido retirados.

Os julgamentos dos presentes, após a partida de Vaucanson, foram impiedosos: atacaram o infeliz e seu animal. Essa ferocidade atestava a decepção desses homens de imaginação excessiva. Tinham se exaltado com a idéia de que um novo Prometeu tivesse talvez conseguido simular a Natureza, de forma que as fezes vaucansonianas pareceram a esses senhores um pouco desprezíveis. Vaucanson podia bem engodar as cabeças fracas da boa sociedade, ou os espíritos ensombrados de cristianismo que a impotência do Homem regozijava secretamente em igualar à natureza. Teve pouco sucesso com esses espíritos fortes. O Sr. B*** pediu a minha opinião. Não me associei à paróquia. Comecei por destacar que nenhuma das máquinas implicadas no funcionamento do autômato era nova; que o único verdadeiro achado de nosso homem fosse talvez esse líquido digestivo cuja composição eu só podia conjeturar; que no entanto dificilmente se podia considerar essa operação como uma digestão perfeita, na medida em que não podia fazer sangue e partes nutritivas para a conservação de todo o animal. Que em suma e por fim, embora não fosse uma fraude condenável, esse pobre pato estava bem longe de valer seu modelo e o barulho que fizera. A moderação de meu discurso produziu uma boa impressão em meu auditório. Fizeram-me numerosas perguntas; quando B*** chamou para a ceia e eu me levantei para me despedir, houve um único grito: a companhia inteira me reteve.

A ceia foi um assombro. As pessoas não diziam nada e falavam de tudo com ânimo. Com o avançar da noite e a ajuda do vinho de Champagne, alguém observou que havia uma função que o pato não realizava: a da procriação. Que a façanha de defecar não era tão grande quanto a de copular; e disse isso olhando para o Sr. B***, cuja castidade era objeto das zombarias dos amigos. Quando as gargalhadas enormes produzidas por essa piada se dissiparam, o Sr. B*** declarou tranqüilamente que eu deveria estar à sua altura: que queria que eu construísse não apenas um ser provido de um sistema digestivo completo, para o qual o bispo de M*** sugeriu o nome de Cloaca, que foi unanimemente adotado, e acompanhado por zombaria do nome Adão; mas também um amante mecânico que seria batizado de Hércules, capaz de copular incansavelmente, a fim de provar a esses senhores que os milagres da luxúria, dos quais faziam tanto caso, não eram nada de tão extraordinário. Toda a assembléia se voltou para mim. Prometi o Adão cloacal, prometi o Hércules libertino: o público me aclamou. Beberam à minha saúde e assim terminou essa noite memorável. No dia seguinte, o Sr. B***, talvez o único a não ter esquecido a promessa, se mostrou pronto a cumpri-la: veio me visitar na rua de Bagneux e buscar o consentimento de Madame Paris. Essa mulher extraordinária consentiu tudo, já que eu tinha no ateliê de Saint-Jacques, doravante, três assistentes bastante avançados para satisfazer a maior parte das encomendas.

Confiei a B*** minha velha fantasia do movimento perpétuo. Ele me estimulou calorosamente a retomar os trabalhos e me concedeu uma soma confortável para os materiais e as ferramentas. Chegamos à conclusão de que tal empreendimento necessitava de um ateliê particular, bem vasto e discreto. Na primavera do ano de 1740, encontramos nosso negócio nas portas de Paris. Era, no flanco da colina de Chaillot, no bem chamado caminho das Vinhas, o que restara da casa de campo de um velho excêntrico: as estrebarias que esse banqueiro, que tratava melhor seus cavalos do que seu pessoal, quisera faustuosas, e que ainda o eram: lambris de uma madeira estranha, quase carmesim, subiam até a altura de um homem; um luxo espantoso de ferraduras; estábulos imensos. B*** converteu esse espaço numa biblioteca e num quarto de descanso. Transformara a selaria em ateliê, abrindo duas grandes janelas, de onde se avistavam Paris, o balé das carruagens ao longo do pátio da rainha, a vastidão sombria do Champ-de-Mars. Sob essas janelas, uma longa mesa de carvalho, equipada de todas as ferramentas necessárias para o trabalho com madeira, couro e metal; quantas vezes, ao me levantar de madrugada, não fui contemplar o nascer do sol, enquanto as nuvens, em cima dos tetos, partiam rumo ao leste! Quantas vezes não vi o céu estrelado estender lentamente a noite às coisas e aos homens! Dez anos da minha vida iriam se passar nessa ilhota de vinha onde conheci tantas alegrias. Explicar ao beócio esses dez anos de tentativas, de meditações, de ensaios, para quê? Basta dizer que as explicações de Lucrécio para os mecanismos sutis da digestão, no livro quarto de seu tratado, me pareceram, com o tempo, bem simplistas; não que eu tenha colocado em causa o seu cuidado pela explicação material: dizia-me, ao contrário, que era preciso descer a níveis de descrição ainda mais finos, ainda mais sutis do que aqueles que ele tinha alcançado; em suma, convinha refinar o materialismo e não, como faziam muitas das mulas ignorantes da Faculdade, elevar-se falsamente no vazio absoluto das crenças, lá onde o espírito não encontra nenhuma resistência, visto que abraça o vazio! Avançando no conhecimento do homem, admirava cada vez mais a vitalidade da sua máquina.

Durante esse tempo, esquecera Genebra e todos os Rousseau da terra, quando um de nome Jean-Jacques começou a fazer barulho na capital. De início, duvidei que fosse você; mas fiquei sabendo que seu apelido era o Cidadão de Genebra. Li alguns artigos seus, consagrados à música, na *Enciclopédia* dos Srs. Diderot e d'Alembert: B*** foi um de seus primeiros subscritores. Acompanhei então a ascensão de sua estrela no céu inconstante do reino da França: um de seus discursos ganhou um concurso em Dijon, e o *Mercure* publicou uma matéria sobre o assunto; seguiram-se respostas, refutações, polêmicas. Entregaram a Versalhes e à Ópera uma obra de sua autoria, e então você se tornou tão célebre que me felicitei por ter trocado de nome. Ouvi algumas canções tiradas do seu *Adivinho da aldeia*. Pareceram-me bem enfadonhas. Mas um escândalo se ligou à sua pessoa: parecia que você tinha se recusado a se apresentar a Versalhes para se juntar a essa baixa-corte de aduladores; dizia-se que Denis Diderot o recriminara: havia, lá, uma pensão a receber, pão para seus filhos. Senti-me novamente seu irmão. Pensei em pesquisar seu endereço para lhe fazer uma visita, quando B*** me anunciou que acompanharia a Genebra uma de suas amantes para que fosse tratada pelo ilustre Tronchin (acreditei entender que era, na verdade, de uma manobra para essa mulher se livrar de um fardo pesado que não se parecia com o marido). Pedi a meu protetor para se informar, sem chamar a atenção, sobre a família Rousseau, e sobre um de nome François, irmão do outro, e que eu dizia ter conhecido outrora. B*** se encarregou dessa missão, sem se deixar enganar, acho eu, pela minha meia-mentira. Na sua volta, fiquei sabendo que meu pai estava morto. Devo confessar que na verdade a notícia não me emocionou nada. Eu exprimia um certo reconhecimento por aquele que me colocara no caminho da idade adulta. Mas não tive o prazer de conhecê-lo. A voz do sangue fornece muitas vezes oráculos obscuros, e nunca saberei se esse homem e eu poderíamos ter sido próximos.

Quanto ao chamado François Rousseau, B*** me trouxe a seu respeito tristes notícias: vira em Genebra uma carta da autoria de seu irmão Jean-Jacques que o dizia defunto. Por ocasião da morte de nosso pai, Jean-Jacques, você quis obter a herança. Você tinha um irmão sem quem a coisa seria impossível, pois era preciso dividi-la com ele. Desaparecera havia tanto tempo que você mentiu à República de Genebra, dizendo que sabia quase com certeza que François Rousseau não estava mais neste mundo. Seu subterfúgio fracassou. Mas você não estava errado ao escrever isso; tornar-se estrangeiro, não a si, mas a essa pequena marionete que a sociedade deseja que sejamos, porque ela a manipula por prazer, tal era a lei que reinava sobre mim. E eis do que mais me orgulho quando lanço um olhar neste mundo onde em breve não mais estarei: vivi a minha vida. Quantos homens conquistaram o direito de escrever isso? Essa pequena baixeza concernindo a nossa herança me irritou e renunciei a vê-lo. Mas já é muito sobre nós: volto às minhas pesquisas.

No começo do verão de 1740, reservei um estábulo a nosso Adão cloacal, e outro a nosso galante Hércules. Havíamos pensado, por uma ingenuidade que me enrubesce hoje em dia, que os segredos da digestão eram mais simples. Antes disso, eu nunca pensara nos milagres da digestão, mas estimulado sem dúvida pelo sucesso de minhas mecânicas sexuais, esperava, encorajado por meus talentos de relojoeiro e o dinheiro de meu faustoso mecenas, desvendar os segredos do ser vivo, em alguns meses, em alguns anos talvez.

Primeiro, foi necessário determinar um método de trabalho para essas novas tarefas. Sempre desconfiei de sistemáticas: são pêndulos fixos que se vangloriam, duas vezes por dia, em dar a hora certa; mas é sempre a mesma. Entretanto a concepção de meus autômatos exigia de mim alguma filosofia primeira, e eu estava bem decidido a não negligenciar nada para a realização desse projeto grandioso. Também escreve-mos, o Sr. B*** e eu, cartas a alguns sábios que, na Europa, haviam debatido sobre questões que nos atormentavam. Alguns imbecis nos remeteram à Antigüidade. Quase todos os outros, como é de praxe entre tais seres, se dividiram em dois campos adversos. Os partidários da Malaxação consideravam que dos dentes ao ânus nossos alimentos são amassados, moídos, triturados, e que essas operações liberavam os alimentos do calor, da umidade que o corpo reclama. Os defensores da Dissolução pretendiam que a saliva, os sucos contidos no estômago e nos intestinos corroíam o alimento, como o vinagre pode dissolver um pedaço de carne fresca. Alguns, políticos hábeis, defendiam que a trituração e a malaxação entravam em partes iguais nessa operação vulgar. Eram, provavelmente, os mais próximos da verdade; mas os menos bem armados para alcançá-la. No entanto, os Dissolucionistas, os Malaxistas e os Malaxo-Dissolucionistas demonstravam uma esplêndida eloqüência; recusavam admiravelmente as teses adversas, ofereciam argumentos inatacáveis. Mas não havia, nos meandros de sua prosa, fatos solidamente estabelecidos, observações rigorosas. Gastavam boa parte de sua energia nas polêmicas, e passavam o tempo a se citar uns aos outros, como pequenos embaixadores de reinos quiméricos, trancados em castelos de areia, que ninguém pensava em soltar. Logo fomos inundados de dissertações, refutações, sempre ornamentadas de pedidos de subsídios. Nossas únicas leituras proveitosas foram o tratado da digestão de Van Helmont e todas as obras do brilhante fisiologista Boerhaave, que felizmente um espírito livre acabara de traduzir para o francês, ao abrigo da Holanda, e que tivemos de encomendar discretamente a um editor suíço que o infortúnio da época obrigava a publicar, além das obras da verdadeira Fé reformada, tudo o que a Europa produzia de ruim. Não conseguimos chegar ao fim da prosa indigesta de um certo Stahl, e assim terminaram nossos estudos abstratos.

Gosto de pensar, Jean-Jacques, que, contrariamente a todos os patetas que se dizem hoje seus discípulos, você não se faria de difícil diante do tema dos meus trabalhos. Traidores que se valem de você, e que pretendem conhecer o Homem em toda a verdade da sua natureza, fizeram dele um fantasma pálido, exangue, sem carne e sem paixões múltiplas; e esse Homem, adivinha-se, não caga nem fornica. Esforcei-me em observar em mim mesmo a diversidade das operações da digestão. Engolia uma refeição sem mastigar, observando quais as perturbações que criava assim em meu estômago, na formação de minhas fezes; no dia seguinte, absorvia a mesma refeição, mas com compunção, e fazia comparações. Admirava os prodígios empíricos e tranqüilos da natureza: como trituramos grosseiramente os alimentos; como eles trilham um caminho em direção ao nosso estômago; como aí permanecem durante longo tempo para sofrer sutis, quase alquímicas transformações; como tiramos dos alimentos os elementos vitais; como o saldo dessas operações misteriosas é expelido para o exterior do nosso corpo: tudo, até o excremento, me parecia digno de interesse e admiração. Aprendi como a Faculdade descreve as fezes, segundo a consistência, a rapidez de dessecação, o odor da matéria fresca, sua forma e sua abundância. Que se ridicularize essa aplicação e esse zelo, nunca compreendi. Consultei cirurgiões e médicos, anatomistas e naturalistas. Corri durante semanas por toda a cidade, de hospitais a consultórios particulares, devorando experiências, observando e anotando testemunhos.

Como surpreender os segredos da Natureza no ato da digestão? Tive de me lançar nessa pesquisa *in anima vili*, pois começava a temer pela saúde dos meus intestinos, que protestavam cada vez com mais freqüência contra os regimes aos quais eu os submetia. Os gatos errantes das redondezas se encarregaram da primeira série das minhas experiências: nada mais fácil do que atraí-los para fora das vinhas e das pedreiras vizinhas onde preguiçavam o dia todo. Munidos de longas luvas, meus operários os jogavam em grandes sacos de pano. Eu concebera uma máquina cruel, espécie de pelourinho que lhes imobilizava as patas em tubos de couro. Sacrifiquei os animais sobre o altar da ciência digestiva. O primeiro foi um gato calvo e selvagem, munido de um horroroso manto laranja. Incisei o flanco do animal, e fendi sua bolsa estomacal a fim de observar seu conteúdo. Mas eu tinha calculado mal meu trabalho: de início, o animal colocado na máquina de minha invenção soltara gritos tão lancinantes que imaginei poder ouvi-los de Paris. A incisão que lhe infligi lhe provocou urros indescritíveis, e sem refletir comecei a desatar meu pelourinho. O pobre animal escapou quebrando as duas patas traseiras, e se pôs a rastejar miseravelmente para sair desse lugar infernal, deixando atrás de si um rastro de muco e sangue. Recapturei-o sem dificuldade e esmaguei sua cabeça com uma única botada, para abreviar seu sofrimento. O segundo gato foi mais feliz: arranhou todo o meu braço, soltei-o, ele saltou pela janela e nunca mais o vi. O terceiro me assaltou o olho, e torci-lhe o pescoço sem hesitar. O animal vivo apresentando muita dificuldade, decidi decompor a dificuldade em tantos gatos quantas etapas de digestão eu imaginava existir. Deixei um primeiro em jejum. Depois, alimentei-o e matei-o no final de uma meia hora. Um segundo foi deixado em vida uma meia hora a mais. E assim por diante: desventrei cada animal logo após a morte, e pude acompanhar assim todos os progressos da decomposição dos alimentos. Um dia, matei por descuido a gatinha da vizinha, sua dona lastimou imensamente e vendeu bem caro seu silêncio. Por fim os aldeãos se agitaram; não apenas por causa dos vapores malcheirosos das minhas experimentações, mas também da pululação de camundongos e ratazanas em toda a colina de Chaillot: suspeitaram que eu praticasse alguma terrível bruxaria. Da minha parte, apesar de acreditar que os animais têm apenas uma alma vegetativa, os gritos desses infelizes me lembravam terrivelmente os gritos dos supliciados da justiça dos homens. Renunciei aos gatos. Foi então que um velho taxidermista do Jardim do Rei chamou a minha atenção sobre certa variedade de falcões que poderia me servir. Por um luís, um saboiano intrépido desanichou para mim algumas dessas aves rapaces que faziam seus ninhos na abside da Notre-Dame. Com esse pássaro providencial, fiz progressos decisivos: de fato, ele tinha o hábito de devorar sua pitança e depois regurgitá-la para alimentar a sua progênie. Tirei partido dessa singularidade, alimentando meus falcões com pequenos cilindros de diferentes metais cujo nível de corrosão eu observava, acompanhando o metal e o tempo de regurgitação. Em seguida, adestrei um jovem macho particularmente tranqüilo a absorver pequenas esponjas regadas a caldo de carne; quando as restituía, estavam molhadas com seu líquido estomacal. Dispus assim de frascos de suco de digestão: esforcei-me em determinar sua composição, depois em reproduzi-lo com dosagens sutis de álcali, cal e ácidos.

O Sr. B*** me incitou paralelamente a continuar minhas experimentações com Hércules. Sonhava, acredito, em provar a seus amigos que a paixão dominante deles era menos sutil do que a sua: que copular não era nada perto de comer, sutilizar as matérias e rejeitar os restos. Não economizei meus esforços: fui ao hospital público dissecar alegremente os pênis para examinar à minha guisa esses corpos esponjosos que a ereção incha de sangue. Lera textos licenciosos o suficiente para saber que o membro viril de um enforcado sofre, *in articulo mortis*, uma dilatação bastante incomum, mas não cheguei a desvendar esse mistério. Em compensação, compus um esperma aceitável, que as mais sábias meretrizes de Paris não conseguiriam distinguir do verdadeiro. Assim nasceu pouco a pouco nosso Hércules. No início, não era nem divino nem mesmo humano, pois consistia num simples tronco, sem cabeça nem braço, aparafusado numa cadeira de balanço que permitia à cliente lhe imprimir o movimento desejado. Digo a cliente, mas inicialmente houve mais senhores a querer se sentar no colo de nosso Hércules: parecia que seu caráter rude feria a sensibilidade dessas senhoras. Seguindo o conselho de B***, pus à venda esse modelo; ele esperava que a clientela tão guarnecida de objetos de prazer me comunicasse todas as imperfeições da minha invenção; o que de fato se passou. Entretanto vendeu-se muito bem em todas as capitais da Europa.

Numerosos clientes nos encorajaram a civilizar nosso Hércules, a lhe dar esse verniz de humanidade sem o qual parece que a maioria de nossos semelhantes não pode gozar à vontade. Logo, Hércules se viu dotado de pernas articuladas: fazia sexo de pé ou de joelhos com a mesma constância, e era possível cavalgá-lo deitando-o numa cama. Esse segundo modelo suplantou o primeiro, e vendeu ainda mais. Hércules recebeu uma cabeça, uma cara afável, tanto quanto o pode ser um rosto de porcelana, braços poderosos e mãos delicadas e a mais bela peruca de Paris. Sua pele me deixou particularmente orgulhoso; trabalhei nela longamente, com os melhores marroquineiros, a partir de um couro de cordeiro natimorto; imaginei compor um perfume que misturasse as fragrâncias de uma pele masculina com os odores mais refinados dos janotas, e esse luxo me valeu muitos elogios. Evidentemente, a parte mais essencial do nosso trabalho eram os mecanismos que dariam impulso a essa máquina pesada; pois era preciso que nossa criatura tivesse a flexibilidade do ser humano. Fizemos progressos tão decisivos que no final de um ano estávamos prontos a apresentar um Hércules que batizamos de galante. Mostramo-lo solenemente aos freqüentadores de segunda-feira. Curiosamente, para efetuar a nossa demonstração, tivemos todas as dificuldades do mundo em encontrar uma mulher para se prestar publicamente a tal experiência. As prostitutas bem que queriam participar das libertinagens mais descomedidas, contanto que se tratasse de um comércio com seu semelhante, e que se pagasse bem; a mecânica as repelia; ainda mais quando imitava perfeitamente a figura humana. Primeiramente, apresentamos em particular, no outono de 1750, a Madame Paris. Esse ser generoso muito nos elogiou. Havíamos limitado as capacidades do tipo a uma hora: Hércules fazia sexo no máximo por esse tempo, se colocássemos seu mecanismo na tensão mais alta. Madame Paris riu bastante dessa cifra, dizendo que ele era capaz de se manter trinta vezes mais do que o grosso de sua clientela. Enfim, gostou tanto da brincadeira que, entusiasmada com a novidade do objeto, e sabendo da nossa dificuldade, fez-nos uma proposta com a qual nunca ousaríamos sonhar: ela se prestaria à desfloração pública do nosso sedutor. Aceitamos sem hesitação.

O dia dessa apresentação chegou. Havíamos preparado uma cama imensa no meio do grande salão de aparato do primeiro andar. Nenhum dos freqüentadores do Sr. B*** faltou nessa noite, como se pode imaginar. B*** pensara em cobrir nosso homem com um pano preto, que ele levantaria no último toque das oito horas sob os aplausos animados da pequena companhia: Hércules apareceu em toda a sua nudez. De início, acordamos ao público um direito de inspeção, a fim de se assegurar não ser vítima de uma trapaça. Eu estava encarregado de fazer as honras da nossa criatura: mostrei que as pernas de Hércules eram independentes do chão e produziam um som cheio. Em seguida, desapertei a pele do torso, descobrindo o peito metálico do nosso homem, que se abria de par em par, como um cofre de joalheiro. Cada um pôde inspecionar o mecanismo à sua maneira; convidei o marechal de L*** a desembainhar sua espada e verificar com a própria lâmina não haver ninguém no interior. Ele o fez. Reajustei em seguida esse pobre Hércules. No mesmo instante, Madame Paris entrou, cumprimentou cada um dos assistentes com uma graça delicada e se despiu prontamente. A cena se dispôs: Madame Paris se deitou, acomodando algumas almofadas para ficar bem à vontade, e abriu as pernas com galhardia. B*** e eu colocamos o Hércules galante pronto para agir, firmemente apoiado sobre suas largas mãos. Nossa benfeitora deslizou entre seus braços, empunhou o engenho respeitável com o qual havíamos dotado a nossa máquina, e o enfiou alegremente no lugar que a natureza havia previsto para esse fim. A partir de um gesto de B***, liberei o mecanismo, e nosso Hércules se pôs a possuí-la com gosto, com uma constância digna de admiração. Madame Paris não ficou inativa, devolvendo cada movimento, agitando-se e demonstrando ruidosamente que estava lá, como o nosso homem, para cumprir a sua tarefa. Depois de ter desfalecido, virou-se e ofereceu um traseiro maravilhoso a Hércules: que, sem parar, realizou uma nova proeza de regularidade impávida. No final, Madame Paris se moveu como uma diaba lançada numa pia de água benta, deu uns gritinhos, bateu os braços e, amassando as almofadas, gozou com muito gosto, e tão violentamente que fez cair da sela seu intrépido cavaleiro, que, subitamente apeado, deixou-se cair de lado; e pudemos ver que ele soltava uma saraivada fogosa de jatos brancos. Todos se levantaram entusiasmados e aplaudiram esse desenlace. O duque de C***, cujos gostos não eram um mistério para ninguém, encaminhou-se em direção ao leito em desordem, recolheu com seu lencinho de cambraia um pouco de esperma, experimentou-o, e elogiou a minha receita. Prometi guardá-la para ele, se assim o desejasse; respondeu que preferia obter as honras naturalmente, e foi com esse dito espirituoso que a sessão chegou ao fim. Levamos Hércules para uma sala ao lado, onde a companhia se sentara à mesa para se recuperar das emoções. A ceia foi longa. Bebemos uma última libação em honra de Madame Paris, e por volta da meia-noite a última carruagem deixou o pátio do palacete da rua Saint-Honoré. Então, B*** e eu pudemos nos aproximar de nosso galante Hércules, que havia permanecido sozinho, à espera, no salão do primeiro andar.

E agora, Jean-Jacques, maldiga seu irmão e não leia o que se segue, caso prefira a ilusão à verdade. Depois de ter dispensado todos os empregados, de termos, sós no salão, nos assegurado de ter fechado todas as portas a chave, precipitamo-nos em direção ao autômato, abrimos seu torso de par em par e, acrescentando três molas secretas, fizemos aparecer dois espelhos, tão precisamente ajustados que, ao refletir mecanismos do torso, falsificavam singularmente a sua aparência; retiramos então esses dois espelhos, revelando uma espécie de nicho onde, banhado de suor e quase desmaiado, nosso cúmplice aguardava a sua libertação. Molhamos sua testa com água gelada, friccionamos seus membros; enfim, ele se recobrou completamente; e até o amanhecer ceamos todos os três, esquecidos de todos, saboreando incansavelmente a narrativa dessa noite memorável: acabávamos de enganar os espíritos mais vigorosos de Paris, num tempo em que era só o que não faltava na cidade.

Como fôramos levados a imaginar essa trapaça? A despeito de um trabalho obstinado e apesar dos meios consideráveis que B*** colocava à minha disposição, fui vítima de numerosos fracassos, e fui levado a me render: não era nada fácil imitar o ser vivo. Disse-o a B***; mas para a minha grande surpresa ele não quis admitir. Recusava trazer água ao moinho dos crentes, reconhecendo, ainda que de forma implícita, haver aqui um milagre que só a intervenção de um deus poderia explicar. Exasperado, decidiu, não sem malícia, vingar-se de sua impotência, arrastando em sua queda seus amigos descrentes. Pareceu-lhe particularmente divertido abusar de sua credulidade justamente no que dizia respeito à libertinagem, já que muitos se vangloriavam de se sobressair nesse aspecto e se entretinham em zombar de seu amigo casto. Foi então que, desesperançado de dar ao nosso incerto Hércules um verdadeiro motor primeiro, B*** pensou em lhe agregar um auxiliar.

Como homem curioso de tudo, B*** gostava de freqüentar esses grupos de saltimbancos e acrobatas que atravessam a Europa como os nômades um deserto, e que ganham sua miserável vida dançando, exibindo ursos vestidos, pássaros exóticos, mas também seres disformes que a credulidade pública adorna com uma auréola de malefício e chama de monstros: mulheres-serpentes, gigantes e anões, enfermos de todos os tipos. Em toda a Europa, sabia-se que B*** era apreciador dessas curiosidades anatômicas, de todas as aberrações de que a Natureza podia ser pródiga. Todos os que possuíam tais seres nunca deixavam de vir apresentá-los ao palacete da rua Saint-Honoré. Foi numa ocasião dessas que B*** conheceu Chico: um anão acrobata de uma vitalidade e uma flexibilidade prodigiosas; espanhol de nascimento, adorava os prazeres e os espetáculos; pernas horrivelmente disformes diminuíam ainda mais o seu tamanho. Alguns ciganos o arrastaram aos 13 anos para o seu vilarejo, onde um pároco o acolheu. Era louco pelas mulheres e falava com elas num sabir impressionante, produto dessas incessantes peregrinações pela Europa. Elas gostavam e não desconfiavam dele, considerando-o no início como uma espécie de animal de companhia. Riam muito de seus elogios e pretensões, mas Chico não era homem de desanimar. Dizia alegremente que ceder a um anão não traria conseqüências, pois contava apenas como um meio-erro; que, aliás, a Natureza fizera tudo proporcionalmente, e que essas senhoras não corriam o risco de ficar indispostas com um utensílio como o seu (mentia a esse respeito: por tê-lo visto em ação, posso dizer que a Chico a Natureza, em sua infinita docilidade, concedera uma compensação generosa). Muitas mulheres cediam, sempre rindo. Esse amante de bolso ganhava a vida se exibindo nos círculos eruditos ou nas feiras: banhado no *brou de noix*,* era um Pigmeu da África notável de selvageria; envolvido numa pele de animal, imitava primorosamente o patagônio, e rugia quando lhe lançavam uma moeda. B*** se pôs à procura desse interessante personagem e o encontrou na Alemanha. Gastava tanto dinheiro no jogo e com as mulheres que B*** não teve nenhuma dificuldade em arrancá-lo da trupe que o explorava: pagou as dívidas de Chico e o levou a Chaillot.

Mesmo com Chico, minha tarefa continuava bastante árdua. Tive de aprender como construir uma gaveta secreta num armário qualquer; como dispor espelhos para enganar o olho de um observador. Era preciso, é claro, que o público pudesse inspecionar à vontade o interior do autômato, sem encontrar ninguém. Pensei então em construir dois esconderijos, e inventei um estratagema bem simples, do qual sentia certo orgulho. Em primeiro lugar, mostrava ao espectador o primeiro compartimento, que se situava no peito do autômato; incitava-o a passar a mão; depois, fechava-o. Em seguida, criava uma diversão abrindo a

---

*Licor feito a partir da casca da noz. (*N. da T.*)

cabeça de Hércules; essa parte do autômato era a que tinha menos conseqüências sobre o resto da máquina, mas cativava sempre o público profano. Durante esse tempo, Chico deixava o segundo compartimento onde o escondêramos, e que se encontrava embaixo do primeiro, para onde deslizava sem barulho. Terminada a inspeção do segundo compartimento, Chico voltava ao seu lugar; pois era de lá que podia acionar as pernas e os braços de Hércules, inserindo os seus numa espécie de mangas. Exercitava-se durante horas no manejo desse estranho esqueleto externo. Quanto ao sexo de Hércules, Chico, como era de se esperar, aceitara com entusiasmo emprestar o seu. Bastava colocá-lo numa espécie de calção de pele. Como se pode imaginar, os convidados de B*** me felicitaram vivamente pela perfeição dessa imitação, e Madame Paris confirmou que essa peça merecia todos os elogios.

Ajudamos nosso herói a se extirpar de seu esconderijo, onde estava numa languidez de inanição. Nós o regalamos, o felicitamos calorosamente, e o reenviamos, num fiacre, ao ateliê de Chaillot. Percebi que não pensáramos, de tanto que o sucesso nos parecia incerto, na continuação da anedota: deixaríamos nossos espíritos sábios na dúvida? Iríamos desenganá-los no dia seguinte mesmo? A alvorada surgia por cima dos telhados: adiamos esse debate para uma outra vez. B*** me respondeu de forma muito evasiva. Agradeceu-me e assinalou que nossa contribuição chegava ao fim; eu podia continuar a usufruir do ateliê do caminho das Vinhas, se quisesse. Fiquei espantado com a frieza de B***, mas tinha por seus favores um reconhecimento tão grande que esqueci esse incidente. Um ano mais tarde, entrevi as razões desse brusco distanciamento. Espalhou-se por Paris o rumor de que o Sr. B*** descobrira o segredo de um fluido vital e fazia uma demonstração com um autômato de sua fabricação. Supus, então, que para esse descrente, fascinado pela credulidade dos outros, o prazer de enganar seu mundo o arrebatara completamente: ele não revelara a existência de Chico a ninguém; permanecia em silêncio sobre a composição de seu fluido. Mantinha sobre as questões religiosas, a cada ano, proposições cada vez mais atrevidas, clamando tão alto que seu fluido vital fazia do Homem um igual aos deuses que alguns de seus amigos, como o bispo de M***, tiveram de espaçar suas visitas, por prudência, e logo deixaram de comparecer às segundas-feiras do amigo. O tempo passava, B*** envelhecia. O ano de 1757 iria anunciar a morte de homens como ele.

No início do ano de 1757, o carnaval estava no auge em Paris. Sempre gostei desse tipo de deleite. Todo mundo se fantasia, como no resto do ano, só que dessa vez com consciência. No dia 6 de janeiro de 1757, uma quinta-feira, uma notícia inacreditável se espalhou por Paris, com uma rapidez que desafiava o entendimento. Um semilunático chamado Robert François Damiens apunhalara o rei Luís XV, em Versalhes. Imediatamente, a consternação foi geral em Paris e, porque se acreditava que ele morreria, foram realizadas missas para esse monarca insípido, para esse notório preguiçoso de quem, ainda na véspera, se dizia o pior. Na mesma noite, os parisienses souberam que a ferida real não constituía mais um perigo. Na minha solidão de Chaillot, no suntuoso palacete de B***, o rebuliço desse incidente só chegou como murmúrio. Revi B*** por acaso no mês de março do mesmo ano, no momento em que anunciaram solenemente a execução pública de Damiens. Ele e eu tínhamos nos esquecido desse personagem. Fiquei surpreso que um infeliz demente recebesse as honras da praça de Grève. B***, em espírito enérgico, me propôs acompanhá-lo a esse espetáculo, já que eu era curioso da máquina humana. Zombou de mim:

como bom discípulo de Lucrécio, eu não teria o dever de olhar o horror debaixo do meu nariz? Estava pronto a recusar quando me lembrei do meu mestre Saint-Fonds, e do suplício de Avignon. Aceitei.

Quando Robert François Damiens apareceu em público, no dia da sua execução, todos puderam constatar que estava em saúde perfeita. O primeiro pensamento do soberano, quando se vira ferido, fora o de ordenar que nenhum mal fosse feito a seu agressor: aliás, por precaução, haviam lhe administrado todo tipo de antídoto. Em seguida, o homem dormira atado numa cama, para evitar que atentasse contra a própria vida. Sua cela ficara cercada de uma nuvem de guardas. Os déspotas não gostam nada de disputar o direito de matar e gostam de usufruí-lo o mais lentamente possível. Em 28 de março de 1757, as casas ao redor da praça de Grève, as varandas e os telhados, e até as chaminés, estavam cobertas por uma multidão de pessoas. A boa sociedade estava lá, nos camarotes. Os senhores posavam de filósofos. As senhoras se revestiam de horror, mas em breve olhariam o acontecimento, através de seus dedos finos; e suas bocas maldosas torceriam de prazer com os gritos do infeliz. Numerosos bons burgueses haviam tomado o cuidado de se munir de binóculos. O povo palpitava como um leviatã. Por volta das duas da tarde, um sarrafaçal caiu de um telhado e matou outro homem, mas isso não desencorajou ninguém. B*** adquirira a preço de ouro um lugar de qualidade. Ficamos em cima de uma mercearia, numa varanda do segundo andar, nos pequenos aposentos do merceeiro, que fazia fortuna nesse dia fúnebre. O. Sr. B*** havia encomendado que servissem refrescos e guloseimas, tudo nesse gosto turco que estava na moda, e que parecia condizer tão bem com a crueldade da ocasião. Diante de nós, abria-se o recinto da execução, ilustrado com grupos de arqueiros a pé e a cavalo. Bruscamente, a multidão foi percorrida por movimentos serpentinos, pois todos se empurravam pelo pescoço para avistar Damiens, que se aproximava ao longe. A multidão o injuriava, mas não ousava cuspir sobre ele, tanto a demonstração das guardas francesas e suíças impressionava. O cortejo infiltrou-se na praça de Grève, vindo da Notre-Dame, porque o protocolo estipulava que o condenado pediria perdão no adro da catedral. O Sena estava espantosamente deserto, pois fora dada a ordem de suspender a navegação, para evitar incidentes.

Durante uma meia hora, Robert François Damiens permaneceu sentado, diante da sua fogueira, esperando que seus suplícios estivessem prontos. Começaram por volta das cinco da tarde. Eu olhava esse homem, imaginava a desordem de seu espírito, e me parecia que devia acompanhá-lo até o final. Para começar, queimaram a mão que cometera o inominável atentado, a direita. Eu não sabia que se podia gritar tão violentamente. Em seguida, estenderam ao carrasco tenazes incandescidas ao fogo, que ele mergulhava num balde de chumbo fundido antes de apertar os membros de Damiens. Tratava-se em seguida de esquartejá-lo. Quatro cavalos foram atrelados a seus quatro membros, mas Damiens era forte, e os membros não cediam. O carrasco deu as ordens; e dois novos cavalos foram atrelados à tarefa, como reforço. Mas não foi o suficiente. Mandou pedir novas instruções à Câmara Municipal: seu assistente voltou, e ficamos sabendo que a autoridade recusara ao carrasco Sansão a licença de dar nas articulações um golpe de trincho que aliviaria a dificuldade dos cavalos. Havia-se julgado na alta sociedade que o regicida merecia o sofrimento suplementar que o Céu quisesse lhe enviar. No entanto, no final, foi preciso deixar o carrasco cortar seu paciente. Um pouco desatados, os membros de Damiens finalmente cederam: primeiro as pernas, juntas; e a multidão se precipitou como que para se lançar sobre os restos, mas os guardas deram pranchadas, afastando-a novamente. Damiens ainda estava vivo; os cavalos da cabeça terminaram seu ofício, e o tronco do infeliz caiu na poeira da arena, às seis e quinze. O carrasco e um de seus ajudantes colocaram os quatro membros e o tronco na fogueira; enquanto um outro recolhia, com a ajuda de uma espécie de pá para cinzas, a terra suja pelo sangue sacrílego do condenado à morte, que atirava sobre os feixes.

Senti então as mais íntimas entranhas do meu ser: a multidão é a mais terrível dos Moloch. Imagino que entre esses que, ainda jovens, assistiram a essa infâmia, encontravam-se alguns futuros deputados que votariam pela adoção da guilhotina. Ao substituir a abominável litania dos suplícios pelo corte certeiro de uma lâmina única, tenho certeza de que pensavam em pôr um fim a esse horror. E foi o que fizeram. Contudo creio hoje que esse caso também foi o desmoronamento de algo de enorme, bárbaro, selvagem. A partir desse processo, os franceses foram tomados de um frenesi para encontrar um culpado verdadeiro, sentindo bem que o insensato Damiens não bastava. Alguns acusavam os jesuítas; outros preferiam os jansenistas; e outros ainda se inclinavam para o estrangeiro. Todos, do príncipe de sangue ao mais humilde trabalhador, tinham uma opinião sobre o assunto. Todos se sentiam tocados por essa questão, e como que investidos de uma missão. E já que nenhuma das hipóteses concernindo aqueles que haviam armado o braço de Robert François Damiens sustentava um exame sério, eles se colocaram no dever de formar outras ainda mais vagas, mais turvas, mais extravagantes, mais inebriantes: inventaram complôs inextricáveis, conspirações geniais, intrigas tenebrosas nas quais nem o diabo se reconheceria. A Pompadour e seu amante real foram objetos de pasquins extremamente violentos, e a justiça acreditou dever se mostrar impiedosa: durante o verão de 1758, um certo Mauriceau de La Motte se aventurou publicamente a se indignar com a forma precipitada com que o Caso Damiens havia sido conduzido; enforcaram-no no início de setembro. Depois, terminaram por esquecer o atentado de Damiens. Mas a fome de culpados não diminuiu em nada. Digo que aqui nasceu essa sede inextinguível de vítimas que nos conduziu à torrente de sangue do Terror. E foi igualmente nesse dia que os Filósofos, como os chamamos a partir de então, começaram a receber golpes duros.

Enquanto participante notório do partido filosófico, B*** deveria ter se alarmado com essa evolução, ou ao menos se mostrado mais discreto; mas o hábito é um amante imperioso, e B*** envelhecera. Outrora, ele beneficiara-se da proteção do tenente-geral da Polícia; e nem percebia que tinham nomeado outra pessoa para o cargo. As balas não paravam de assobiar em seus ouvidos: em 1762, o infortunado Diderot viu sua *Enciclopédia* interditada por uma livraria até então bastante clemente; B*** fora um dos primeiros subscritores da livraria, e não escondeu sua cólera. Seu nome foi então falado num conselho do rei, e o tenente geral mandou vigiarem-no. O escândalo não demorou a estourar: para um de seus amigos pândegos, B*** tinha mandado que levassem algumas camponesas, mas muito levianamente seus esbirros se aventuraram nas terras de um duque ilustre, íntimo do ministro da Justiça. O infeliz quis, além disso, que entre as camponesas figurasse uma jovem por quem o duque se tomara de afeição paterna. Foram necessárias apenas algumas horas para encontrá-la, lacrimosa e ensangüentada, numa pequena casa discreta de Clamart. Desamparando o amigo de B***, os inquiridores se apressaram em direção ao palacete da rua Saint-Honoré, e encontraram no secretariado de B*** exemplares desses pasquins sediciosos de que falei há pouco. Perdendo a cabeça, ele assegurou tê-los arrancado das grades de um jardim; infelizmente, as folhas em questão não estavam nem furadas nem sujas de cola. Então, jogaram B***, que não se restabelecia desse assombro, na prisão. Assim que foi transferido a uma cela do Exército, acreditou poder entregar a seus amigos e distribuiu vinte cartas por toda Paris. Cinco dias depois de sua prisão, nenhum dos antigos fiéis de suas segundas-feiras havia lhe respondido: só então B*** entendeu que estava perdido, e não procurou nem mesmo desviar o golpe que estava prestes a atingi-lo.

Em quinze dias, não sobrou mais nada: seu palacete e seus bens foram apreendidos, seus documentos confiscados. Não lhe recusaram um advogado, que foi, comigo, o único a visitá-lo no Exército; mas ele teve todas as dificuldades do mundo em encontrar um que quisesse defendê-lo. Um cavaleiro de Floris se apresentou por fim: sua juventude e o dinheiro que B*** conseguira, não sei como, subtrair dos sectários do rei cumpriram o que era possível de se cumprir. O processo público lhe foi poupado. Até o julgamento, tiveram respeito por B***, pois muito habilmente Floris fizera acreditar que existia em algum lugar algumas correspondências escandalosas que poderiam lançar a corte em confusões sem fim; mentira descarada, mas tão verossímil que durante o resto de sua estada no Exército B*** ficou numa cela espaçosa. Mas após o processo ele sofreu uma reviravolta dramática: condenado a trinta anos de prisão por ter atentado contra a segurança do Estado, B*** foi enviado à fortaleza de Belle-Île, onde não foi autorizado a receber visitas. Passaram-se cinco anos, em que serviam a esse *gourmand* inveterado caldos infames cuja monotonia lhe inspirava cartas que eu lia chorando. Enfim, depois de cinco anos desse regime, ficou claro que o homem era inofensivo, uma vez diminuído e esquecido por todos. Seu advogado fora espionado e, com isso, chegaram à conclusão de que as cartas das quais falava não existiam. Podiase, portanto, liberá-lo; mas ficou reconhecido que ele enganara a justiça. Preferiram estrangulá-lo e jogar seu cadáver como alimento aos caranguejos de uma enseada. Digo aqui tudo o que fiquei sabendo anos mais tarde, ao encontrar esse tal cavaleiro de Floris, que se tornara um dos mais engajados partidários dos girondinos: ele chorava ao me contar tudo isso.

Retomo o momento em que prenderam B***. Sob o golpe, permaneci simplesmente estúpido. Passei os dias no ateliê de Chaillot, que havia muito se tornara inútil. Pela primeira vez na minha existência, experimentei uma sensação aguda de lassidão. Madame Paris enviou Michel para me suplicar a deixar a cidade por alguns meses. Prometi fazê-lo, mas demorei um pouco, de forma que vieram me prender. Na mesma noite, dormi na Bastilha. Não sabiam muito bem em que título me inscrever nos arquivos da fortaleza, pois, afinal, eu não tinha cometido crime nenhum. Instruído de que não se sabia quanto tempo deveria ficar privado da liberdade, o governador da Bastilha me colocou em seu registro como falsário; crime grave o suficiente para justificar um encarceramento *ad vitam æternam*, já que na França perdoa-se mais facilmente um assassino do que um homem que fere a dignidade da moeda.

Quanto a Hércules, pois é preciso dizer uma última palavra sobre esse caso lamentável, seu sucesso não se desmentiu. Chico, que convivia com um velho saltimbanco de Saint-Germain, acreditou estar com a vida ganha: B*** na cadeia, ele considerava que Hércules lhe pertencia de direito, sem pensar que poderia haver algum perigo em possuir tal máquina. Chico se encontrou, então, numa orgia organizada pelo visconde de D***, a quem seu pai, que tinha a confiança do rei, desejava dar uma lição, porque estava cansado de pagar as dívidas de jogo do seu filho pateta; de remunerar esbirros para espancar todos aqueles com quem esse poltrão colérico procurava querela, quando se encontrava ébrio de vinho; de indenizar todos aqueles cujos campos ele devastava, assustando os cervos com um grupinho de incapazes da sua idade. Para punir o filho, o conde de D*** se assegurou, então, da cumplicidade de um comissário do Châtelet chamado René. Sua hábil crueldade era proverbial. Devidamente informado, René, liderando uma tropa de soldados de aparência bruta, irrompeu no salão particular do visconde, onde acontecia a orgia de que falei. Encontrou o dono da casa de quatro, sendo sodomizado por Hércules. Não teve nenhuma dificuldade em aterrorizar sua vítima. Advertiu que ao pecado de sodomia, que no caso era mecânica, juntava-se o de heresia, visto que seu autômato simulava a obra do Criador de todas as coisas, e que o fluido vital não era senão uma obra de bruxaria. O visconde ameaçou, suplicou, ofereceu fortunas: nada adiantou. René se mostrou inflexível e enviou o novato para passar a noite num calabouço onde ele se acreditou lançado para a eternidade. O pequeno grupo de seus amigos foi afugentado a pontapés e se dispersou pelas ruas vizinhas. René chamou à parte o saltimbanco cúmplice de Chico e lhe fez muitas perguntas sobre o fluido vital: o outro acreditou hábil, para se inocentar, revelar a trapaça do autômato. René degolou-o imediatamente e lançou seu cadáver no pátio traseiro. Aqui, o impiedoso comissário experimentou uma dessas alegrias maldosas pelas quais adotara a sua profissão: tinha a ordem de destruir o Hércules, e acabava de descobrir que poderia matá-lo. Jogou o manequim em sua carruagem e mandou que o levassem a uma clareira isolada do bosque de Meudon, onde mandou fazerem uma fogueira de improviso. Durante todas essas operações, tinha tomado o cuidado de dar as instruções em voz alta, a fim de que o homem prisioneiro do Hércules não ignorasse nada. No final, René ficou desapontado porque Chico morreu sem se manifestar, e voltou a Paris com um mau humor tremendo. O soldado que me contou isso, vinte anos após os fatos, pensava que o anão morrera sufocado antes de se queimar. Com dois outros colegas, ficara perto da fogueira; esperando ele se consumir, cavaram uma fossa, onde jogaram, ao amanhecer, a carcaça quase toda fundida do Hércules. Esse fato, que foi publicado em Paris, valeu a René uma reputação lisonjeadora de inflexibilidade; revi-o muitos anos mais tarde: prosperava no Terror, antes de ser condenado à lâmina da guilhotina. O 9 Termidor o salvou por pouco, e morreu em sua cama há seis meses, cercado dos seus. Foi por homens como esses, suponho, que cabeças frágeis inventaram o inferno; pois é bastante duro consolar-se das injustiças flagrantes deste mundo!

Eu era então um prisioneiro da Bastilha. Escreveram sobre esse lugar tantas idiotices depois da sua destruição que o digo claramente aqui: em 1762, a Bastilha não era a mais infame prisão do reino, e faltava muito para isso. Ao me acolher, o governador me disse que eu dispunha de uma pensão modesta, mas confortável. Dissimulei surpresa. Nunca soube a quem devia essa beneficência, ainda que tivesse suspeitado com freqüência de que Michel e Madame Paris estivessem envolvidos nisso. Tinha dinheiro suficiente para estar à vontade, e entrava no qüinquagésimo sétimo ano da minha vida gozando de uma saúde extraordinária. Não pensava no futuro. Entretanto o que a Bastilha tinha de temível era que, se sabíamos sempre quando havíamos entrado, ignorávamos quando sairíamos. Um detalhe a esse respeito me estarreceu. No final de uma semana de estada, quis devolver ao guardião a provisão de duas velas que ele me concedia a cada dia, em conformidade com o regulamento meticuloso da Bastilha: era verão, e eu não usava essas velas que me estorvavam. Meu carcereiro riu muito; e me aconselhou guardá-las para as noites de inverno. Eu, que nunca na vida havia pensado no tempo, vivendo como um animal contente, ligado ao trabalho e ao prazer, encontrei-me de repente mergulhado nas ondas congeladas do tempo. Eu, que nunca pensava no dia seguinte, iria passar 27 anos na Bastilha; mas foi apenas na visão de outrem, mais tarde, que li que havia algo de terrível lá.

Eu estava alojado no quarto andar da torre do Condado, que dava para Paris. Normalmente, o quinto e último andar das torres da Bastilha ficavam vazios, pois neles, dependendo da estação, cozíamos ou congelávamos. Cada andar comportava uma única cela, bastante vasta e de forma octogonal. Um arquiteto zeloso tomara as precauções para que nenhuma comunicação secreta entre os prisioneiros fosse possível, dispondo um vácuo entre o soalho de cada cela e o teto da cela do andar inferior, de forma que cada prisioneiro vivia numa calma espantosa. Com freqüência, durante a noite, quando o vento cessava de nos trazer os ruídos da cidade, acreditei-me no deserto, em alguma cela de convento, em alguma tenda de viajante. Além disso, acho que éramos os prisioneiros mais à vontade de Paris, longe dos horríveis amontoamentos do Exército ou de Saint-Lazare. A sociedade dos homens se reduzia à dos prisioneiros de passagem, que eram raros e ficavam no máximo uma semana; acrescentava-se a de alguns pensionistas permanentes da majestosa casa, que ofereciam pouca afinidade com a minha personalidade: vigaristas tacanhos e resignados à sua sorte, facínoras entediantes como uma longa chuva de inverno. O único por quem me afeiçoei foi um inglês que chamávamos de César. Essa pessoa de qualidade não tinha a cabeça no lugar, e sua prestigiosa família ficara toda contente que a loucura de seu rebento tivesse sido declarada em Paris, e não em Londres. O pai de César pedira que o acolhessem na Bastilha. Em primeiro lugar, para evitar a seu filho os horrores do hospital geral, onde seus semelhantes sem berço se amontoavam em condições pavorosas. Em segundo lugar, porque o velho lorde poderia assim sustentar, diante da boa sociedade de Londres, que seu filho tinha sido encarcerado por libertinagem: a condição de devasso é mais aceitável no mundo do que a de louco, que causa horror ou piedade. O verdadeiro nome desse infeliz era John: sua fantasia de ser chamado César era inofensiva; acreditava-se regularmente, e isso era mais preocupante, imperador de Roma e de Constantinopla. Todos os dias, após o jantar, jogávamos xadrez, e ele ganhava invariavelmente, assim como quando jogava com os outros ocupantes da prisão. Fazia-me inúmeras perguntas desconfiadas: temia que não o deixasse levar a vitória em consideração à sua classe. Tranqüilizava-o, afirmando que esse tipo de valores mundanos não me dizia nada, e ele então pulava de alegria. Apresentou-me Shakespeare, que admirava acima de tudo, e que me traduzia num francês impecável. Eu adorava esses seres contrafeitos e dementes, esses príncipes desnaturados, essas mulheres admiráveis; ainda não sabia que esses fantasmas, que me pareciam maiores do que o natural, iriam em breve aparecer em carne e osso no teatro da revolução, e levar, de uma só vez, os personagens de Corneille, Molière e Racine a morrerem de inveja. Quanto ao pessoal da Bastilha, sempre o vi tratar os prisioneiros com humanidade, à exceção de um só, do qual falarei adiante. Nossos guardiões seguiam nisso o exemplo do governador, que se chamava De Launay. O homem tinha bom porte e ostentava um ar de inteligência imperioso que desmentia admiravelmente a sua conversa; que, segundo a opinião geral, era rasteira como um passeio de rua. Naquele tempo, a aristocracia francesa parecia produzir a cada ano um maior número dessas amáveis nulidades. Tratava-se de um ser inofensivo que se lisonjeava do seu orgulho, e essa fraqueza o tornava fácil de manejar.

Elogiando assim a Bastilha e seus ocupantes, não gostaria de dar a impressão de que o encarceramento é um destino invejável. Mal se pode imaginar o que é. Não poder circular à vontade; passear num pátio tão fechado que praticamente não sentimos estar ao ar livre; esquecer que existe essa coisa chamada horizonte: tudo isso que não parece nada quando se imagina, vi minar lentamente o espírito dos prisioneiros mais indomáveis. Quanto a mim, eu teria me desagregado como os outros, teria perdido a minha alegria e mesmo a minha razão, se, rapidamente, De Launay não tivesse julgado que eu merecera melhorias em meu regime cotidiano. Pois eu era não apenas o pensionista mais sábio e mais organizado da Bastilha, mas também essa mão anônima suficientemente poderosa para me versar uma pensão todos os meses o atormentava tanto que ele havia tentado obter de mim o nome do meu protetor. Eu fingira não poder nomeá-lo, tamanha era a sua posição social. De Launay, que se entediava na Bastilha e cobiçava o cargo do Arsenal, imaginou que um dia eu poderia lhe ser útil, e obtive pouco a pouco flexibilidades preciosas. De início, no final do meu segundo ano de cativeiro, deixaram-me descolar duas das seis grades horizontais da minha cela; Jean-Jacques, você é um ser de imaginação, estou certo de que esse detalhe não o faz sorrir. Essas duas grades a menos me permitiam empurrar para fora as redes de arame da minha janela e aceder a seu vão monumental. Sentava-me na borda com deleite, e deixava minhas pernas penderem contra a muralha. Então, dominava Paris. A cidade sussurrava a meus pés, e os ventos do oeste, varrendo todo o céu, fustigavam meu rosto. Lembrava-me de minhas alegrias, pensava naqueles que eu amara, naqueles que haviam sido generosos o suficiente para me amar. Desde o encarceramento, eu vivia castamente; a prisão havia mergulhado meus sentidos numa espécie de hibernação interminável, da qual eu só saía raramente, emprestando a mão à Natureza, como por higiene, mas sem a paixão que outrora depositava nessas coisas. Essas lembranças reavivadas entre o céu e a terra me fizeram perder a paciência e me deram vontade de reatar os laços com o mundo. Concederam-me algumas permissões de saída. Dei a minha palavra de honra de estar de volta à hora estabelecida. Então, como Anteu tocando a terra, pisei novamente no pavimento da cidade, e reencontrei todo o meu vigor. Percorri a passos largos o bairro suburbano de Saint-Antoine, passando por Vincennes, pois nos primeiros tempos eu recuava diante da imensidão retumbante de Paris. Não precisei de muito tempo para encontrar o caminho de uma casa de prazer, onde mergulhei no colo das mulheres com entusiasmo. Dez anos da minha vida correram novamente como um rastro de nuvens.

Durante esse tempo, o rigoroso De Launay resguardou em seu cofre, todos os meses, o saldo da minha pensão. Terminei por possuir uma soma suficientemente importante para adquirir uma casa. Percorri todos os bairros de Paris, e escolhi enfim uma construção de dois andares na rua do Petit-Musc. Suas paredes espessas datavam do reinado de Henrique III e pareciam construídas para durar até o final dos dias; oferecia a vantagem de dispor de duas saídas independentes. Nos primeiros tempos em que a possuí, não a ocupei: teria sido necessário conversar com criados e vizinhos; no entanto, curiosamente, era a solidão o que eu normalmente procurava nessa cidade. Atravessava Paris, meu velho Lucrécio debaixo do braço, para me sentar sob as árvores dos Champs-Élysées, por onde na época só passavam pesadas e raras carroças. Lia, meditava, pisava a grama dos taludes até o final do dia; quando não era mais possível ler ou quando o vento refrescava, eu descia em direção ao pátio da rainha, entretido pelo balé das charretes da moda, pelas coquetes e os peraltas. Lançava um olhar a essa colina de Chaillot que eu assombrara, em outra das minhas vidas, e retornava, estafado e contente, para dormir na minha prisão. Outras vezes, quando o tempo estava muito ruim, eu ia a um cabaré do bairro de Saint-Antoine, ao abrigo da fortaleza. Lá, fazia a leitura dos jornais em voz alta, para todo o pequeno povo das manufaturas que não sabia ler. Escrevia na ocasião, para os aprendizes, cartas a suas famílias nas províncias. E os anos passavam como os dias, nessa solidão povoada que foi para mim a prisão.

De todos os prisioneiros da Bastilha, apenas um me causou uma impressão durável. Conheci o conde de Sade por volta de 1784. Ele desprezava De Launay e não o escondia. De Launay se vingava mantendo-o num regime de isolamento bárbaro. Sade residia na torre da Liberdade — os arquitetos têm esses ditos espirituosos. Ocupava, como dizíamos em nosso jargão, o segundo Liberdade, um segundo andar mal arejado e mal exposto, sem sombra de dúvida o pior alojamento de toda a Bastilha.

Não sei, Jean-Jacques, se você teve informação desse homem, mas duvido. Antes da sua morte, Sade fizera um nome na crônica crapulosa, e outro na das pessoas de letras; você não apreciava nada a segunda, enquanto a primeira lhe causava horror. No que me diz respeito, já estava encarcerado quando Sade se tornou o alvo terrível dos mexeriqueiros. Ele devia ter 45 anos quando o conheci. Por galantaria talvez, por uma razão pessoal mais profunda que não percebo, obstinava-se com a idéia de que lhe dessem seu título de juventude, o de marquês, e nenhum dos carcereiros se aventurava a chamá-lo de conde, com exceção, é claro, de De Launay, que se atinha a seu registro de prisioneiros. De Launay pensava que eu domaria a sua fera? Que poderia ganhar as boas graças do marquês, lançando-lhe como alimento um amador das belas-letras (ele me considerava um, já que me via sempre com um livro)? O que quer que tenha sido, descobri no dia em que entrei no segundo Liberdade que há paixão à primeira vista na amizade, tanto quanto no amor. Não sei do que conversamos inicialmente; mas lembro que gostei imensamente de Sade, e que ele me testemunhou tanta simpatia quanto esse grande senhor podia testemunhar a um indivíduo sem nome. Mal instruído pelas recomendações do governador, eu esperava encontrar um selvagem furioso, largado lá por uma família legitimamente horrorizada. Teria sido ele, outrora, esse leão indomável? Isso, eu nunca saberei. Fisicamente, esse provençal me pareceu pequeno: não devia medir nem um metro e meio. Era tão gordo e oleoso que pensei num desses enormes gatos castrados que parecem poderosos até o momento em que se lembram da operação a que foram submetidos. Sade parecia às vezes de uma doçura infinita; ela podia passar por moleza; mas bruscamente ele se mostrava de uma violência extrema. Seria um rapinante cujas asas eram aparadas dia após dia? Um capão barulhento e inofensivo? O tempo me trouxe respostas a essas perguntas; ou, mais exatamente, medi a sua imperfeição. Relatarei mais adiante meu sentimento a esse respeito.

Muito rapidamente, nossa amizade tomou uma forma mais substancial do que a arte menor da conversação. O marquês era pobre, pois a idéia de arrancar o patrimônio dos Sade com suas garras não contara nada em seu encarceramento. Eu tinha algum dinheiro, e era frugal: ninguém o era menos do que ele. Abrilhe a minha bolsa sempre que pude, ele se dignou a tirar algo, pensando me fazer um favor. É que ele era de uma admirável gulodice, voluptuosa, precisa, custosa enfim. Sade podia, durante horas, falar de uma variedade de pêssegos requintados, que só se encontravam em conserva na casa de um artesão de Montpellier; de um maçapão de Périgueux com sabor de pistache, igual a nenhum outro. Cheguei um dia ao segundo Liberdade e o encontrei serelepe como um anjo no paraíso: excepcionalmente, sua família cedera ao que considerava um capricho, e ele recebera uma barrica de seu azeite predileto. Durante um mês, as iguarias da Provença perfumaram os pátios da Bastilha, e Sade quis que eu experimentasse todas, não deixando nunca de me demonstrar a superioridade da cozinha de seus antepassados em relação aos insossos guisados parisienses. Logo me diverti em correr a capital por sua conta, provido de instruções minuciosas, em busca de certa variedade de altéia, de uma caixa de pastilhas de chocolate de uma incomparável fineza, de uma calda de cidra que um negociante de Bordeaux vendia três meses por ano, perto da igreja Saint-Eustache. Se estava atordoado o suficiente para não executar com precisão a sua ordem, e se me aventurava a fornecer algum sucedâneo a seu desejo, Sade me cobria de seus sarcasmos como se se tratasse do seu dinheiro: como não teria adorado esse homem? E toda a minha poupança se ia para alimentar esse rio açucarado onde Sade mergulhava com delícia, encontrando nele uma distração à amargura de seu estado. Mas, se me regozijava em melhorar seu cotidiano, não deixava de me preocupar com os efeitos de tal regime para a sua saúde. O marquês precisaria de exercício e dietas regulares. Os curtos passeios permitidos por De Launay não eram suficientes, e para o resto Sade não sabia se controlar: um grande saco de altéia, aberto por ele, só era devolvido vazio; as garrafas de vinho cumpriam um destino análogo; uma orgia de pasta de amêndoa não o fazia vomitar. Formava com as suas vontades um casal dos mais estranhos: às vezes, parecia seu escravo; às vezes, parecia reinar como déspota sobre elas. Por outro lado, tinha uma paixão, como descobri logo, que lhe inspirava uma temperança e um rigor que forçavam a admiração: o marquês de Sade escrevia. Nos primeiros tempos de nosso comércio, limitava-se a me mostrar numa grande carteira as poucas obrinhas inofensivas que a censura real o deixara conservar. Li algumas. Admirei-as sem ter sido conquistado ou tocado, e disse-lhe isso. Ele admirou a minha franqueza. Depois de um ano me observando, persuadido enfim de que eu não era uma mosca do governador ou do tenente-geral da Polícia, confiou-me ter sido levado à Bastilha menos, talvez, por alguns escândalos de costumes aos quais havia se misturado do que pela furiosa impiedade de alguns escritos libertinos. Teriam deixado passar essa libertinagem, se tivesse a inconseqüência de separá-la de um ateísmo radical; mas ninguém era mais conseqüente do que Sade — ele sofreu essa vida morta da prisão sem nem mesmo recorrer a não sei que estoicismo de fachada ao qual os mais furiosos, às vezes, sucumbem. Mostrei por esta literatura mais interesse do que pela outra; então, ele não se conteve mais e me revelou que continuava a escrever nessa veia, sob o nariz e a barba do governador e seus esbirros. Ora, foi mais ou menos, ó maravilha, nessa mesma época, por volta do fim do verão de 1785, que o excelente De Launay, vendo que eu me entendia tão bem com o segundo Liberdade, veio numa bela manhã à minha cela me propor hipocritamente espionar o conde de Sade, em benefício do reino da França e do governador da Bastilha.

Ao me fazer essa oferta, De Launay não se dava nem mesmo o trabalho de ameaçar. Seu sorriso maldoso falava por ele. Da mesma maneira, aceitei a proposta sem hesitar nem um instante. Ele saiu da minha cela encantado comigo e consigo mesmo.

Aguardei a noite para procurar Sade. Contei-lhe tudo o que havia se passado, e rimos muito, antes de pensar nos meios de desviar esse golpe: pois era preciso satisfazer, de alguma maneira, nosso governador, sem prejudicar os interesses de Sade, nem os meus. Eis o que fizemos: adquiri algumas obras de uma licença extrema, uma *Thérèse Philosophe*, um volume do *Portier des Chartreux*,* que eu conhecia bem. Imitando a escrita do marquês, exercitei-me em compilar grandes extratos, costurando o todo numa vaga narrativa, que fiz da forma mais desbocada possível. Levei algumas folhas da minha obra-prima para De Launay, que se exaltou. Leu com delícia o que a sua ignorância o fazia tomar pelo infame produto da imaginação do seu pensionista mais depravado. No dia seguinte, visitou-me e anunciou que queria se apoderar de todo o manuscrito do prisioneiro Sade. Persuadi-o a não fazer nada: deixemo-lo, disse eu, terminar essa obra; o golpe será ainda mais duro. De Launay seguiu meu conselho. Os guardiões receberam a ordem de não perturbar o segundo Liberdade quando ele escrevia. Naturalmente, Sade se aproveitou dessa ocasião para escrever, sob o nariz de seus carcereiros, páginas de uma obscenidade ímpia sem igual. Enquanto isso, concluí a execrável cartinha de amor licenciosa que daríamos a roer para esse cão De Launay. No final de três meses, vi que ele não se continha mais. Confiei meu maço de papéis ao marquês, que o deslizou entre duas correias de seu saimel. Indiquei ao governador onde procurar. Ele se aproveitou de um passeio da sua vítima para furtar o manuscrito. Em seguida, levou sua crueldade ao ponto de visitar Sade logo na manhã seguinte; por sua vez, Sade fingiu experimentar uma aflição extrema, o que fez a alegria de nosso Maquiavel míope e imbecil. Sade levou o refinamento ao ponto de escrever à sua esposa uma carta dizen-

---

*Duas obras eróticas do século XVIII. (*N. da T.*)

do ter derramado lágrimas de sangue pela perda de seu manuscrito; De Launay, que abria seu correio, me relatou o fato com júbilo. E, certo de que seu adversário, vencido, não recomeçaria tão cedo suas torpezas, deu-me descanso provisório. Os olhos azuis do marquês de Sade brilhavam quando celebramos em segredo essa brilhante vitória. Ele amava loucamente o teatro, seus mistérios e suas mentiras, suas máquinas e suas máscaras. Eu me julgava no final das surpresas, quando me fez uma nova confidência: as páginas obscenas que escrevera sob o nariz dos soldados faziam parte de uma obra monumental que desde sempre conseguira desviar da atenção dos guardiões.

A engenhosidade fria da qual ele dava prova nesse domínio me encheu de admiração. De Launay tinha uma conta meticulosa de todo o papel que Sade recebia. Ora, este havia pensado em aparar de cada folha que lhe era concedida uma longa tira, que ele escondia na parte cartonada de sua carteira; estimando, com razão, que seus guardiões, passados os primeiros tempos, não pensariam em procurar papéis proibidos onde ele guardava suas obras autorizadas. Sade, na solidão de suas noites, deitava nessas tiras os tesouros de sua imaginação resplandecente. Um dia, sem dizer uma palavra, estendeu-me um punhado dessas estranhas folhas; retirei-me no vão da minha janela e entrei assim, como que por arrombamento, na narrativa mais singular que jamais existiu. Aqui, as palavras me faltam, e sei que fracassarei a dar uma idéia de tal obra. De início, acreditei estar diante de um desses romances libertinos que são destinados a serem lidos de uma só vez. Experimentei uma viva decepção: Sade dava conta de um monte de libertinos dos quais acreditei reconhecer os originais; mas que me pareceram brutalmente restituídos para que eu me deleitasse com essa pintura. Em Sade se desdobrava uma obscenidade de gênero único, estranhamente poderosa.

Nessa cabeça filosófica, a devassidão ganhava um aspecto sistemático, lancinante; desenhava figuras que não representavam nada, mas que pressentíamos ser a cifra do mundo. Logo esqueci os personagens dessa narrativa e avancei nessa floresta petrificada dos desejos humanos. Novo Dédalo, Sade havia concebido do fundo de sua prisão o mais vertiginoso de todos os labirintos, uma vez que consistia num alinhamento de peças sempre idênticas; como era impossível se perder, terminávamos por não saber mais onde estávamos. Admirei tudo isso, não sem estremecer duplamente: por quais leitores Sade esperava ser apreciado? O que aconteceria com ele se uma obra tão monstruosa caísse nas mãos de idiotas como De Launay?

O marquês era muito cortês para me pedir uma opinião; mas de um temperamento demasiadamente apaixonado para que eu pudesse me eximir, ao lhe devolver seu bem, de algum julgamento. Não sabendo o que dizer, escapou-me que se tratava de um retrato bastante sombrio da humanidade. Dez anos após ter pronunciado essas palavras, ainda enrubesço ao escrevê-las. Para a minha grande surpresa, Sade não se inquietou com a minha estúpida observação. Considerou-me com benevolência, sorrindo imperceptivelmente. Fez-me notar que já tinha passado mais da metade da vida nas prisões de seu país; que sem dúvida delas não sairia nunca; que estimava ter conquistado por aí o direito de escrever ao seu gosto sobre a sociedade dos homens, e as instâncias que os governam. Respondi que o despotismo deste regime seguramente lhe dava razão; mas que bem devia poder existir alguma sociedade mais tolerante, mais esclarecida. Dessa vez, ele riu francamente, me abraçou de todo o coração e me convidou a passar à mesa, onde falamos de mil outras coisas. Interroguei-o para saber se estimava ter tido, no passado, algum modelo. Acreditará em mim, Jean-Jacques? O marquês de Sade era seu mais fervoroso leitor. Julgava ser seu melhor discípulo, induziu-me a ler suas *Confissões*, dizendo ser o único a ter descido mais longe que você nas profundezas do espírito humano. Segui seu conselho, e direi mais adiante o que achei de suas Memórias.

Estávamos no início do inverno de 1785 quando o marquês me confiou um tormento seu. Temia sempre, e com razão, que pegassem seus escritos e os destruíssem. Teria preferido que lhe cortassem um braço. Ora, a obra inaudita da qual me confiara algumas páginas tomara um volume considerável, e tinha agora um título. Esses *120 dias de Sodoma* ameaçavam tomar proporções alarmantes, e formavam no papelão da carteira um bojo suspeito. Convinha, portanto, encontrar-lhe um abrigo mais seguro. A tarefa era mais difícil do que se imaginava. Por ociosidade, mais do que por crueldade, os guardiões organizavam todos os meses uma revista detalhada de cada cela. Além disso, nunca nos deixavam sozinhos: a porta do segundo Liberdade devia permanecer aberta a fim de que o soldado de sentinela, que nos virava as costas para respeitar a intimidade do prisioneiro, pudesse ouvir tudo o que se dissesse. Essas sentinelas só se viravam se um silêncio insolitamente longo se instalasse, sinal irrefutável, para essas almas simples, de uma conspiração. Decididos a encontrar um esconderijo na própria cela, imaginamos inicialmente o seguinte estratagema. Como provençal incansável, Sade se encarregou de discorrer em tom alto (de qualquer maneira, era esse seu hábito comigo: eu escutava mais do que falava), enquanto com mil precauções eu arrancava uma pedra do muro de sua cela, num ângulo morto. Essa única operação nos ocupou todas as noites de uma semana. Em seguida, protegido dos olhares, e com Sade perorando sempre, cavei nessa pedra um abrigo estreito, porém profundo. Era preciso, todas as noites, repor a pedra pesada, colocar uma falsa junta de maçonaria e sujá-la a fim de que ganhasse a mesma cor da muralha. Ficamos um mês nessa função. Sade era incapaz de me substituir: ressentia-se com freqüência de não ter tido, pela sua condição, a oportunidade de aprender um ofício qualquer, e revelava-se aos trabalhos manuais de uma falta de jeito notável. Da mesma forma, também era eu quem confeccionava, colando lingüetas de papel virgem, um rolo de cinco polegadas de largura, e nove metros de comprimento. Assim começou uma folha de papel interminável. Foi preciso que Sade se encarregasse dessa maçada terrível. Não é possível nem imaginar a dificuldade que teve de superar para esse afazer. Dessa vez, era eu quem discorria sozinho. Ele tirava de sua carteira papéis de todos os tipos, que relia em voz baixa. Copiava todos, corrigindo-os. Sofria terrivelmente, pois era obrigado a escrever em letra pequena, para que o manuscrito pudesse caber em seu tabernáculo de pedra; tarefa extenuante para um ser que há muito sofria de grandes dores oculares. Entretanto o marquês de Sade concluiu essa façanha numa velocidade prodigiosa; cobriu em dez dias a primeira página de seu pergaminho singular; o verso lhe tomou o mesmo tempo; e os *120 dias* encontraram um abrigo seguro na própria espessura dessas muralhas, onde a estupidez do mundo pretendia conter o gênio singular do marquês.

Apesar de nossos triunfos, Sade se enfraquecia, se esgotava. Diante desse solitário, por que meus devaneios me levavam impreterivelmente à visão do corpo supliciado de Robert François Damiens? O que havia de comum entre o feudal imperioso e o criado obscuro? Acho que esses antípodas se uniam no martírio. Certamente, a sorte de Sade parecia infinitamente preferível à de Damiens. Este fora sacrificado sobre o altar de uma barbárie medieval, e de uma forma tão excessiva que foi o último a sofrer tais ultrajes públicos. Sade era a vítima de uma nova ordem de crueldade, menos espetacular, menos sanguinolenta, porém terrível. O regicida fora dilacerado publicamente; Sade era sepultado vivo. Sofria cotidianamente avanias que, consideradas uma a uma, não eram tão terríveis: um passeio encurtado, uma carta censurada, uma revista ao corpo. Tudo isso, unido à infinidade da pena, formava um suplício pavoroso, longe dos olhos das pessoas honestas que aliás não tinham nada a dizer. E apesar de De Launay ser um imbecil completo; apesar de Sade ser o aristocrata mais delicado do antigo regime da França, o primeiro tinha poder sobre o segundo, e essa diferença significava tudo. Fazia com que freqüentemente o marquês passasse o dia a procurar com o que enfurecer o governador, importunando-o com suas chalaças, suas súplicas escritas, esboçando desse vaidoso retratos de uma ferocidade terrivelmente precisa em cada uma de suas letras. Eu não tinha o espírito de achar engraçado que uma alma tão eminente dispensasse sua energia tentando tapar esse abismo sem fundo: a alma de um imbecil. Parecia-me certo que De Launay teria a palavra final, e que Sade se esgotaria em vão. Enganei-me, porém.

Muitos anos se passaram. Em 1788, sofremos um alerta forte, visto que Sade fora obrigado a se mudar para o sexto Liberdade, cela extremamente quente no verão, mas que ele preferia, por ter mais luminosidade. Precisamos repetir no sexto andar nosso estratagema do segundo. O manuscrito ainda mais volumoso dos *120 dias* ganhou um novo abrigo, e apaguei cuidadosamente os vestígios do antigo. O inverno de 1788 foi tão severo que acreditamos ressuscitar com a chegada da primavera: raios de sol, ventos úmidos e vivos; bons legumes na minha mesa; na do marquês, frutas expedidas a preço de ouro da distante Espanha. Eu relia meu Lucrécio. Parecia ter 60 anos, embora tivesse um pouco mais de 80. Pensava na minha morte próxima, e esperava que me encontrasse em boa saúde, não tendo nenhuma apetência pelo sofrimento. Na última semana de abril, levantei a cabeça do meu livro. Um barulho subia do bairro de Saint-Antoine. Uma manifestação sangrenta explodiu numa grande fábrica de papel de parede: recriminavam o proprietário por uma baixa de salários. Sade queixou-se vivamente dessa agitação; não que ele simpatizasse com o comerciante, um bom burguês chamado Réveillon; mas porque tais circunstâncias davam a De Launay um pretexto para suprimir seus passeios no caminho de ronda do castelo, que eram para Sade a única ocasião de sentir na pele a luz do dia. De fato, o governador se apressou em interditá-los. Deteve-o no segundo pátio, poço sinistro onde o sol não entrava nunca, e onde o prisioneiro devia, cada vez que um visitante o atravessava, se esconder numa cavidade prevista para esse fim, de forma a não poder estabelecer uma comunicação com o passante. Consolei Sade da melhor maneira que pude, enquanto ele devastava uma de suas reservas de frutas secas, devorando damascos em punhados. Para tranqüilizá-lo, pus-me nos dias seguintes a lhe descrever a manifestação, a partir do que se dizia nos cabarés vizinhos, e tive tanto sucesso que no final ele jubilava, vendo-se já liberado pelo populacho e levado em triunfo para a capital. Alguns meses se passaram, no entanto.

A segunda semana de julho não foi mais calma, e víamos, das muralhas da Bastilha, a agitação de grupos, perseguidos pela tropa. Na segunda-feira 13, o barulho da multidão, que se acalmava no final da tarde e se extinguia quase completamente com a vinda da noite, pareceu se acentuar à medida que aumentavam o frescor e a escuridão. Perguntei o motivo desse tumulto a um dos soldados dos Invalides que nos olhava. Ele me respondeu de má vontade, pois seus camaradas e ele acabavam de passar a noite precedente transportando tonéis de pólvora que o Sr. De Launay requisitara do Arsenal vizinho, e que tiveram de carregar do pátio interior à adega. O povo invadira os Invalides sem que as tropas interviessem; preparava-se aparentemente para defender um tribunal. Como de hábito, esse pobre De Launay procedera a despeito do bom senso: não havia em toda a Bastilha mais de um dia de água em reserva; dois de víveres, no máximo. De forma que a soldadesca, que tinha com o que atirar até o verão seguinte, corria o risco de morrer de sede e de fome antes do fim do mês. Além disso, De Launay acreditava poder contar com reforços; no que superestimava gravemente tanto o rei quanto o reino; mas quem, então, não fazia o mesmo?

A emoção popular não enfraquecia e mal dormi na noite de 13 para 14 de julho, que foi atravessada de gritos e barulhos indistintos. Ouvi que atiravam com fuzis, de longe em longe. A cada um desses tiros nosso governador, que conhecia com exatidão seu manual de instrução militar, na falta de nunca tê-lo colocado em uso, fazia replicar por uma salva. Em toda a minha vida, nunca consegui ficar uma noite sem dormir; quando a calma voltou, com os primeiros clarões da alvorada, dormi logo, e profundamente. Na emoção geral, os guardas não tiveram o cuidado de me acordar; e foi assim que passei a sonhar na primeira metade desse grande dia nacional de 14 de julho. Talvez me pergunte, Jean-Jacques, o que aconteceu com Sade? Ai! Parece que a ironia mais mortal nunca se afastou desse homem! O pobre marquês fora transferido, na semana precedente, para uma outra prisão, e eis aqui como. Eu disse que no começo das manifestações o rumor dos arrabaldes fizera nascer no marquês uma enorme esperança; ora, vendo aqui também o meio de enlouquecer De Launay, Sade se pôs a gritar pela janela que se assassinavam os prisioneiros da Bastilha. Exortava o povo a derrubar essa cidadela do despotismo e da arbitrariedade real, chamando os transeuntes de seus irmãos, seus semelhantes, seus próximos. De Launay, pela vigésima vez desde a sua chegada à Bastilha, pediu oficialmente a transferência do senhor de Sade para o estabelecimento de Charenton, com a desculpa de que o detido dependia tanto do hospital quanto da prisão. E, dessa vez, o que tenha sido recusado a De Launay foi-lhe concedido: ele recebeu, tarde na noite de 3 para 4 de julho, a ordem de enviar o senhor de Sade às autoridades de Charenton. Como é de imaginar, De Launay executou a sentença com uma rapidez prodigiosa, podendo-se acreditar que realizava seu desejo mais antigo e mais sincero. Imediatamente, foi em pessoa tirar Sade da cama, lançou-o com uma grande escolta numa tipóia que pagou do próprio bolso, deixando para mais tarde o transporte de seus objetos pessoais, e permaneceu longo tempo na esplanada da Bastilha olhando essa tipóia se afastar na noite, saboreando até a última as saraivadas de injúrias que lhe gritava seu mais caro inimigo. Esse 14 de julho do ano de 1789, Donatien Alphonse François, conde de Sade, viveu sozinho, longe dos homens e da História, longe de seus livros e guloseimas, nu em seu roupão de algodão, no meio de loucos e idiotas.

TERCEIRA PARTE

Revoluções

No dia 14 de julho, às duas da tarde, fui acordado pela crepitação de um tiroteio. Flutua na minha cela um odor de feno queimado e de estrume fresco, misturado a um cheiro acre que não conheço, e que logo se tornará bem familiar: o de pólvora queimada. Levanto-me. Minha porta está fechada do lado de fora, o que não aconteceu três vezes em mais de vinte anos. Grito. Ninguém aparece. Menos do que a fome, é a sede que me incomoda. Rapidamente, a minha voz falha, e permaneço enlanguescido durante várias horas, sem conseguir dormir novamente. Enfim, na escada mais próxima ressoa uma violenta cavalgada. Tamborilo na minha porta. Intimam-me a me identificar, eu respondo; avisam-me para me afastar. A fechadura é desmontada, o batente forçado: um homem gordo com o rosto escurecido pela pólvora e riscado de suor me abraça, grita que estou livre e me empurra para o patamar. Saio sob os vivas de uma pequena tropa heteróclita de operários, artesãos e burgueses. Não ouso dizer que tenho sede. Agradeço educadamente, mas com uma voz inaudível. Uma mulher me dá, enfim, de beber, molha meu rosto e me faz sentar. Todos me enchem de perguntas para saber onde estão os outros prisioneiros. Até o momento, só encontraram cinco; digo que esse é o número certo, mas a multidão não se satisfaz com essa resposta. Pressionam-me para dizer em que masmorras o despotismo precipitou a maioria dos detidos, se era testemunha de alguma medonha execução de massa. Repito pacientemente que a Bastilha quase não funcionava mais. Podia-se ver a decepção nos rostos das pessoas, assim como, logo em seguida, a incredulidade: devo ter sido afetado pela vida na prisão; os maus-tratos teriam me feito perder a cabeça. Todos me abandonam e se precipitam ao andar de cima, na esperança de encontrar um homem mais bem informado. Desço. Um rebelde segura uma garrafa. O rebuliço público me rodeia, sou um herói da liberdade: oferecem-me uma bebida, um vinho forte; minha cabeça gira. Sou aclamado. No entusiasmo, entregam-me um fuzil, enchem meu bolso de cartuchos de pólvora e balas, dão-me coronhadas amigáveis. Saio para a esplanada, onde reina uma desordem indescritível, e sento-me numa pedra da rua Saint-Antoine, onde a maré poderosa da multidão enfim me permite repousar. Esforço-me em retomar meus sentidos, sentado na minha pedra, apoiado sobre o meu fuzil.

Um movimento de multidão mais importante do que os outros me arranca desse curto descanso. Devo voltar à fortaleza se não quiser ser pisoteado. Com dificuldade, reconheço De Launay, que é mostrado ao povo reunido na esplanada, um ar de infinita desgraça no rosto. Não tem mais bastão nem espada, nem peruca nem chapéu. Ao seu redor, artesões e operários gritam, vagabundos o imitam, pelo prazer. Alguns pedem com entusiasmo que sua cabeça seja cortada. Outros prefeririam enforcá-lo. Os mais imaginativos propõem prendê-lo no rabo de um cavalo e arrastá-lo por toda Paris; mas essa proposta se perde na algazarra ambiente. De Launay vai morrer, todos o sabem ou sentem; ele mesmo, sem dúvida, é atingido por essa verdade terrível e simples do instante. Deveria tentar morrer bem, mas em vez disso esse bufão choraminga. Sinto-me invadido de piedade por esse poltrão esmagado pelo peso de ter que representar, de repente, aos olhos de uma multidão excedida, anos de despotismo. A multidão está embriagada de sua força, e das garrafas de vinho derramadas para se ganhar a coragem desse ato inaudito. Num movimento de piedade espontânea, tento me aproximar dele, mas a prensa me impede. A seis passos de mim, De Launay exala um terror tão abjeto que algumas pessoas se desviam dele com constrangimento: poderia salvar a própria vida, se encontrasse nesse momento o meio de discursar para a multidão. Vejo que uma de suas pálpebras inchou prodigiosamente, e que sua orelha direita sangra. Não diz nada. Consigo, enfim, chegar ao seu lado, mas ele não me reconhece. Sustento-o enquanto um longo cortejo se agita para levá-lo à Câmara Municipal, a fim de que se decida o seu destino. Um homem que conheço de vista não demora a me ajudar, e agora não estamos longe de carregar esse infeliz embrutecido. Meu reforço se chama Desnot. De início, mal avançamos, sob os insultos e os cuspes dos quais nós, eu e Desnot, recebemos uma boa parte. Chamam De Launay de cão sarnento, traidor, e outras delícias dessa ordem. Vejo chegar o momento em que ele será dilacerado por essa matilha desvairada, e temo por mim mesmo. Felizmente, um ebanista da rua Saint-Antoine me reconhece; em voz alta, diz quem eu sou; e, como as ondas do mar Vermelho, o populacho nos dá passagem até a Câmara Municipal, aclamando a mim e a Desnot, que se empertiga. Sou o objeto de todos os olhares, pois o barulho que nos precede como as ondas de uma peia faz de mim a Vítima do Arbitrário Real Sustentando Generosamente seu Carrasco. Sou o primeiro Nobre Velho desses novos tempos que serão loucos por eles. Acredito estar livre do negócio quando nossa caravana se atola novamente, na altura da igreja Saint-Louis. De Launay perde a cabeça e decide, tarde demais, tomar a palavra; justo quando era preciso avançar mais rapidamente em direção ao refúgio do Hôtel de Ville, que se encontra a dois passos. Aterrorizado, o governador abre os braços volvendo os olhos, e grita que não o assassinem, que é inocente. De início, a multidão se comove. Mas, da mesma forma que um jovem soldado lançado no fogo da batalha, indisposto pela piedade que experimenta por um adversário ferido, joga a sua cólera contra o objeto da sua misericórdia, terminando com o infeliz, a multidão salta em cima de De Launay e fecha nele seus maxilares, com uma violência que me lança a dez passos de distância. Ele continua a vociferar, a se debater e, nessa agitação, dá sem querer um golpe no baixo-ventre do cozinheiro Desnot, que não o largara. Desnot dá um grito de dor, e clama que está morrendo. Então, parece que baionetas florescem ao redor de dois homens. A camisa do governador avermelha-se de uma só vez, e em seguida enegrece. O corpo do infeliz rola em direção à valeta de imundícies que serpenteia no meio da rua. Alguns rudes enchem de golpes de pistola o peito do cadáver, para não ficar em dívida. Desnot, por sua vez, escorregou na terra, e foi levantado ileso. Recebe uma espada: uma vez que foi ferido por esse cão de governador, é justo que se vingue. Desnot avança sem hesitar em direção a esse farrapo ensangüentado e lamacento que foi um homem. Entalha com a ponta a garganta do morto, mas maneja mal a espada, que abandona. Tira de um bolso do casaco sua faca de açougueiro e termina propriamente a obra, como homem acostumado a trabalhar todos os tipos de carne. Em torno dele, a cabeça do morto é levantada, e um clamor eufórico celebra esse desfecho trágico; a multidão vai passear a cabeça por toda a cidade.

A noite chegou, enfim; uma chuva violenta se abateu sobre nós, vinda do oeste. Encharcado num segundo até os ossos, abriguei-me no pórtico mais próximo, enquanto as valetas enlameadas cresciam no adro da igreja Saint-Louis, inteiramente abandonada, e arrastavam para o Sena, apagando da memória dos homens o sangue do governador, cujo cadáver fora levado para servir a algum ritual bárbaro de profanação que prefiro nem imaginar. Eu estava livre, como se diz. Estava a dois passos da minha residência da rua do Petit-Musc. Supus que o rei fosse liberar a tropa, enviar soldados para recuperar os prisioneiros da Bastilha, a fim de mostrar ao povo quem era o chefe. Onde dormir em segurança, naquela noite, se não na Bastilha? Voltei atrás. Na esplanada no castelo fortificado, diante das grades jogadas abaixo, as portas destruídas e calcinadas, avistei o pobre César, encurvado pelos anos, que a multidão aclamava. Esse infeliz insensato correu na minha direção; alguns homens tinham achado judicioso embriagá-lo de vinho. De fato, fedia tão horrivelmente que, atormentado por esse triunfo imperial pelo qual tinha esperado a vida inteira, o rapaz infeliz se tinha esquecido em seus calções. Arranquei César de seus admiradores avinhados, e segui em direção à ponte levadiça. Lá, uma espécie de governo provisório de Paris havia estabelecido um destacamento militar, para evitar transtornos: apresentei-me àquele que parecia o chefe desse esquadrão. Profundamente imbuído da importância de sua missão, esse notário das redondezas escutou atentamente as minhas explicações e nos deu um salvo-conduto em caligrafia magnífica. Sustentando César, entrei numa Bastilha devastada e deserta, onde reinava uma calma perfeita. No segundo pátio interior, encontrei com o que lavar um pouco meu protegido. Entramos na torre do condado: instalei César no terceiro andar, onde logo dormiu, e fui me deitar no andar inferior.

Na manhã de 15 de julho, levantei-me cedo, fresco e tranqüilo. Decidi inspecionar a fortaleza. Meus passos me levaram, quase maquinalmente, ao sexto Liberdade. Um espetáculo lamentável me aguardava: os despojos dos pertences de Sade juncavam a cela escancarada. As lágrimas me subiram aos olhos. No chão sujo, encontrava-se uma desordem pavorosa de folhas manuscritas; prateleiras derrubadas, alguns livros rasgados numa poça de vinho. A poltrona preferida do marquês, estripada, expelira sua palha. Bem no meio do aposento, tapeçarias laceradas e uma escrivaninha reduzida a pedaços de madeira formavam os vestígios de uma fogueira que os saqueadores haviam preparado sem chegar a inflamar, onde tinham em seguida urinado e defecado. Reinava na cela um odor pestilento. A pequena tropa que arrastou a Bastilha não era a autora dessa empreitada. Conheci bem esses homens: eles tinham o escrúpulo de não extorquir daqui nem mesmo um lenço. Mas desde a primeira noite a bela nave da revolução atraiu na sua esteira uma nuvem de abutres que se alimentavam do seu lixo e nunca desapareceram. Precipitei-me em direção à muralha e tirei a pesada pedra de seu local. Senti com alegria, sob meus dedos, o bojo do rolo dos *120 dias de Sodoma*. Escondi-o sob a minha camisa e deixei para sempre o sexto Liberdade. Fui acordar César, que parecia ter esquecido todas as tempestades da véspera. Confiei-o aos guardas da Bastilha e, munido ainda de meu passaporte notarial, fui a um livreiro do meu conhecimento, perto das Tulherias, para vender o manuscrito. Raciocinei da seguinte maneira: encontrar Sade, devolver-lhe seu bem, era uma empreitada perigosa tanto para mim quanto para ele; guardar os *120 dias* na rua do Petit-Musc era correr o risco da prisão. Vendê-los era dar a essa obra uma chance, ainda que ínfima, de escapar do nada, pois existia na Europa uma dezena de ricos excêntricos e entediados que se entusiasmariam com a extraordinária obscenidade do livro e disputariam para possuí-lo, e que deveriam conseguir extorqui-lo da vigilância de todos os censores. Vendi o objeto a um bom preço, e na mesma noite estava de volta à Bastilha.

Entro no primeiro pátio e sou abordado familiarmente por um desconhecido. O homem é rechonchudo e cordial. As bochechas fofas e rosas, o olho vivo e móvel, os lábios gulosos. Ele se apresenta: Palloy, Pierre-François, patriota. Diz-se igualmente normando, conta o histórico da família, interroga-me sobre a minha sem esperar as respostas. Palloy soube da minha história pelo bravo notário de facção, que ele conhece um pouco por ter ajudado o irmão de sua mulher num processo delicado. Fala-me desse processo, e minha cabeça começa a girar. Enfim entendo o que ele quer. Pierre-François Palloy deseja obter os serviços de um homem que conhece essa Bastilha. Bastilha que ele, Palloy, homem da lei, mestre-de-obras e patriota, está encarregado de demolir. Surpreendo-me que uma fortaleza caída no dia 14 de julho esteja nas mãos de um demolidor no dia 15, e o digo. O homem ri enormemente da minha observação e me esmaga esse antebraço do qual se apoderou no início de nossa conversa e que só me devolverá com pesar. Leva-me à taverna mais próxima. Termina um primeiro pichel de clarete. Pede um segundo e por fim, lançado nesses passos, explica seu negócio com trejeitos de pessoa desonesta. Havia muitos anos que se pensava em fechar a Bastilha, prisão vetusta e custosa. Palloy se apresentara regularmente como candidato diante das autoridades, a fim de comandar essa operação de saudação pública, mas as decisões eram lentas. Descobri então que o que o rei da França não tinha nem conseguido começar em três anos seu povo realizara em algumas horas. Palloy foi um dos primeiros, ontem, a se lançar na ponte levadiça da Bastilha, no meio das chamas e do tumulto das armas: ao menos é o que afirma. Mostra a toda a assistência um buraco na gola do seu mantô, que poderia ter sido feito por uma bala. O patriota Palloy reproduz aos nossos olhos sua tomada da Bastilha. É tão convincente que termina sob os vivas dos clientes da taverna. Retoma o curso de suas explicações com uma voz mais baixa. Conhece todos esses senhores do conselho da cidade; particularmente um marquês de La Salle, que desde essa manhã é o homem encarregado de supervisionar a demolição da nossa Bastilha; além disso, homem sedutor até a delicadeza, célebre pela beleza de seus punhos em renda, muito talentoso em todos os jogos de cartas; mas, no que concerne às obras da arquitetura e do aterro, um incapaz completo. Por isso, o excelente marquês encarregou seu bom amigo Palloy dessas operações, cujo impacto destrutivo chocava um pouco a sua sensibilidade. Falta a Palloy um contramestre que não seja nem desonesto nem preguiçoso. É o que ele me diz simplesmente. A franqueza da minha fisionomia lhe agradou. Ele me estende a mão para selar nosso acordo. Observo meu orador. Digo-me que Pierre-François Palloy é um gatuno e tagarela impenitente, louco talvez, extravagante certamente. Resumindo, sinto que me será bastante difícil não gostar desse homem, e nem tento. Combinamos meu salário. Palloy me dá as instruções precisas e sensatas; em seguida, desaparece, tão prontamente quanto apareceu, depois de ter marcado um encontro para dois dias depois. Ponho mãos à obra.

Minha primeira tarefa consistiu em contratar um monte de trabalhadores: coisa tristemente fácil nesses tempos de miséria! Comecei pelos artesãos, ou seja, uma centena de pedreiros, carpinteiros e serralheiros: eu mesmo encontrei alguns, em diferentes cabarés, e encarreguei-os de recrutar o resto. Cartazes fixados no bairro me forneceram logo no dia seguinte centenas de infelizes sem emprego, que se ocupariam apenas de transportar detritos e carregar caixotes. Formei meu batalhão de artesões designando, com a ajuda de meus recrutadores, dois homens de experiência e autoridade para cada equipe de vinte trabalhadores. No alvorecer do dia 17 de julho, estavam prontos para trabalhar, esperando meu sinal para começar. Diverti-me, do alto dessas muralhas rebarbativas, em precipitar uma seteira no vazio, com a ajuda de uma alavanca. Caiu numa vala com um barulho surdo e longo, no meio dos risos e dos vivas de meus homens. Não tive de esperar muito tempo pelo mestre Palloy. Por volta das nove da manhã, ele entrou na esplanada da Bastilha, na frente de uma longa e lenta caravana de charretes de trabalhadores de pedreira, arrastados por esses pesados cavalos do Perche e do Boulonnais que parecem tirados de uma gravura dos tempos antigos. Ao meio-dia, meus serventes se apresentaram à contratação, como lhes fora ordenado, e se colocaram às nossas ordens.

Perguntei ingenuamente a Palloy onde iríamos jogar os escombros, os móveis e todos os pequenos objetos que os saqueadores haviam negligenciado, e cujo volume parecia considerável. Palloy esperava essa pergunta. Cacarejou de satisfação, bateu nas próprias coxas e me confiou seu verdadeiro projeto. O que não dissera ao marquês de La Salle e a ninguém da administração municipal é que para ele estava fora de questão desfazer-se desses detritos. Palloy pensava em alimentar, com as pedras e as madeiras, vinte obras de construção, reduzir o custo para o pessoal da mão-de-obra; realizar assim enormes benefícios. Durante os dois dias em que tinha me deixado sozinho na Bastilha, Palloy não ficara inativo: conseguira ser recebido na Câmara Municipal. Os Grandes Eleitores temiam que tumultos demasiadamente violentos levassem o rei a entregar a tropa contra os parisienses; acreditaram tranqüilizar o populacho demolindo prontamente essa Bastilha inútil e maldita, e viam com bons olhos a possibilidade de milhares de pobres ganharem um pouco de dinheiro durante alguns meses. Sem se preocupar em precisar o destino reservado aos entulhos, Palloy obtivera até uma compensação pelo esforço em arrumar a cidade. E eis, então, como, na noite de 16 de julho de 1789, o mestre-de-obras Palloy se tornou proprietário de tudo o que se encontrava no conjunto da Bastilha, com exceção das armas, da pólvora e dos arquivos que o marquês de La Salle levou, num belo alazão enfitado e finamente penteado, ao Arsenal mais próximo. Palloy possuía pelos lados de Pantin uma pedreira desativada: essa foi a destinação de nossas carroças. Nossos operários trabalharam com ardor, pois Palloy prometera contratar os mais dedicados para outras obras, e porque a maioria, fortemente reanimada contra a autoridade real, desejava ser o primeiro a descobrir as salas de tortura secretas e as masmorras imundas cujo rumor público havia povoado a Bastilha. É preciso dizer? Não encontraram nada. Contudo, numa manhã de inverno, precipitamo-nos em massa numa adega onde nos chamavam, numa gritaria, dois jovens serventes. Afastei a multidão agitada e prossegui: ossadas cobriam o chão. Disse aos serventes que não tinham se enganado, que na verdade um grande massacre se perpetrara lá, e mostrei-lhes rindo as espinhas dorsais de porcos, os ossos de galinha e as carcaças de bois que gerações de cozinheiros negligentes tinham jogado nessa adega abandonada, a três passos das cozinhas. As lendas de governadores torturadores, de jaulas do tempo do terrível Luís XI e carcereiros antropófagos não deixaram de correr por Paris e todos os seus arrabaldes. Trabalhamos tão valentemente que em alguns meses só sobrou dessa formidável fortaleza seus alicerces aplainados. E, no dia 14 de julho de 1790, nesse imenso terrapleno, os cidadãos dançaram embaixo de tendas até de manhã.

Palloy hesitou muito quando começou a entender, como todo o reino, que essa escaramuça do 14 de julho teria suas conseqüências. Vacilou se devia realmente reutilizar esses materiais amontoados em Pantin, como era da sua intenção. Desde o verão de 1789, a tomada da Bastilha, como se dizia agora, era satirizada em canções, mas os meses passavam sem que os cancionistas enfraquecessem, nem a agitação revolucionária. Em dezembro de 1789, o essencial da fortaleza se encontrava em Pantin. Atacamos as fundações e, em maio de 1790, o vento da história havia assoprado as velas da frota Palloy, e seu glorioso almirante esteve à altura dessa ocasião. Prudentemente, começamos em 6 de fevereiro de 1790 por sondar os baixios, depositando solenemente na Assembléia nacional a última pedra da Bastilha; oferecemo-la aos representantes do povo, que a receberam com uma emoção sincera. O próprio Palloy chorava com convicção. Retornamos a Pantin e, dessa vez, lançamo-nos, todas as velas erguidas, na mais notável, na mais sistemática e na mais desavergonhada das explorações comerciais dos novos tempos. No escritório do seu tabelião, Palloy remunerou dois escreventes que redigiram ao longo da semana pequenos certificados atestando que tal pedra, de tal natureza, de tais dimensões, provinha da Bastilha. A maioria das grandes pedras da Bastilha mediam 1,20m de comprimento e 60cm de largura; sob minhas instruções, escultores foram encarregados de talhar uma planta em relevo da prisão. Palloy tomou o cuidado, no início do mês de setembro de 1790, de apresentar à Assembléia constituinte a primeira dessas pedras esculpidas, acompanhada de seu certificado de autenticidade, no pé do qual colocara um selo de uma sobriedade quase espartana: Em Nome Do Patriota Palloy, Comissário Da Obra da Bastilha Pela Vontade do Povo. Sua iniciativa foi aplaudida como merecia. Tal como esperado, os jornais abordaram essa cerimônia. Logo apareceram, nesses mesmos jornais, em Paris e em toda a França, cartazes anunciando que era possível adquirir uma lembrança patriótica. Nossa clientela recebia, em troca de uma soma razoável, uma caixa contendo uma pedra talhada e certificada, uma planta da Bastilha, uma gravura representando o patriota Palloy se lançando ao assalto dessa fortaleza; ao que se acrescentava uma brochura relatando a batalha do 14 de julho, ornada com uma imagem representando esqueletos encontrados nos alicerces (a esse respeito, Palloy havia censurado nitidamente os meus protestos, dizendo que, ainda que inexata no fato, essa imagem não era menos justa na idéia, já que o absolutismo real se alimentara da própria carne do pobre povo). Cada subdivisão da nova França, que se chamava agora departamento, recebeu três dessas encomendas, com a condição de que a jovem administração as colocasse nos lugares públicos mais puros para servir à edificação dos cidadãos. Naturalmente, Palloy não reclamava o pagamento desse tesouro patriótico aos departamentos; no entanto pedia que lhe reembolsassem os gastos de envio; que eram, por uma feliz coincidência, bem superiores à quantia que tivera de desembolsar. Além disso, e como conseqüência de uma saudável emulação, todos os oficiais civis recentemente nomeados também quiseram possuir um pedaço da verdadeira Bastilha: desses, Palloy cobrava tudo, e a um preço bem elevado. Nas prefeituras, nas esquadras de polícia, todos encomendavam seu lote ao Patriota de Paris. Tivemos de abrir um escritório, do qual assumi a responsabilidade. Sobressaímos na brincadeira, Palloy e eu: sob nossa palmatória, nada se perdia, tudo se transformava nas barracas que erguêramos em Pantin para abrigar o trabalho de nossos artesãos: como a ferragem de algumas muralhas não tinha uma aparência sedutora, mandamos fundi-la para fabricar correntes e grilhões da Bastilha; das papeladas que desviáramos da vigilância do marquês de La Salle, fazíamos cornetas de caramelos e leques; em folhas virgens mas autenticadas, imprimimos cartas de baralho de um gênero particular: os cidadãos substituíam os valetes e os burgueses, os reis. A Bastilha em nossas mãos se tornou uma cornucópia inesgotável, concebendo caixas de rapé e medalhas, tinteiros portáteis e palitos de dente, enquanto as portas das celas, polidas e envernizadas, se transformavam em mesas de jogo revolucionárias.

No final do inverno de 1790, estava enfastiado de nosso comércio. Pedi a meu excelente mestre a liberdade. Palloy protestou, gritou que eu era um renegado. Abraçou-me mil vezes, chamando-me de seu irmão, tentou me comover e, sem conseguir, deixou-me partir tranqüilamente, mas não sem antes me fazer prometer que, se escrevesse um livro sobre os anos nos calabouços úmidos do despotismo, eu lhe reservaria a publicação. Prometi e fui embora. De Pantin, decidi ir a pé até a capital. Era cedo, eu era o único na estrada, a primavera se anunciava; uma chuva amolecera o chão, e os perfumes da terra me subiam ao rosto. Tinha 86 anos. Soubera que uma varíola levara Madame Paris, sem que pudesse revê-la e lhe exprimir todo o meu reconhecimento; retirara-se de seus negócios havia uma eternidade, no meio da consideração geral; seu estabelecimento, transferido não sei por que para a rua do Roule, sobrevivia lá, num bairro desconhecido para mim. Um dia, passei por acaso na rua de Bagneux: a casa de número 19 estava ocupada por um negociante de madeira. Quanto a Michel, ninguém soube me dizer para onde tinha ido após a morte da patroa.

Eu tinha um motivo melhor do que a idade ou a nostalgia para deixar Palloy: ainda me sentia curioso do mundo, porque o mundo mudava. Digo sem vergonha: acreditei na revolução. No primeiro ano, percebia-se em Paris, a cada dia, esse estremecimento do ar que traz o nome mais louco: a liberdade. Os parisienses percorriam as ruas com um aspecto de benevolência tranqüila, e nunca me tinham parecido tão bonitos. Pequenos sinais insignificantes me encantavam, porque a partir de então o insignificante importava. Em nossos teatros, por exemplo, ganhamos o hábito novo de indicar não mais apenas o nome do autor, mas também o dos atores da peça; as coletas de caridade aos indigentes nunca foram tão numerosas quanto naquele tempo. Como o primeiro ano de aniversário da queda da Bastilha se aproximava, as autoridades haviam decidido organizar uma festa da Federação; e foi à margem dessa celebração que se produziu em Paris algo que me fez aderir definitivamente à causa dessa revolução francesa. Eis os fatos: dois dias antes dessa festa, correu o boato de que na planície do Champ-de-Mars, escolhida para acolher os participantes, as obras de aterramento não teriam terminado a tempo. Fui até lá: as colinas e os aterros artificiais estavam terrivelmente inacabados, quase informes, por falta de mão-de-obra necessária. Aqui, devia-se concluir um imenso aterro circular, onde ficariam os deputados; lá, era preciso escorar o altar da pátria, que fora erguido diante dos Invalides. A novidade era tristemente correta. Propagou-se como um raio. Vimos em algumas horas formarem-se nuvens de cidadãos, que convergiram para essa planície lamacenta. Armados de carrinhos de mão e pás, ou apenas com a própria coragem, os mais jovens e os mais velhos, e também as mulheres, representando todas as condições, receberam nesse lugar, com suas próprias mãos, a primeira educação nacional. Ela durou dois dias inteiros. Graças a Palloy, eu sabia comandar equipes, organizar as cadeias de trabalho. Fiz então a minha parte, como os outros. E, pela diligência de um povo heteróclito, valente e alegre, tudo ficou pronto a tempo.

Em seguida, a festa do 14 de julho de 1790 decorreu perfeitamente bem, segundo a opinião geral. Choveu durante seis horas sem parar, nesse dia; o povo zombava da tempestade, dizendo que Deus devia ser do partido dos aristocratas. E o partido dos aristocratas não prevaleceu em nada. Entretanto esse dia não me proporcionou tanta felicidade quanto as festividades industriosas do 12 e do 13 de julho. Os ocupantes das tribunas oficiais me pareceram demasiadamente rígidos, solenes, engomados. Contemplei-os sem entender o que me desagradava. Depois, olhei suas mãos e entendi: estavam limpas. Então, uma evidência se abateu sobre mim: no imenso cortejo dos corpos sociais reunidos, não foram convidados nem as crianças, nem as mulheres, nem os pobres, nem os velhos que, ainda na véspera, enlameados e exaustos, empurrando e carregando pesados carrinhos de mão, davam o toque final a uma festa que jamais veriam. A essa festa da Federação, só faltava uma coisa, mas essa falta era terrível: os federados. Por qual estranho desejo de imitar os faustos do Antigo Regime a jovem República se desencaminhava, agrupando em bancadas, como outrora, as autoridades constituídas! Por certo, o povo da França estava lá, atrás das barreiras, todos os pobres de Paris, todos os burgueses de suas províncias, todos os artesãos e todos os camponeses, saídos dos limbos do reino. Ele contemplava seus representantes, e estava feliz. Debruçava-se no espelho da festa da federação e, orgulhoso desse espetáculo, aclamou seus novos mestres; mas não poderia se reconhecer neles. Muitos desses homens, muitas dessas mulheres estavam em Paris pela primeira vez na vida; tinham vindo de longe para ver a nação e encontraram seus semelhantes, cada vez mais numerosos. Nos dias 12 e 13 de julho, quando avançaram para a planície do Champ-de-Mars, a nação estava lá, uma vez que eles eram a nação; e a alegria inchava seus peitos. A festa finda, foram embora, acreditando que a nação continuaria a existir sem eles, pois tinham visto sua figura grandiosa; enganavam-se enormemente.

No meio do outono de 1790, uma bancarrota inesperada levou de uma só vez toda a minha poupança. Eu tinha acabado de mobiliar a minha casa da rua do Petit-Musc. Amava a revolução, mas ela, que se preocupava muito com o pão, ainda não renunciava a ganhar o seu. Aceitei filosoficamente o fim da minha ociosidade. Ainda assim, era preciso que confiassem um emprego a um velho como eu, por mais bem conservado que fosse. Li as gazetas, consultei os cartazes nas ruas, apresentei-me a todas as vagas, sem o menor êxito. Isso durou tanto tempo que entrevi o fundo da minha reserva, e com ele o começo da miséria. No mês de setembro de 1791, coloquei eu mesmo um anúncio, rejuvenescendo-me em trinta anos, e recebi uma resposta; um bilhete muito simples e muito cortês me convidava a me apresentar o mais breve possível. O bilhete fora redigido no verso de um pequeno cartaz que trazia o endereço de um estabelecimento chamado Os Banhos Chineses. Pus-me sem atraso a caminho. Nunca tinha ouvido falar desses Banhos Chineses. Ficavam na saída de Paris, na estrada da Picardia, num campo onde outrora eu tinha passeado, mas onde não colocava os pés havia vinte anos; em espírito, via-o gracioso, com seus pomares e leiterias. Uma surpresa me aguardava: quase chegando à destinação, perdido nos meus pensamentos, atravessava essa avenida cheia de árvores que marcavam desde muito tempo o limite de Paris. Mas quando levantei os olhos descobri um bairro novo, que obstruía o horizonte. Paris havia transbordado para o bairro suburbano de Poissonnière. O que outrora fora um campo não se distinguia mais de Paris, exceto pela novidade: fachadas limpas, ruas largas e bem traçadas. Os próprios transeuntes tinham um ar de juventude que me lembrou as horas mais animadas do Palácio Real. Um cheiro extremamente forte de estrume e de cavalo subia das estrebarias de Luís o Grande, construídas em outros tempos nessa planície, longe do tumulto e da confusão da capital; toda uma população de negociantes de ferragens, artesãos seleiros e ferradores trabalhava lá, assim como os atores e os empregados dos teatros vizinhos. Um aguadeiro me indicou gentilmente a localização dos Banhos Chineses: cheguei sem dificuldade ao seu portão; lá, atravessei novamente a avenida para ganhar distância e admirar essa construção, que realmente o merecia.

O que esses banhos tinham mais de chinês eram a decoração e as cores, que se distinguiam do cinza dos edifícios vizinhos. Tinham três andares: dois corpos de construção se elevavam à mão direita e à mão esquerda; na frente do visitante, uma terceira fachada, que era a mais imponente. Podia-se entrar num vasto pátio passando sob um grande pórtico que imitava da melhor forma possível — e esse melhor aparentemente bastava para os parisienses — os pagodes do Extremo Oriente. Sob esse pórtico, dois chafarizes jorravam sobre falsas rochas bastante íngremes, em cima das quais havia uma estátua de gesso representando uma espécie de eremita barrigudo e barbeado que segurava um guarda-sol. Outros rochedos ornamentados com faunos e náiades decoravam o pátio, assim como arcas de laranjeiras um pouco murchas, à sombra das quais se podiam consumir bebidas, quentes ou frias, e sorvetes. Acedíamos aos banhos propriamente ditos no fundo do pátio, por uma escada de madeira que dava num vasto salão, iluminado com archotes o tempo todo, de forma que o local cheirava à resina quente. De lá, chegava-se aos andares dos banhos, que ocupavam todo o corpo da construção setentrional. Mas era sobretudo na decoração que o arquiteto, que talvez nunca tivesse saído de Paris, aplicara-se às chinesices mais desenfreadas. Repetira o motivo do dragão insaciavelmente, na parte superior das portas, nas abas jades de todas as janelas. Sua febre oriental e extrema engendrara um excesso de cores bem vivas: as fachadas eram caiadas com cinabre, o contorno das janelas, com amarelo açafrão; nos corredores, painéis de um azul intenso, tapeçarias de um verde-claro, quase lânguido, enquanto nos tetos brilhavam telhas envernizadas que me pareceram verdadeiramente pequinesas, e que vinham de Dijon. Auriflamas esguias penteavam o todo, e batiam com os ventos do oeste. Esse edifício extravagante realizava a proeza de ser, apesar de tudo, bastante agradável, e os parisienses o freqüentavam em quantidade, assim como numerosos estrangeiros, sobretudo alemães, reconhecidos pelos guias que consultavam com compunção, receando viajar mal.

Com a cabeça para o ar, transpus as grades dos Banhos Chineses, e logo gostei desse lugar estranho. Atravessei o jardim e me apresentei ao balcão; fizeram-me esperar num pequeno escritório. Entrou uma mulher que parecia ter 50 anos. Cumprimentou-me alegremente e sem cerimônia, fez algumas perguntas sobre meus antigos empregos: falei abertamente de Madame Paris e da rua de Bagneux; estendi-me menos a respeito de meus pequenos trabalhos para B***. Ia mentir ao contar o desmantelamento da Bastilha sem precisar que permanecera lá como prisioneiro, quando ela tomou a palavra para explicar não sei o quê: pois nesse instante parei de escutar suas palavras e observei sua voz, rica em vibrações estranhas, quase cantantes; como a voz de uma estrangeira que teria aprendido nossa língua de ouvido; e que me encantou como a lembrança de uma melodia antiga da qual não conseguimos nos lembrar. Calou-se ao perceber minha emoção. Então, pareceu-me que deveria responder ao chamado secreto dessa voz. Pus-me a contar os anos passados em Genebra, o encontro com o conde, a história de meus amores com Denise. Falei até de você, Jean-Jacques. Ela não me interrompeu. Enfim, renunciando a qualquer prudência, narrei de um fôlego a aventura de nosso Hércules e, pela primeira vez desde esses acontecimentos, chorei a morte de meus amigos. Retomei a respiração no final de duas horas talvez, estupefato de ter aberto meu coração a um ser que mal conhecia. Devo ter me interrompido bizarramente, pois minha anfitriã perguntou se eu estava indisposto. Restabeleci-me e, assegurando-a de meu estado, olhei-a pela primeira vez: tinha um rosto bastante comum, traços regulares, uma boca bem desenhada, uma cor branca. Tornei-me estúpido novamente. Minha falta de jeito, minhas competências, a franqueza das minhas respostas falaram por mim melhor do que hábeis mentiras: ela me contratou. Os Banhos Chineses precisavam de uma espécie de intendente. Perguntei-lhe quando encontraria o dono do estabelecimento. Ela morreu de rir, disse que esse lugar tinha uma dona, que se chamava Sophie, e estava na minha frente. Em seguida, levou-me para uma visita completa da sua instalação.

Por uma minúscula escada em caracol, subimos até os tetos quase planos do edifício. Encontrava-se lá uma sucessão de quartos simples, claros e limpos, de uma ponta a outra de um corredor forrado com seda amarela. Eram reservados ao pequeno pessoal dos Banhos, exclusivamente feminino. Sophie pagava bem acima dos honorários de Paris. Sabia que a maior parte das moças sem emprego e sem experiência recorria com freqüência à prostituição para completar sua renda miserável; mas ela não queria que ninguém se entregasse a essa libertinagem em seu estabelecimento; pois em Paris tais lugares de higiene viravam quase sempre um bordel; e então caíam nas mãos de sustentadores, da polícia e de espiões. O sistema de pagamento de Sophie garantia a independência de suas raparigas, e a sua. Inúmeras criadas vindas de suas províncias para fugir da miséria do campo retornavam depois de alguns anos a seus vilarejos, onde conseguiam enfim, providas de seu pecúlio, fazer um belo e bom casamento. Os Banhos Chineses renovavam constantemente seu pessoal e gozavam de uma reputação de honestidade, ou mais precisamente de falta de venalidade (pois algumas licenças encontravam asilo nos Banhos, como contarei em breve).

Em seguida, visitamos as adegas do estabelecimento. Um sistema engenhoso de espelhos fazia entrar a luz do dia, que se refletia nas paredes caiadas. Sob as abóbadas, numa floresta de pilares igualmente embranquecidos, trabalhava uma dezena de raparigas, quase crianças, que pareciam sombras nesse inferno branco. Digo inferno porque lá reinava um calor elevado, úmido, penetrante; assim como uma algazarra provocada pelas máquinas alinhadas contra as muralhas, que muito excitaram a minha curiosidade. Sophie me explicou sua utilização. À minha direita, repousavam bacias guarnecidas com cascalhos de diferentes tipos que se rarefaziam, de camada em camada, até a areia mais fina, destinadas a filtrar a água; em seguida, vinham os aparelhos de aquecimento que precisavam ser alimentados o tempo todo com lenha, a fim de que os clientes dos banhos dispusessem à vontade de água escaldante. À esquerda, profundas tinas onde a roupa suja mergulhava numa mistura de cinzas e soda, e fornos de secagem. Tais eram os bastidores desse teatro da propriedade que eu devia administrar.

Por fim, subimos ao primeiro andar. Estávamos no edifício oriental, reservado aos homens, e Sophie me confirmou que as duas outras alas eram igualmente ordenadas. Os Banhos Chineses acolhiam sua clientela numa série de cabines com dois pés de largura e cinco de comprimento, cujas paredes eram pintadas em falso mármore. Para se ter acesso a elas, era preciso atravessar um corredor extenso, com janelas altas que davam para a rua. Entrei numa dessas cabines particulares. O lugar me tocou por sua alegria leve: no centro, como uma espécie de altar da limpeza, pontificava uma banheira de cobre vasta o suficiente para acolher duas pessoas. Duas enormes torneiras alimentavam-na com água quente e fria. Sob a grande janela que dava para a rua, repousava um aparador de cajueiro, carregado de todos os apetrechos necessários à toalete do elegante mais refinado. Perguntei à minha anfitriã que gênero de clientes me aguardava. Ela respondeu que os cavaleiros de punhos de renda* se sentiam em casa nos Banhos, o que era sabido em Paris, mas a honestidade

---

*"Chevaliers de la manchette", expressão do século XVIII para designar os homossexuais. (*N. da T.*)

do recinto não dissuadia pessoas de todos os tipos de o freqüentarem; que ela pensava que alguns desses senhores vinham lá com a idéia de apalpar esses prazeres que chamamos de gregos; que, lá, muitos entre eles tinham pela primeira vez relações com outro homem, porque nesses lugares a franqueza da natureza vencia a hipocrisia das conveniências; que o primeiro homem era também, com freqüência, o último: a maioria não tomava gosto pela coisa; e mostrava-se decepcionada, não pelo ato em si, mas por ter podido enganar tão facilmente seu desejo e ter gozado com uma pessoa do mesmo sexo; os mais filosóficos eram os mais lentos a reconhecer que, afinal, um traseiro é um traseiro. A dona dos Banhos Chineses me contava tudo isso com um ar banal, que não se devia nem às idiotas prevenções da moral comum, nem a essa afetação de libertinagem que passava então em Paris por bom-tom. Essa simplicidade teria bastado para me fazer gostar de Sophie. Pois ainda não o disse, mas tenho certeza de que já deve ter percebido, meu caro Jean-Jacques, você, que sentiu seu coração melhor do que ninguém, e conhece os homens: amei Sophie. Escrevo essas palavras, a pluma me cai das mãos, e choro. Falemos de outra coisa, ou não terminarei nunca.

Aquele que viesse com a idéia quase ingênua, mas completamente respeitável, de tomar um simples banho podia se trancar à vontade em sua cabine; ao abrigo de uma sólida porta de carvalho, ele chamava uma das raparigas inteiramente vestidas de branco, que lhe servia como em qualquer outro estabelecimento de banhos de Paris. Quanto àquele que era levado até lá pela busca de prazeres mais substanciais do que as toalhas quentes e os banhos perfumados com sal de lavanda, bastava deixar a porta entreaberta, e acolher os vizinhos que vinham visitá-lo. Assim funcionavam os costumes da ala ocidental, que chamávamos de

Brincadeira da Grécia. A ala setentrional era a Fraternal, destinada às pessoas atraídas pelo sexo oposto. A Sáfica era reservada às mulheres. No que me concerne, experimentei essas delícias dos Banhos Chineses, e devo-lhes uma descoberta. Nesse espírito de tolerância que a definia em tudo, Sophie fez de seus Banhos Chineses o único estabelecimento parisiense a aceitar todas as raças humanas. Assim, todos os estrangeiros díspares que Paris acolhia, mas também os mulatos e os judeus, se entendiam e freqüentavam o local. Eu, que em toda a vida não tinha visto senão algumas mulheres negras que circulam por Paris, me encontrei um dia ajoelhado entre as coxas de uma delas, e acreditei morrer de prazer beijando aquele diamante rosa e preto.

Esse estabelecimento singular tinha uma história também singular, que é preciso dizer aqui em uma palavra. Paris devia os Banhos Chineses a um certo mestre Francœur, empreendedor picardo. Bastante distante de toda sedução pessoal, porém o mais astuto comerciante da raça, Francœur soubera antecipar a extensão da cidade por seus subúrbios. E, quando a capital começou a ultrapassar seus velhos limites, descobriu-se que o mestre Francœur comprara havia muito tempo, no norte do boulevar Poissonnière, toda uma série de terrenos ao redor das estrebarias do rei. Sonhara que o bairro se tornaria o local de encontro dos elegantes e dos janotas: e, numa velocidade prodigiosa, esse sonho se realizara na sua frente. Com a morte de sua mulher, Francœur deixara sua Amiens natal e se instalara num belo palacete novo da rua do Paraíso, onde não demorou a manter uma nuvem de comensais, tão brincalhões e pouco resistentes como borboletas. Em 1785, um desses parasitas lhe apresentou uma antiga atriz chamada Sophie. Francœur trabalhara para enriquecer dos 13 aos 50 anos, de início na fábrica de moagem, depois no comércio do trigo. Nunca pensara no amor quando o amor pensou nele, e o encontrou desarmado como um novato de 15 anos: Francœur quis essa Sophie. Fez-lhe uma corte longa e respeitosa. Sophie saboreou essa elegância. Amar as qualidades do homem não é amar o homem, e Sophie disse isso a ele. Essa franqueza conquistou a sua admiração, partindo-lhe o coração. No entanto foi incapaz de se privar da companhia de Sophie. Quis, para se consolar, que os favores que obtivesse dela tivessem o gosto inimitável do livre consentimento. Então, esse homem impiedoso nos negócios, do qual se dizia ter negado pão e guarida a um de seus irmãos que se arruinara nas Índias, esse rapinante de vôo alto temido em toda a França desejou, por um refinamento inédito de atenção generosa, que sua amante fosse independente dele.

O arquiteto de Francœur, consultado, afirmou que a moda era a China. Francœur, por sua vez, não perdia seu senso dos negócios: acreditara observar que os parisienses, havia alguns anos, pareciam desejar cada vez mais ter os pés e o traseiro limpos. E, como se algum gênio tivesse posto a mão, os Banhos Chineses se ergueram no bulevar Poissonnière numa velocidade prodigiosa: na primavera do ano de 1788 Francœur pôde dar uma festa pomposa onde todos os convidados deviam estar vestidos a caráter. Durou a noite toda. Ao amanhecer, confiou a chave dos Banhos Chineses a Sophie, assim como uma carteira de nanquim onde tinha encerrado todos os documentos que estabeleciam à dona de seu coração a inteira propriedade desse palácio estranho, que cheirava a vapor e a serradura de pinheiro fresca. Depois disso, esse agiota impiedoso e amante delicado viveu dois meses na adoração de sua companheira, antes de deslizar sob a roda de um fiacre diante da porta de Saint-Denis, e morrer contente nos braços de Sophie, que o chorou sinceramente. Em seguida, os jovens colocaram os Banhos Chineses na moda e isso, junto com um sólido fundo da clientela local, fez do recinto, por mais frívolo que parecesse, uma empresa de um rendimento fora do comum: aos 66 anos, viúva de um homem que jamais esposara, protegida da tutela dos homens por sua fortuna, Sophie era livre.

Se me pedissem uma palavra para resumir tudo o que admiro, daria uma resposta que, vinda de um homem que participou da revolução, pareceria estranha aos idiotas. Durante toda a minha existência, meu coração bateu por tudo o que é nobre: uma elegância, uma generosidade, uma coragem, e eis que estou conquistado. Sophie possuía tudo isso no mais alto grau. Com a chegada da idade, entendi que era preciso dar graça, vibrando, aos maravilhosos acasos dos encontros. Confessá-lo-ei, enfim? Não posso suportar que depois de mim Sophie cairá no esquecimento; e eis-me aqui, falando de um fantasma a outro. Que perda a morte de dois seres tão grandiosos! A esse respeito, ó meu excelente irmão, uma única coisa, nas suas *Confissões*, me pareceu sempre suspeita. Outras pessoas dirão se tratar de um pequeno defeito. Mas ele tinha o dom de me irritar. Eis: em mais de uma ocasião você fazia uso da palavra *pequeno*. E era sempre, infelizmente, para falar de seus prazeres: tal mulher pequena, uma pequena fazenda, um pequeno vinho... Essa estranha e desprezível mania, sobre a qual eu brincava com Sade, que se irritava com ela, se tornou odiosa com os anos, quando me dei conta de que após a revolução, e na medida em que a traíamos, todos os tipos de gostos afetados, de tolices sentimentais roubavam na França o lugar das paixões mais nobres. E era de você, Jean-Jacques, que os fracos de espíritos extraíam essa indigência! Foi acreditando imitá-lo que teorias imbecis brincavam de tomar conta de carneiros, colher cerejas, viver de laticínios insossos! Ouso lhe dizer, contra o senso comum, que os homens de gênio são responsáveis por sua descendência: você não deveria ter abdicado da grandeza; a revolução poderia ter sido outra; e Sophie teria conhecido outro fim.

Sophie: não a chamarei de outra forma, pois esse foi o nome que escolheu para si. Sempre recusou responder ao sobrenome de sua família, dizendo que não era o seu; assim como usar seu nome de nascimento. Até os 20 anos, Sophie foi bela. Felizmente, ignorou-o até essa idade, tendo sido criada por um pai de origem holandesa, homem do mundo sem dúvida, médico honorário da cidade de Arras, chamado para dar consultas até nos Flandres; mas também um viúvo dos mais austeros, tão jansenista de temperamento e tão obstinado pela filha que lhe dera uma educação erudita e devota, na esperança de que, precavida contra as ignorâncias de seu sexo, escapasse ao destino de Eva. Projeto estranho, quase louco, vindo de um homem tão religioso, que acreditava ser a beleza um terrível presente da natureza para o sexo. Se você for encantadora, não falarão de nada além do seu lindo rostinho. Mas você não escuta esses elogios feitos aos seus 14 anos. Entretanto os idiotas são legião. E também inesgotáveis: aos 15 anos, você dá ouvidos às suas bagatelas; se demoram a chegar quando tem 16 anos, você treme. Que mulher resistiria a tal tratamento? Sophie resistiu milagrosamente, na inocência de seu gênio. Seu pai a amaria ainda mais, se já não tivesse por ela uma paixão excessiva. Havia para essa devoção causas precisas e terríveis: aos 6 anos, Sophie contraiu varíola, e sua mãe, que a adorava, não quis de maneira alguma abandonar seu leito, apesar das objurgações do marido. No final de três semanas, a criança acordou curada, sem nem os estigmas habituais dessa doença: nenhuma cicatriz alterou seu rosto. No dia seguinte, sua mãe estava morta. O pai de Sophie se pôs, ele mesmo, a fazer a autópsia da mulher. Abriu, examinou e fechou seu corpo, e nunca confessou suas conclusões a ninguém.

Sophie ainda estava fraca: não foi autorizada a acompanhar o cortejo maternal até o jazigo familiar. O pai chamou a criança ao seu gabinete. Declarou que renunciava a exercer a arte da medicina. Ao lhe tomar a mulher, Deus quisera castigar o orgulho de um homem que não se contentara em admirar a criação divina, e que buscara com presunção desvendar seus mistérios; mas esse mesmo Deus, em sua misericórdia, quisera erguer um pai deixando-lhe a filha. Continuou a falar por algum tempo sob esse mesmo espírito. Depois, fez Sophie se ajoelhar à sua direita, diante da única janela do gabinete, para que, juntos, dessem graças a Deus por Ele ter chamado para si essa mulher excelente. Em seguida, o homem e a criança desceram para o pátio. Lá, o viúvo ordenara que armassem uma fogueira, onde jogou tudo o que pertencera à esposa. Eles ficaram durante longo tempo vendo queimar as suas coisas. Acabrunhada de horror, estafada pela doença, a criança não entendeu nada. Acreditou ter de reter de tudo isso que seu pai havia, repentinamente, devotado à sua mãe um ódio inexplicável; a partir desse dia, detestou-o em segredo, e cresceu na indiferença à própria existência, que acreditava dever à morte da mãe. Essa estréia na vida parecia deixar prever que Sophie encontraria nos louvores da religião com o que se consolar do mundo; há almas que nascem ávidas dessa droga; outras, absolutamente insensíveis a esse veneno. Sophie fazia parte dessas últimas. Sem que nenhum de seus preceptores percebesse, a piedade deslizou sobre ela como a água sobre as penas de um pato. Contudo ela recebeu a educação que então se reservava às mulheres. Foram proibidos os romances e os estudos das ciências que corrompem igualmente o coração humano. Ela era alimentada de textos e ensaios edificantes, de fábulas escolhidas. O espetáculo enganador das paixões fingidas não entrava em tal educação. Sophie teve, então, de esperar seus 14 anos para assistir, por acaso, a uma representação teatral. O tio de Sophie, homem excelente mas que caminhava nitidamente para a velhice, a levara para a missa na catedral de Arras. Em 1736. Uma confraria devota encomendara para a Páscoa um culto secreto da Paixão do Senhor. O tio não viu que mal poderia fazer esse santo divertimento e permaneceu com a sobrinha no adro de Saint-Vaast até o fim do espetáculo. Uma trupe de atores assustadoramente ruins se agitava num pobre palco de feira: um Cristo em cruz barrigudo e embriagado, enamorado de sua pessoa, produzia gemidos de boi que considerava sublimes. Um de seus acólitos fazia caretas de conspirador embaixo de uma árvore, sem que se pudesse determinar se representava o apóstolo Pedro ou Judas. Dois papéis femininos completavam o quadro: Maria, que a trupe não ousara perverter misturando-a a esse espetáculo profano, estava pintada no cenário, as mãos unidas, numa espécie de túnica azul com dobras angulosas, cheia de estrelas; Madalena se mantinha aos pés da cruz. Sophie, em sua ignorância, acreditou que esse papel era representado por uma mulher; quando naturalmente a confraria o confiara a um homem caracterizado. Era tão impensado que ela assistisse a uma peça, que ninguém imaginara premunir Sophie contra as seduções da arte teatral. Ela não mostrou interesse particular por essa representação; seu velho tio não pensou em relatar o acontecimento ao irmão. E porém! O cenário lamentável, os atores incultos, as tolices das falas, Sophie não viu nada disso, mas uma mentira sublime que dizia a própria verdade. Voltou transformada à casa paterna.

Aparentemente, Sophie continuou essa criança triste cuja docilidade alegrava secretamente o pai. Um ano se passou. Aos 15 anos, Sophie manifestou o desejo de concluir num convento a sua educação, e conduziu a proposta tão finamente que seu pai acreditou ter escolhido bem o local, a apenas duas léguas de Arras. Acontece que a superiora do recinto admirava tanto os jesuítas que imitara suas maneiras em tudo, velando, entre outras coisas, que as pensionistas praticassem teatro. As mães da boa sociedade aderiam à sua perspectiva, pensando que não era tão ruim que em busca de um marido essas raparigas soubessem aparecer em seu proveito no teatro do mundo. Aliás, dizia-se que a própria madre superiora dera, em sua juventude, carreira a um temperamento fogoso de atriz. O convento de *** era dotado então, sob a direção da madre Angélica, de um teatro pequeno mas bem concebido: lá, sob a palmatória impiedosa e entusiasta da superiora, Sophie aprendeu a arte da encenação; e, nos refeitórios, nos passeios e nos dormitórios, a de dissimular, de se mostrar e seduzir, que é o alfabeto desses estabelecimentos. Distinguiu-se tanto numa quanto na outra. Um dia, fez 17 anos. Seu pai, então, desejou revê-la, e veio lhe falar de casamento. Madre Angélica quis assistir à conversa, pois esperava secretamente ter encontrado em Sophie a sua herdeira. Mas a jovem se inclinou bem baixo diante da vontade paterna. Seu pai quis falar de seu futuro esposo, de quem trouxera uma miniatura muito bem-feita; ela retorquiu que subiria ao altar com os olhos baixos, e que tal curiosidade não era a de uma moça bem-educada. O velho e a religiosa se olharam em silêncio e admiraram imensamente essa réplica. Desesperada, madre Angélica confessou então seu projeto secreto: faria de Sophie sua herdeira. Sophie se lançou a seus pés e beijou-os em reconhecimento; contudo era-lhe impossível desagradar ao autor de seus dias. A madre superiora insistiu. Para terminar, Sophie pediu que lhe dessem dois dias para rogar ao Céu que lhe aconselhasse a melhor decisão; ficaria em isolamento e em jejum. Concederam o seu pedido, e a conversa acabou numa viva emoção. A superiora e o velho se retiraram, cheios de admiração pela sua Sophie. Ainda não tinham se recobrado dessa admiração quando no dia seguinte, por volta das cinco da tarde, perceberam que Sophie não se apresentara à chamada das vésperas. Nunca mais a encontraram.

A conferência que acabo de evocar aconteceu após o almoço. Quanto às vésperas que a sucediam, Sophie foi assistir à missa na catedral. Torcer seus belos pés, na saída do ofício divino, diante de um velhote enamorado; deixar-se levar à sua casa para fazer um ungüento; dar-lhe confiança, recebê-la, incendiá-lo de carícias, tudo isso fora uma brincadeira de criança para uma jovem mulher que, fazia dois anos, mostrara disposições admiráveis para o teatro. Esse que ela atraíra para a sua teia era um certo Plouchard, armador milionário de Boulogne, enriquecido com milhões. Sophie ficou, primeiramente, encantada com a sua habilidade. À noite, a moça dengosa teve que desencantar, pois era preciso pagar a Plouchard em natureza e, se suas necessidades não eram grandes, seu hálito era fétido. Dois dias mais tarde, o casal se encontrava em Paris. Seis meses mais tarde, Sophie tinha seu palacete. Plouchard passava quatro dias por semana em Boulogne, por conta dos negócios. Seus primeiros fogos também foram os últimos; não tinha mais ereção, mas gostava de saber que em Paris se pensasse o contrário: todo o seu prazer se resumia em passear, à noite, nos braços da jovem, contando com os olhares invejosos dos transeuntes, que o exaltavam; e, com a chegada da temporada, mostrá-la na Ópera. No final de um ano, Sophie se tornou coquete, quis vestidos, jóias principalmente, e as mais belas. Esperneou muito, fez caretas e birra quando necessário. Plouchard adorava as gracinhas: Pagava por elas. À noite, Sophie arrumava as jóias, segundo as recomendações de Plouchard, num cofre sólido e profundo. Quando o cofre encheu, Sophie vendeu suas jóias de uma só vez, pelo terço de seu preço, e nunca mais apareceu em seu palacete. Plouchard se consolou no mês seguinte nos braços de uma jovem menos graciosa, mas que não lhe custou nem um brilhante.

Quanto a Sophie, acreditou-se enfim livre. E o teria sido, sem dúvida, se não tivesse, infelizmente, engravidado. Experimentou todos os terríveis remédios aconselhados às mulheres que não desejavam ter filhos; conseguiu quase se matar, mas a criança viveu, e nasceu nos devidos termos, para morrer logo depois. Sophie chorou muito; a parteira assegurou-lhe de que não poderia mais dar à luz. Dentre os sonhos mais ternos de sua juventude, houvera o de dar à sua progênie a solicitude maternal da qual fora tão brutalmente privada. Sophie acreditou perecer, mas não se morre de desgosto aos 19 anos. Vivia em Paris. Seria atriz. No começo, desesperou-se com a profissão. Prostitutas incultas, lindos rostinhos cheios de presunção, doidivanas que se tomavam por Vênus e que não tinham senão suas doenças, matronas poderosas e imbecis como vacas, algumas mulheres de personalidade e talento que voavam bem acima de tudo isso: esse era, em Paris, o estado de nosso teatro. Por sorte, sua natureza reservada lhe permitiu agradar às colegas que tinham talento, e que pensavam que ela não seria capaz de superá-lo; sua beleza discreta não feria ninguém; e foi assim que Sophie entrou na trupe dos Comediantes Franceses. Essa carreira de pequenos papéis durou muito tempo. Por fim, ela compreendera, depois de um ano, o que uma debutante sabia no fim de quinze dias: sem protetor de classe alta, sem amante no mundo, não havia carreira possível para uma atriz, talentosa ou não. Sophie cedera a Plouchard a fim de poder responder à sua vocação; recusou-se a ter outro Plouchard para exercer uma profissão para a qual se sabia dotada.

Em 1760, acreditou ter encontrado a chance de sua carreira, pois foi notada por um autor que não queria levá-la para a cama. Chamava-se Palissot, e escrevera uma peça contra esses filósofos que começavam a chamar a atenção em Paris. Propôs a Sophie o papel feminino principal. Será que você soube, Jean-Jacques? Palissot massacrava-o em sua peça *Filósofos*, representava-o como homem da natureza, comendo plantas de quatro. Seus amigos Voltaire e Diderot eram um pouco menos maltratados, mas só um pouco. Sophie conhecia os filósofos como todos os parisienses: quer dizer que conhecia seus nomes pelas gazetas e os burburinhos dos salões, mas não tinha lido nem uma única linha escrita por eles. Pôs na cabeça que o faria, a fim de se aperfeiçoar no papel que Palissot queria lhe confiar. Gentilmente, ele lhe emprestou diversas obras suas, de Voltaire e de Diderot. Ela esperava ler deploráveis anfiguris; mas os achou alertas, límpidos quando necessário, complexos quando o tema reivindicava. Experimentou por Diderot, em particular, uma espécie de simpatia instintiva. Então, encontrou-se numa situação bem embaraçosa: não tinha coragem de recusar claramente atuar na peça de Palissot, justo quando lhe ofereciam pela primeira vez um papel de importância; escarnecer esses homens era se rebaixar. Teve a audácia de enviar um bilhete a Denis Diderot, no qual expunha a idéia elevada que tinha do teatro; e a situação delicada em que a colocavam suas leituras e sua vocação. Diderot agradeceu à atriz por ter tido o cuidado de lê-lo; estimulou-a a aceitar o papel; dando até alguns conselhos sobre a maneira de interpretar essa charge antifilosófica a fim de que o maldoso talento de Palissot não comprometesse em nada a sua representação. Paris ficou sabendo dessa correspondência e vacilava entre admirar a delicadeza da atriz ou a elegância do filósofo. Palissot, infelizmente, não era apenas idiota. Era maldoso. Não era apenas maldoso. Era poderoso. Contava na corte e na cidade com apoios que teriam aprisionado para sempre esses insolentes sediciosos que diziam servir à filosofia, e que vertiam fermento de descrença e revolta em todos os cantos. Palissot entendeu que era tarde demais para privar a atriz desse papel. Fingiu, então, estar tudo bem. Sophie admirou que um adversário tão veemente das idéias filosóficas soubesse se mostrar tão cavalheiro. Mas Palissot preparava à noite a sua armadilha, tendo decidido perder Sophie para sempre, sem comprometer a sua peça: manobra delicada, mas que não desencorajava nem um pouco nosso plumitivo. Preveniu contra Sophie todos aqueles a quem teve acesso. Dispôs, durante as duas primeiras semanas de representação, de uma claque de elite, que realizou a proeza de aplaudir todas as boas palavras do autor e todas as cenas em que Sophie não estava; e que, a cada vez que ela aparecia, esbravejava, cobria a sua voz. No final de uma semana desse tratamento, já se espalhava o burburinho de que a trupe não devia ter confiado um papel tão bonito a uma atriz simplesmente medíocre. Sophie ficou sabendo por uma figurante o que ela era a única, em todo o teatro, a ignorar; em sua indignação, acreditou poder fazer um apelo às pessoas de bem, e publicou sua desventura, numa *Carta sobre as pequenas infelicidades de um grande hipócrita*. Erro terrível, num mundo parisiense onde a primeira regra é dissimular quando se é fraco. Sophie era mulher, era vítima e não o aceitava, e era linda. Seria possível perdoar até um quarto disso; mas o todo constituía uma poção forte demais para esses malditos cães parisienses. Em todos os lugares, a matilha a devastava, a atacava. Dizia-se que ela tentara se dar a Palissot, que não a quisera; que não era preciso buscar mais longe a causa de sua aspereza. Zombavam do seu sotaque provinciano. Sophie não tinha nem 40 anos quando se encontrou privada da sua razão de viver. Encontrara ainda o meio de exercê-la, dando aulas particulares, escrevendo para todos os tipos de livreiros brochuras sobre a sua arte. Vivia honradamente quando conheceu Francœur, que a salvou de uma melancolia profunda. Algumas almas caridosas tentaram explicar ao velho empreendedor que ele estava se apaixonando por uma atriz fracassada; mas Francœur era muito astuto para entrar nessa conversa; e muito rico para que os difamadores se arriscassem a repetir tais falatórios.

Tal era a mulher que me acolheu nos Banhos Chineses numa noite de setembro de 1791. Eu não sabia nada sobre ela nesse momento. Havíamos terminado nossa visita e entrado em acordo sobre tudo. A noite já havia caído fazia muito tempo. Os Banhos não recebiam mais visitantes. Sophie veio me levar até o portão. Estava previsto que eu começasse na semana seguinte. Eu revirava desesperadamente a minha cabeça em busca de um pretexto para revê-la antes disso; mas toda eloqüência havia me abandonado. Aproximamo-nos desse abominável bulevar onde seria preciso se decidir a me despedir, a não mais senti-la andar ao meu lado. Na calçada, Sophie me cumprimentou perguntando se me veria na reunião das Poissonnières;* com o tom mais natural do mundo, respondi que sim. E olhei-a desaparecer no meio de suas laranjeiras.

Depois da partida de Sophie, precipitei-me no primeiro cabaré que apareceu, na esquina do bulevar e da rua Saint-Fiacre: perguntei ao gerente o que eram as Poissonnières, e que diabo de reunião elas podiam fazer. O taberneiro morreu de rir da minha pergunta. Era justamente em seu estabelecimento que esse antigo carroceiro chamara finamente de Cabaré dos Cocheiros, que aconteciam as reuniões das Poissonnières. Que eram assim

---

Peixeiras em português, mas também o nome de um bairro suburbano de Paris no século XVIII, que hoje já faz parte da cidade. (*N. da T.*)

apelidadas, por zombaria, por se tratar de um clube de mulheres. Eu não entendia nem um vigésimo desse falatório, que seu autor afogava em pichéis de clarete, senão que Sophie estaria lá na noite seguinte. Para ganhar a simpatia do dono do local, encomendei ao patrão uma sopa, que ele mesmo me serviu, com grandes fatias de um pão escuro que grudava terrivelmente embaixo do dente, e então ele me observou, os olhos perfeitamente redondos, jantar sem beber vinho. Esse milagre da Natureza e da Temperança o deslumbrou. Retornei lentamente em direção à ilha Saint-Louis. Sophie devia ter imaginado, após as minhas confidências, que eu conhecia todos esses clubes patrióticos que floresciam havia um ano e meio na capital. Um frescor se espalhava lentamente pela cidade, as estrelas brilhavam no céu mudo; a lua lançava sua claridade azul. Mal dormi. O dia seguinte se arrastou. A noite, enfim, chegou: corri até a rua Saint-Fiacre.

Você morreu sem poder conhecer clubes como esses, Jean-Jacques. No início da Revolução, imensas esperanças nasceram entre os representantes do sexo feminino: as mais esclarecidas entenderam que havia uma oportunidade única de considerar as questões do casamento e do divórcio, dos salários e da educação das mulheres. Depois da queda da Bastilha, fundaram-se por todos os lugares clubes de cidadãos, onde se liam as notícias, escreviam-se moções levadas posteriormente à Assembléia, agitavam-se todos os tipos de idéias, debatia-se a vida do bairro. Algumas mulheres se apresentaram, levando para lá suas esperanças, as de suas mães, suas filhas, suas irmãs. Surgiu então a questão de que a palavra cidadão, que todos poderiam acreditar neutra, era na verdade do gênero masculino: os clubes admitiam que as mulheres assistissem às suas reuniões; mas pela unanimidade republicana mais tocante as sessões de Paris, das grandes cidades dos reinos e dos menores vilarejos, entraram em acordo sobre um ponto: estava fora de questão associar o belo sexo a qualquer decisão.

No bairro suburbano de Poissonnière, elas formavam um número razoável a se revoltar contra esse estado das coisas: Sophie fazia parte delas, quando uma delegação de mulheres do povo veio solicitá-la como a mais sábia e a mais rica do bairro. Essa pequena trupe assistiu numa estrebaria sem uso da rua do Paraíso a uma das primeiras reuniões da seção do bairro de Poissonnière. De início, esses cidadãos acolheram essas damas com entusiasmo, fazendo alusões delicadas aos estalões que abrigavam outrora o local. Elas pediram a palavra: os cidadãos começaram a trocar olhares espantados. Nessa surpresa primeira, eles consentiram quase graciosamente. Essas mulheres a tomaram e começaram a expor suas reivindicações: todos se indignaram. O presidente da seção propôs admiti-las como auditoras. Elas protestaram, suplicaram, espernearam: nada funcionou. No mesmo momento, essa cena se reproduzia em todos os clubes da capital, de uma forma ou de outra. No final, os membros da seção dos cidadãos do bairro de Poissonnière recorreram a grandes argumentos tradicionais, que haviam apresentado suas provas em suas barracas, seus ateliês, seus lares. Derrotaram sem piedade Sophie e suas companheiras, e as jogaram na rua. Nos dias que se seguiram, elas deliberaram. Renunciar, nem pensar. Cabia a elas dar o exemplo de demonstrar que a outra metade da humanidade também tinha o seu valor. Fundaram um clube da Fraternidade Humana e divulgaram o status e o local da reunião em cartazes espalhados pelas ruas. Um zombeteiro achou boa idéia, por escárnio, chamá-lo de clube das Poissonnières, abrindo caminho para mil zombarias escabrosas; mas, por desafio, elas resolveram adotar o nome.

Cheguei com uma hora de antecedência ao Cabaré dos Cocheiros. Instalei-me diante da porta, para não perder a entrada de Sophie. Um grupo de mulheres foi chegando pouco a pouco, dirigindo-se à direita numa grande sala que o patrão reservava naquela noite às Poissonnières. Dois empregados requisitados especialmente para a ocasião levaram pesados pichéis de arenito com água gelada. Sophie ainda não aparecera. Uma mudança no barulho que subia da grande sala chamou a minha atenção. Entrei. A reunião começava. O objeto de meus pensamentos estava lá: ela devia ter entrado pela cozinha. Num estrado, de pé, com um vestido livre de ornamentos, Sophie presidia a reunião. A sala formava um longo retângulo; com um chão de terra batida e quatro paredes caiadas e sem janela, não oferecia nada de diferente ao olhar; três bancos de mais ou menos cinco lugares, reservados às grávidas e aos velhos, estavam dispostos na frente do estrado; mas o grosso da sala estava desprovido de qualquer mobília, e o público se mantinha de pé. No estrado, contra a parede dos fundos, cadeiras de palha empilhadas. Numa assistência de cerca de trinta cidadãos, percebi, para a minha surpresa, que metade era de homens. Havia uma explicação para isso: Sophie tomara o cuidado para que sua reunião precedesse ligeiramente a seção dos Cidadãos, que acontecia a dois passos dali; e alguns membros dessa assembléia viril vinham antes à reunião das Poissonnières, metade por zombaria, como eles mostravam ruidosamente, e metade — mas eles teriam preferido morrer a confessá-lo — por interesse.

Para um primeiro encontro com essas damas, tive bastante sorte, pois a sessão foi, na memória das Poissonnières, uma das mais tempestuosas de toda a história. Naquela noite, discutia-se de fato a questão do sufrágio das mulheres. O tema estava bem na moda, pois, em Saint-Ouen e em Pontoise, algumas mulheres, e mesmo crianças, haviam sido convidadas a um escrutínio local, dizendo que a Nação era negócio de todos, a partir do momento em que se atingia a idade da razão. Quando Sophie relatou esses fatos, depois de ter anunciado a ordem do dia, uma vibração violenta percorreu a assembléia. Sophie logo cedeu a palavra a uma mulher jovial e bochechuda, que subiu no estrado arregaçando as mangas. Sem se dar ao trabalho de se apoiar no púlpito emprestado por um convento da região, e sobre o qual os oradores podiam repousar suas folhas, a enorme matrona se postou solidamente em suas pernas e se pôs a discursar para uma assistência subitamente muda. Tinha a eloqüência maravilhosa daqueles que, não sabendo escrever, maquinam em suas cabeças, durante dias inteiros, o que desejam falar. Pauline vendia flores em exposição. Não era nada erudita, nada astuciosa, mas sabia o seguinte: a mulher tinha um lugar na revolução; esse lugar, todos o conheciam. Tratava-se de procriar para a pátria, de fazer meninos para dar os braços, meninas para dar os ventres. Tratava-se para essas moças transformadas em mulheres de educar suas crianças no respeito e no amor dessa pátria. E para esses moços transformados em homens, merecer o reconhecimento da pátria mostrando aos filhos como se morre ao seu serviço. Eis todo o voto que a mulher devia se desejar, e o resto era loucura, atentado à natureza e ao bom senso. Enfim, Pauline declarou ter terminado e desceu triunfalmente do estrado, sob a aclamação de suas semelhantes, que se reconheciam nela; e sob a dos homens, que estavam bem aliviados que ao menos uma mulher tivesse razão. Durante esse tempo, não tirei os olhos de Sophie, que estava apoiada contra a parede, à direita do estrado: ela tremia. Soube mais tarde que era de raiva. Mas já um segundo orador avançava em direção ao púlpito, pequeno e hirto, num traje preto de pedante de colégio. Dizia-se jacobino: um murmúrio de aprovação respeitosa atravessou o público. Eu devia, então, ser o único a não saber o que era um jacobino. A espécie me pareceu bem repugnante: as proposições do cidadão cheiravam a sacerdote despadrado e a moralista restrito. Ele parecia falar com a própria gravata, emboscado atrás do púlpito e, com uma voz aguda, dava o sentimento de desfrutar de sua palavra como de um segredo vergonhoso. Começou por pedir um sufrágio universal, quer dizer, aberto a todos os cidadãos. Essa audácia desagradou um pouco; murmurava-se por todos os cantos da sala. Ainda era preciso se entender sobre a definição de cidadão. Nada era mais nobre, nada era maior, nada era mais exigente do que o dever sagrado do voto. Quem, desde então, seria digno desse sacerdócio? Não seria preciso preservar o sufrágio universal das mãos dos incapazes? De todos aqueles que as luzes da razão não iluminam? De todos os que vivem entenebrecidos na superstição religiosa? As mulheres não respondiam, infelizmente, a tais definições? Era preciso, então, afastá-las; mas era preciso também garantir a pureza do corpo eleitoral. O jacobino entregou a sua panacéia: bastava reservar os altares mais sagrados da Pátria àqueles que provassem, por sua habilidade, por seu senso de dever, ser dignos deles. Também se devia consultar o papel do imposto: seriam cidadãos todos aqueles que contribuíssem ativamente para a prosperidade nacional. Todos os homens e uma boa metade das mulheres aprovaram animadamente a proposição do cidadão. Nesse momento, a mulher que reinava em meu coração, não se contendo mais, usou de sua prerrogativa de presidente e se pôs em dever de responder a esse orador.

Deteve-se, em primeiro lugar, nos jacobinos, salientando que eram numerosos entre os representantes do povo, mas que se recusavam sempre a representar uma metade desse povo. Que eram os fariseus da revolução: do lado de fora, prometiam às suas mães e às suas esposas o advento próximo desse paraíso na Terra, o sufrágio das mulheres; do lado de dentro, eles mesmos consideravam que esse sufrágio era tão próximo de nós quanto a Jerusalém celeste, e riam da ingenuidade de suas supostas semelhantes. Em seguida, dirigiu-se diretamente às mulheres da assistência: chamou-as de suas irmãs, lembrou-as de que a língua dos homens designava com uma única e mesma palavra as prostitutas e as mulheres livres, que essa palavra era infamante a não ser que designasse a mulher submissa a um pai, que enfim essa palavra *fille*,* entretanto, era bela, pois dizia que todas as mulheres são irmãs. Nesse momento do seu discurso, uma padeira seca como um graveto não pôde se conter, e disse que não era nada irmã das meretrizes dos subúrbios que impedem os homens de levar para casa o dinheiro do lar. Houve um murmúrio de aprovação na sala, mas Sophie não se desmantelava com uma patada tão fraca. Começou a falar novamente que era tão fácil fazer a moral quanto se sentar em pesados sacos de trigo — aqui, a sala hesitou, se dividiu, pois as padeiras tinham a reputação de esfomear as famílias, especulando alto. Com uma eloqüência que me pareceu maravilhosa, Sophie cuidou então, comparativamente, da condição de uma moça sem valor: falou do frio da rua, da tristeza da cama, da morte à espreita, na má vida e no opróbrio. E alargou seu discurso à mulher do povo. Às três injustiças que a esmagam: em sua juventude, uma educação imbecil e impertinente; na flor da idade, as calamidades da gravidez, as dores e os riscos mortais do parto; em seguida, a servidão, perante os filhos, os pais, os irmãos, os maridos; esses três minutos de prazer dos homens que se pagam com uma vida de escravidão, toda uma opressão infamante e iníqua a suportar, do nascimento à morte. E, durante longos minutos, a assembléia

---

Fille, no francês do século XVIII, podia significar *mulher de rua, rapariga* ou *filha*. (*N. da T.*)

das mulheres pareceu flutuar nos ares, levada pelas poderosas palavras de Sophie: os acentos da verdade sempre comoverão os corações. No entanto Sophie foi um pouco longa, seu lado de atriz sincera constrangeu o de oradora; a assistência começava a enfraquecer; o jacobino, na primeira fila, começou a aplaudir como na platéia da Comédie-Française, e muitos acharam isso bastante engraçado. Na medida em que Sophie se entusiasmava, a assistência se enfastiava; o sufrágio universal ainda parecia desejável; mas o desânimo triunfou nas almas, e pareceu mais simples imolar aquela que trazia o escândalo do que se ocupar do escândalo propriamente dito: quase toda a assembléia se pôs a vaiar Sophie, as chalaças ocultavam suas palavras. Para terminar, uma das últimas partidárias de Sophie, e desde sempre uma das mais entusiastas das Poissonnières, vendedora a domicílio ossuda e poderosa como um rocim, puxou-a pelos cabelos e jogou-a no chão. Um admirador de Marat gritou, brandindo um punhado de exemplares do *L'Ami du peuple*, que se assassinavam cidadãs e que a contra-revolução estava lá, como em toda a parte. O jacobino pulou no estrado para berrar que, em suma, Sophie não era verdadeiramente francesa, quando muito artesiana; provavelmente uma agente do estrangeiro; que, aliás, atuara antes da revolução em peças que exaltavam reis e rainhas; mas que nunca fora vista no teatro dos honestos autores do gênero burguês.

Na época, eu não tinha gosto pelos negócios públicos, e continuo sem ter. Aliás, não acredito entender o que quer que seja; parece-me apenas que sou bastante sensível, e isso sempre me bastou para combater a iniqüidade, quando me deparei com ela. Em toda a minha vida, nunca tinha pensado no sufrágio das mulheres. Refletindo bem, eu teria dito naquela época que eu não era nada favorável, pois as mulheres sempre foram as vítimas dos padres e de suas superstições; deixá-las votar seria certamente preparar a chegada desses tipos adoradores de quimeras. Eu era semelhante a meus contemporâneos: o belo sexo me era um prazer; não pensara que ele pudesse querer entrar na cena do mundo e representar sua parte, como cada um de nós. Mas a baixeza dos procedimentos do jacobino me causou náuseas, e a mesquinharia da multidão me revoltou tanto que me lancei em cima desse virtuoso imbecil, que ainda gesticulava no estrado, e parecia querer segurar o braço da minha Sophie. Num segundo, estou sobre ele, dou-lhe um tapa, e esse poltrão, que tem trinta anos a menos do que eu, a quem devo 10 quilos de músculos, se põe a gemer como um rapazote e cai de joelhos, cobrindo a cabeça. Entretanto a padeira eloqüente pisa agora sobre mim. Recebo uma bofetada monumental e caio de costas, felizmente sobre dois velhos da primeira fila que gritam por socorro, me chamam de assassino e me batem com sua bengala em golpes repetidos. Saio de suas garras com dificuldade, subo novamente no estrado de onde Sophie fez cair a padeira, servindo-se do púlpito como um meio de ataque. Dois partidos se formam logo: do nosso lado, algumas mulheres determinadas, Sophie como líder; do outro, um clã bastante numeroso para que pudéssemos sonhar em vencê-lo, e levado ao último grau de excitação, como se sentem sempre os fracos com a idéia de uma superioridade inesperada; muito felizmente, ocupamos o lugar mais alto, que naquele campo de batalha é o estrado; de onde jogamos sobre nossos agressores cadeiras de palha, e não sem acalmar seu fervor guerreiro. Infelizmente, as munições começam logo a nos faltar e nossa eminência se vê invadida por nossos adversários, que dão gritos de triunfo. Uma nuvem de sólidas vendedoras e operárias nos cerca, escorada por diversos artesãos de pulso, e nos leva para a saída com uma rapidez maravilhosa, com grande reforço de cuspes e pancadas, de empurrões e pon-

tapés. Rolamos nos trilhos nauseabundos da rua Saint-Fiacre.
Temendo por nossa vida nesse lugar sombrio e deserto, corre-
mos para o bulevar Poissonnière. Nossos adversários não se dig-
nam a nos seguir. E os restos de nosso exército, talvez uma
quinzena de pessoas, se encontram diante das grades dos Banhos
Chineses, cobertos de arranhões e cuspes, sujos de lama da valeta, e relativamente contentes por terem lutado tão nobremente.
Sophie felicita suas tropas; somos convidados a nos arrumarmos
em seus aposentos. Algumas preferem retornar imediatamente
às suas casas, pois a estrada é longa. Atravessamos as grades, cada
um sustentando seu próximo, eu tremendo de cansaço, mas também por sentir em meu antebraço, pousada como um pássaro
ferido, a mão rechonchuda de Sophie.

Passamos algum tempo tratando de nossas feridas, admiran-
do os ungüentos que Sophie tirava de um grande cofre onde
guardava os remédios do mundo inteiro; eu fazia feixes de li-
nho para revestir as ataduras das lesões mais graves: uma de
nossas amazonas batera com a testa na quina de um banco, e
sangrava abundantemente de uma ferida na arcada. Sorríamos
um para o outro, sem nos conhecermos. Se me pedissem para
guardar um fato que justificasse a revolução, eu citaria essa noite, sem dúvida; e ririam de mim. Sei bem que a batalha do Cabaré dos Cocheiros não terá as honras da História. E, contudo,
o que me importa a História, se os vencedores a escrevem com
as mãos manchadas do sangue dos inocentes? Mas ainda não
relatei a composição de nossa valente trupe de entusiastas. Havia nela duas parteiras dos subúrbios vizinhos; três operárias, que
estavam na primeira fila da marcha para Versalhes para pedir pão,
e que pareciam possuir essa estranha e bela faculdade de não saber
se acalmar, fervendo de indignação como outras de amor; duas
costureiras vindas das proximidades da rua Bergère, e, por fim,

três raparigas sem confissão, sem eira nem beira, a mais velha não tendo nem 16 anos, jogadas sem profissão nas calçadas de Paris pelas penúrias de nossas províncias, sobrevivendo de roubos e prostituição, e compondo o resto do tempo, como não demorei a entender, a guarda pessoal de nossa brava e desajeitada líder das Amazonas. Todo esse pequeno mundo conversou até cerca da meia-noite, rememorando essa grande batalha e preparando o texto de um cartaz que Sophie levaria no dia seguinte para a Assembléia, a fim de que os representantes do povo soubessem da verdade; depois, cada uma se foi.

Fiquei sozinho com Sophie. Ela simplesmente pegou minha mão e me fez subir, pela escada estreita da qual já falei, até uma porta que dava para um terraço dos Banhos Chineses. Ia lá para meditar, escrever, ficar a sós. Avancei em direção a Paris. No oriente, a lua ainda iluminava a cidade, mas o sol começava a rosá-la em direção ao ocidente. Sophie não largara a minha mão; passei por trás dela, e me pus a enlaçá-la, desajeitado como um colegial de província solto num bordel. Não nos falávamos. Não nos mexíamos mais. Depois, ela estremeceu de frio e quis descer novamente. Redigimos, nessa espécie de embriaguez das primeiras horas do dia, os estatutos de uma sociedade fraternal dos cidadãos dos dois sexos da qual nos tornamos imediatamente os primeiros membros. O dia não estava longe de despontar; Sophie se ausentou um instante para dar as instruções aos empregados da manhã. Quando voltou, propôs-me sem cerimônias dividir sua cama, e eu simplesmente aceitei. Acredite quem quiser, Jean-Jacques: dormimos castamente. Ébrio de fadiga e alegria, lutei contra o cansaço a fim de desfrutar ainda desses instantes, e no semidelírio desse esforço, acreditei ter sido transportado para algum palácio das Índias. Uma luz azulada banhava o quarto de Sophie, que era simples e curiosamente mobiliado, num estilo oriental que eu não conhecia. A cama onde havíamos deitado, pousada diretamente sobre o chão, era dura mas agradável. Adormeci.

Quando acordei, já era tarde. Pelos barulhos da cidade, imaginei que a manhã já estava avançada. Sophie não estava mais lá, e a cama estava fria. Fechei os olhos novamente. Não pensei em nada. Depois de um tempo bastante longo, a maçaneta da porta girou. Ouvi um ruído na antecâmara; a janela se abriu, as abas rangeram, a escuridão caiu. Fingi ainda estar dormindo, deitado de costas. O tablado gemeu levemente. Ouvi um roçar de lençóis que me esquentou o sangue mais do que saberia dizê-lo. Senti uma carne doce e quente deslizar sobre mim, uma mão levantar a camisa das minhas coxas. Virei, então, sorrindo e, sem abrir os olhos, enlacei essa mulher.

Sophie tinha 69 anos. Seu corpo gordo e branco era como virgem. Parecia reagir às carícias, e não às violências do amor; quando o apertei, seu quadril guardou durante dias a marca de meus dedos. Ela dava aos prazeres do amor uma raiva silenciosa; gozava sem um barulho, num longo estremecimento. Era preciso então que eu não me mexesse mais, durante vários minutos; depois, ela parecia voltar de um país de fantasmas, e me sorria docemente, com um ar de triste afogada. Eu, que só tivera relações com desenvoltura ou entusiasmo, amava apaixonadamente essa curiosa gravidade. Era preciso que eu participasse da revolução se quisesse dividir a vida daquela mulher. Tornei-me, de alguma maneira, seu secretário particular. Tomamos rapidamente, sob esse modo de relação, todos os tipos de hábito, dos quais os mais derrisórios não me eram os menos queridos; entre cinco e seis da manhã, tomávamos um chocolate espesso enquanto eu lia para Sophie o abundante correio que lhe valia a sua incansável atividade política; nas belas tardes de verão, subíamos ao terraço dos Banhos Chineses para ver o crepúsculo, sentávamos lado a lado numa poltrona onde eu lia as gazetas em voz alta; ela me ditava suas respostas aos jornais, projetos de moções, rascunhos de leis. Enfim, falávamos de tudo e de nada. Com freqüência, eu não escutava: não era apenas que as sórdidas e minuciosas intrigas desses tempos revolucionários normalmente me entediassem, ainda que tivesse aprendido a medir sua importância; era que, decididamente, gostava de me abandonar ao som da voz de Sophie, suas sonoridades graves, trabalhadas pelo teatro. Não era raro que dormíssemos um contra o outro no terraço, exaustos, pois os Banhos ocupavam nossos dias, e que só o orvalho nos acordasse.

Como Sophie, que era a doçura em pessoa, se transformara, devido à política, numa harpia maravilhosa que mais de um cidadão, exasperado por essa infatigável combatividade, teria açoitado com vontade? Aconteceu-me de lhe fazer essa pergunta, e ela respondeu que na festa da Federação percebera aquilo que aparentemente não chocava ninguém: no cortejo não havia uma única mulher designada a representar a Nação, com a exceção de um esquadrão de raparigas vestidas de um branco virginal. Como eu e tantos outros, Sophie participara das obras de preparação. Por mais que tivesse esbravejado, levantado o punho, acotovelado, e mostrado seu carrinho de mão aos guardas nacionais que controlavam o acesso ao Champ-de-Mars empavesado, proibiram-lhe o acesso ao conjunto dos representantes da França reconciliado em torno do rei. Naquele dia, outras como ela, sem dúvida, se indignaram; mas no dia seguinte a imensa maioria voltou à vida de antes; Sophie não se acalmou, e não devia nunca mais se acalmar. Redigiu na mesma noite um protesto que levou para os representantes do povo; o texto fez algum barulho; um mercador astuto o imprimiu à noite e vendeu duas edições de trezentas cópias. A partir desse momento, Sophie ganhou a confiança da rua parisiense. Não parava de levar às assembléias nacionais moções, petições, propostas de lei e de proclamações; o Clube das Poissonnières lhe valeu uma reputação ainda maior. As infâmias da calúnia deslizavam por Sophie sem deixar marcas. Nada escapava à sua diligente indignação. Ela reclamara uma lei sobre a busca da paternidade; peticionara pela facilitação do divórcio; demonstrara com uma enquete minuciosa que em Paris uma senhorita encarregada dos primeiros níveis da educação de uma criança ganhava dois terços a menos do que um homem; alertara a cidade sobre o destino dos filhos das mulheres de rua. Foi recebida educadamente. Mas quando perceberam que essa mulher não se contentaria com cumprimentos vazios, acharam-na infinitamente menos atraente; quando em seguida ela movimentou um número crescente de cidadãos e cidadãs, decidiram no final das contas que ela era importuna. Dois anos haviam passado, então. Ela foi avisada que no lugar da causa das mulheres outras prioridades requeriam a atenção minuciosa de todo o país: a falta de pão; a guerra; os especuladores. Sophie não se deixou levar por ciladas tão mal armadas, mas seus partidários nem sempre tinham a mesma fineza; enfim, entendeu que esses senhores que conduziam o mundo, fossem jacobinos, padres ou aristocratas, teriam sempre algo melhor a fazer do que liberar seus semelhantes do outro sexo; e essa descoberta, longe de reduzi-la ao silêncio, deixou-a mais desesperadamente ativa.

E foi assim que pouco a pouco a minha pobre Sophie alcançou a proeza de reunir a nação inteira; mas contra ela. Mesmo que o povo francês passasse a ser o novo soberano, a República mantinha essas mulheres num estado de debilidade odiosa: esse sexo chamado de frágil era seu terceiro estado. Em menos de três anos de revolução, os membros de todos os partidos se entenderam para atacar Sophie: os monárquicos e a emigração a odiavam, porque deviam a partir de então tremer diante das mulheres do Mercado; os girondinos, os montanheses, o próprio Marais se irritavam; alguns porque a mulher era a criatura do padre; outros, ao contrário, porque a ascensão da mulher largada seria o fim de toda moral no seio das famílias. Sophie se tornou objeto de zombarias pessoais; e da zombaria ao insulto, passava-se tranqüilamente. Todos gozavam bastante desse gosto das mulheres que ela professava tão ardentemente; circulavam desenhos, assim como todos os tipos de rumores. Da rua, essa lama subia aos estrados políticos: num dia em que Sophie apresentava aos frades franciscanos uma lei mais conveniente à humanidade, exortando esses senhores a escutar os movimentos de seus corações, alguns membros da assembléia gritaram então que teriam o prazer de lhe consagrar movimentos; e outras obscenidades mais diretas ainda, que os escrivães entravam em acordo para não anotar, a fim de não prejudicar o prestígio do venerável clube.

Você ficará, espero, bastante aborrecido ao saber que todos esses cães odiosos reclamavam seu nome, Jean-Jacques Rousseau. Até lhe deram uma rua: para honrá-lo, a rua Plâtrière fora desbatizada. O lugar não era alegre, visto que ali infelizes trabalhavam em casa. Mas você tinha vivido lá, e, a cada vez que eu passava, endereçava-lhe um pensamento fraternal. Não deixava de achar estranho que lhe devotassem um culto: não apenas porque me parecia que os revolucionários deveriam ter abandonado toda espécie de culto; mas também porque tomara, ao contrário da maioria de seus adoradores, o tempo de ler seus escritos; e nunca encontrara sob sua pluma o que quer que pudesse encantá-lo nessa revolução. Isso não impedia que se encontrassem nas bancadas de mercado pratos com a sua efígie; nos jardins públicos, nas tardes de bom tempo, as amas chamavam legiões de Émile e Sophie, assim batizados para honrar seu tratado consagrado à educação. Como os pais podiam desejar reproduzir os pequenos imbecis sentenciosos e as pequenas lambisgóias ignorantes que você pintava nessa obra? Só se não a tivessem lido, é claro. É preciso, todavia, dar aos grandes homens a responsabilidade de sua posteridade? Acontecia-me naquela época de responder que sim.

À medida que a impopularidade de Sophie crescia, ela se encontrava, assim como seu fiel servidor, rejeitada às margens mais deserdadas da França. A maioria das mulheres que tinham lutado conosco, por ocasião desse homérico combate do outono de 1791, desaparecera. Algumas voltaram, por fim, às suas províncias. Outras foram levadas, em nome do povo francês, para a guilhotina dos novos mestres. O Clube das Poissonnières enfraquecera, e uma canção não deixara de sublinhar que o peixe apodrece pela cabeça. Foi a ocasião para Sophie de dar um novo rumo à sua ação: terminara por pensar que a mulher estava jurada pela sociedade dos homens a uma espécie de escravidão; devia servir da cama à cozinha, da cozinha à cama. Assim, a prostituição lhe parecia não o mais baixo nível da escala dos trabalhos femininos, mas a sua forma menos hipócrita, e a mais brutal. Foi muito naturalmente que nos encontramos, num dia da primavera de 1793, no Hospital Geral da Salpêtrière, onde estávamos certos de encontrar a escória da sociedade. Fomos para lá numa manhã bem cedo, como nos recomendara uma antiga pensionista desse estabelecimento. Naquela época, a Salpêtrière recebia, sobretudo, indigentes: milhares desses miseráveis se amontoavam lá. Mas o local acabou se transformando também no curral mais usado da prostituição; e todas essas raparigas que a indigência jogara na rua eram novamente punidas por existir, sendo largadas em quartos insalubres dessa instituição infernal. Sophie e eu nos fizemos passar por dois viajantes suíços vindos a Paris para visitar os estabelecimentos de beneficência, e a intendente geral nos recebeu, favoravelmente impressionada pela hora matinal de nossa chegada e pela austeridade de nossas maneiras. Eu estava fantasiado de beato da espécie humana, raça que substituíra a antiga tartufice, e não ouvia qualquer zombaria. Apenas Sophie tomou a palavra, forjando um sotaque que se pretendia genebrês, e falando tão alto de filantropia e da prosperidade daqueles que nos haviam delegado que a gorda perversa que dirigia esse pouco caridoso hospital, sossegada em constatar que não havíamos sido enviados pelas autoridades para repreender sua negligência, nos deixou inteiramente livres. Privou-se de nos acompanhar. No caminho, Sophie me cochichou que ela receava os miasmas das salas comuns, cuja soleira nunca atravessara. Uma freira rodeira foi encarregada de nos escoltar.

Entramos antes do despertar das pensionistas numa sala longa e escura, onde se alinhavam cerca de vinte camas, cada uma acolhendo, uma com os pés para a cabeça da outra, duas raparigas. Um cheiro infecto exalou das camas bolorentas e nos chegou à garganta. Ao clarão das nossas lanternas, narizes contraídos, olhos cavados; o odor dos urinóis nos embrulhava o estômago. E não se tratava nem mesmo de uma sala de incuráveis! A freira rodeira dava, com uma voz enfastiada, indicações, números; confesso que não escutava nada. Dizia-se que essas infelizes eram, em sua maioria, pobres coitadas procurando fugir, quando as rondas as recolhiam, nos primeiros sinais de frio; pois elas preferiam morrer do lado de fora a morrer sob essas abóbadas ressumadas de umidade, e nessa promiscuidade odiosa. Sophie chorou sem pronunciar uma palavra. As salas sucediam umas às outras como os círculos do inferno de Dante. Quando saímos, o dia já estava bem claro, e teríamos desejado duvidar do que acabávamos de ver. Depois de cumprimentar a intendente geral, a quem nenhuma de nossas bajulações pareceu fora de propósito, conseguimos acompanhar, depois do almoço, um comboio de moças de má vida (assim as designava nossa anfitriã, com um aperto bilioso de seus lábios secos). A Salpêtrière servia, sob esse aspecto, de lugar de triagem: as prostitutas eram em seguida encaminhadas para Bicêtre. Mas, como nenhuma delas queria se denunciar como tal, apenas aquelas que eram visivelmente sifilíticas eram deportadas para lá, onde se pretendia tratá-las. Eu não era ignorante desses males, e tremi ao lembrar que a sífilis só era visível nos últimos momentos da doença: as infelizes que eram tratadas estavam, portanto, longe de qualquer cura possível. Mas, como pude constatar no mesmo dia em Bicêtre, desejava-se menos curá-las do que tratá-las, a morte parecendo àqueles que deveriam combatê-la o justo castigo a uma conduta desencaminhada. O que aprendemos do tratamento habitualmente aplicado contra a sífilis em Bicêtre nos horrorizou.

Um tratamento completo não durava menos de seis semanas. De início, a doente era submetida a uma dieta das mais severas, enquanto a expurgavam, sangravam e lavavam durante muitas horas. Aquelas que morriam imediatamente em conseqüência dessas operações não eram as mais infelizes, visto que esse falecimento lhes poupava da continuação. Era certo que no final de alguns dias, do que se vangloriava o diretor de Bicêtre, o estado das infelizes mudava: elas não eram mais capazes de pensar, de protestar, de exigir o que quer que fosse. Eram, então, presas dóceis para as vigilantes encarregadas delas, nulidades incultas mas consideradas meritórias pelos novos mestres da França: viúvas de guerra, mães prolíficas, pobres coisas descoloridas por comidas insossas, um trabalho confinado, e pelos mornos prazeres da virtude republicana. Esbanjavam a suas doentes uma moral sem graça que não era menos mortífera e mesquinha do que a que esbanjavam, no mesmo lugar, as religiosas do Antigo Regime. Em seguida, passavam-lhes durante seis longas semanas uma espécie de pomada malcheirosa à base de mercúrio, que, teoricamente, livraria as doentes do princípio sifilítico por sudação mercurial (esse jargão anfigurítico escorria da boca do diretor, que decidira nos fazer as honras do estabelecimento, com uma fluidez maravilhosa). De fato, as pacientes suavam abundantemente. Para a tristeza delas, esse admirável mercúrio também tinha outros efeitos: queimava a barriga e, quando o estômago provocava grandes dores, elas ouviam estar sendo punidas por onde tinham pecado; ou então que era onde aconteciam os últimos danos de um mal que se desesperava por ter que abandonar a sua presa. Era mais difícil justificar uma outra conseqüência da ingestão de mercúrio: essas senhoritas perdiam todos os dentes. O diretor quis nos confiar, para concluir, e visivelmente não estava brincando, que ao menos as desdentadas seguiam a dieta com mais facilidade; e que os clientes se desviariam delas, colocando-as, sem dúvida, no caminho da redenção. Com freqüência, essas mulheres acordavam num belo dia com a mandíbula soldada, as gengivas apodrecendo uma sobre a outra; e era preciso pedir ao barbeiro para liberá-las com um golpe de navalha.

A infelicidade das prostitutas não acabava tão facilmente. Todas as que não morriam eram declaradas curadas e reenviadas à Salpêtrière; e, no final de três meses, mais comumente, eram soltas de novo. O mais terrivelmente engraçado era que muitas saíam devotas de lá: é preciso dizer que eram catequizadas, que tinham de confessar todos os dias; muitas dessas raparigas gostavam de pensar num outro mundo, considerando aquele onde estavam; e para as recalcitrantes um tratamento particular se encarregava de convencê-las de que convinha observar as formas exteriores da santa religião: eram levadas para um dos pavilhões vizinhos, onde se encontravam reunidas as que estavam fora da razão; e passavam a noite na cama de duas loucas furiosas. Algumas, no último estágio do estrago do mal sifilítico, enlouqueciam, o que era interpretado como uma vitória do tratamento: declarava-se doutamente que seu furor uterino, derrotado pelos banhos mercuriais, deviam ter se refugiado em seus cérebros; então, eram deixadas no pavilhão, onde terminavam por morrer, auxiliadas pela umidade e os ratos.

De volta aos Banhos Chineses, deliberamos sobre a conduta que convinha adotar para ajudar essas infelizes. Lembrei Sophie de que a minha habitação da rua do Petit-Musc ainda estava desocupada. Não era nada distante da Salpêtrière e se apresentava, então, como a instalação ideal para um comitê de ajuda. Em nossa ingenuidade primeira, pareceu-nos normal socorrer as mais necessitadas. Conversamos com uma paciente e preparamos a sua saída enviando um comparsa para procurá-la: uma pequena doação para a superiora aplanava bem as dificuldades; eu desconfiava de que ela não fosse se deixar enganar por nosso subterfúgio; mas tinha interesse, e isso era suficiente para garantir sua colaboração. Recolhemos a pobre rapariga e a levamos, primeiramente, suja, emagrecida, embrutecida, para os Banhos Chineses, onde a limpamos com cuidado; ela recebeu novas roupas e refeições bastante leves para não morrer. Na maioria das vezes, a sífilis em seu último período corroía com feridas ulcerosas o nariz da doente e a abóbada palatina. Com freqüência, essa abóbada desabava e o pus supurante das fossas nasais impedia a vítima de falar. Tive de fabricar, com nossos próprios meios, palatos em prata. Infelizmente, não eram utilizados por muito tempo, visto que essas mulheres não sobreviviam, e nossas custosas caridades caíam num abismo insondável. Não podíamos nos reduzir a retirar dos cadáveres os palatos de prata para reutilizá-los. Insistir nesse caminho não tinha o menor sentido. Num dia em que a lassidão tomara conta de si, eu disse a Sophie que também não havia nenhuma utilidade em prensar os chamados representantes do povo francês: eles não representavam nem mesmo uma metade desse povo, visto que excluíam as mulheres e os trabalhadores domésticos!

Reformamos, então, a nossa política. Era preciso que as raparigas se associassem para não cair nas mãos de proxenetas, cafetões ou policiais. Percorremos as ruas de Paris convidando todas as que comercializavam seus encantos a nos visitar. A experiência dos hospitais nos serviu tristemente: evitávamos todas aquelas cujo nariz corroído e um certo ar de hebetismo anunciavam não ter mais nem seis meses de vida. Dirigíamonos às mais jovens e mais sadias. Em muito pouco tempo, o comitê de caridade da rua do Petit-Musc ficou repleto: eu escrevia cartas aos pais de uma, ao namorado de outra; inquiria à instituição de crianças perdidas sobre um bebê que uma terceira se arrependia de ter deixado lá. A maioria dessas raparigas mal falava francês, e não sabia escrever, sendo limusinas, picardas, bascas ou saboianas. Embora os médicos tivessem assegurado que muito esperma deixa o útero escorregadio e inospitaleiro, ficavam grávidas com mais freqüência do que esperavam: Sophie lhes mostrava como evitar a gravidez sem artifício; como utilizar os odres ingleses (que repugnavam aos clientes), como identificar os sinais das diferentes doenças de amor. Ela continuava a fazer chover na cabeça dos secretários da Convenção proposições de leis, convocações de voto pelos subsídios para a alfabetização das mulheres de rua. Essa obstinação me parecia vã, e tivemos muitas brigas feias a esse respeito. O comitê devorou o pouco de tempo que nos restava: distanciamo-nos um do outro.

Com freqüência, a miséria, a imbecilidade dos jacobinos e a própria caridade me cansavam. Trabalhava cada vez menos, e pus-me novamente a percorrer a noite de Paris. Ela também havia mudado. A libertinagem tinha perdido esse ar de alegria que ganhara depois da revolução. A abundância de pobres era desencorajadora; a penúria levava alguns a berrar canções, outros a arranhar violões desafinados, e velhotas sem talento me faziam ranger os dentes. Mesmo os costumes dos parisienses se metamorfoseavam lentamente: as mulheres ainda podiam usar roupas coloridas; mas os homens só usavam preto e andavam com um ar indomável que parecia romano. As ruas estavam infestadas desses padres da nova religião patriótica. A revolução tivera heróis, e fabricou mártires. Adulavam-se os jovens Bara e Viala.* Nas reuniões das seções parisienses, passava-se agora muito tempo a citar exemplos de devoção patriótica tão espetaculares quanto ineptos: um menino de 5 anos doara seus brinquedos de chumbo ao exército, por conta própria, para que se fizessem balas; uma rapariga denunciara o irmão mais velho que planejava celebrar missas; depois se sacrificou para não ver esse parente bem-amado morrer no cadafalso. Eu caminhava sem destino nessas noites parisienses onde só havia cidadãos, e tinha toda a dificuldade do mundo em reconhecê-los como homens.

Chego ao relato do pior momento da minha existência, visto que devo narrar as circunstâncias da morte de Sophie. Teria dado a minha vida para salvar a sua; mas o destino não quis, e

---

*Joseph Bara e Joseph Agricol Viala, dois jovens franceses (12 e 13 anos) que morreram pela República. (*N. da E.*)

conheci o horror de sobreviver a quem se ama. Sempre me foi dificilmente concebível que se pudesse desejar a morte de alguém; o século no qual vivi, infelizmente, se encarregou de me fornecer inumeráveis exemplos. Em se tratando de Sophie, sabíamos, desde sempre, que não lhe faltavam inimigos. O que ignorávamos, e que me contou uma mosca, assídua dos Banhos Chineses e de todos os lugares mal freqüentados de Paris, é que com o passar dos anos esses inimigos terminaram por formar uma espécie de clã; que pretendia desde então colocar Sophie fora das condições de prejudicar seus interesses — comprovando que a honestidade e a fidelidade aos princípios da revolução tinham se tornado importunos.

Em 1793, Sophie encaminhou ao Comitê de Salvação Pública um projeto de lei proibindo o castigo moderado; chamava-se assim o direito dado aos maridos de realmente espancar a mulher, sob os pretextos mais vagos, e sem o risco de ser punido. Robespierre viu esse projeto, que lhe agradou, infelizmente: esse tirano já era odiado, e todos conspiravam contra ele. Todas as facções decidiram pela derrota de Sophie, em meia palavra. Fazia meses que os jacobinos se irritavam com suas intervenções em suas tristes reuniões. Por sua vez, os girondinos não apreciavam sua fantasia de expandir o sufrágio ao povo. Os primeiros se irritavam por se verem ultrapassados em sua ala esquerda; os segundos temiam o que chamavam de seus excessos. O método mais simples, para se livrar de Sophie, teria consistido em acusá-la de intrigas contra-revolucionárias: mas temia-se que ela utilizasse o processo para inverter a opinião a seu favor. Receava-se também que a guilhotina fosse posta de lado, se por acaso Robespierre caísse. Decidiu-se então lançar contra Sophie um adversário temível: as vendedoras do Mercado. Elas estiveram desde os primeiros dias na reviravolta revolucionária. Haviam aderido a ela por ódio aos poderosos e amor à humanidade. O segundo desses sentimentos não pesara mais do que o primeiro: estremecia-se diante dessas mulheres, que com um só gesto podiam levar um homem para o calabouço, de onde só saía em carreta. Terminaram por gostar do espetáculo patriótico da guilhotina em ação; a freqüência das execuções se elevando a ápices de horror, elas se sentavam o dia inteiro ao pé do cadafalso, onde seus lugares eram reservados, e conversavam como num café, enquanto no Mercado os empregados e ajudantes mantinham a loja desses estranhos notáveis dos novos tempos. Protestaram quando a guilhotina foi exilada às portas de Paris, porque o povo resmungava. Eram essas fêmeas selvagens e bochechudas que seriam soltas em cima de Sophie. Nada mais fácil, em suma: Sophie acabava de se opor veementemente à fixação de um preço mínimo para os legumes, que encurtava a sua renda. Bastava aguardar o momento oportuno.

Durante uma parte do ano de 1793, sentíamos que tudo era possível: o retorno à antiga ordem, novos tumultos, novos motins. Por sua vez, Sophie acreditou que a revolução receberia um novo impulso, principalmente porque ela parecia agonizar. Aconteceu justamente o contrário: no outono, os clubes de mulheres foram proibidos; continuamos nossas reuniões, pois mostramos nossos estatutos que recusavam a distinção de cidadãos por esse critério; e essa argúcia jurídica nos deu alguns meses. A fim de sabotar nosso comitê de caridade, uma facção de jacobinos obteve a interdição do recrutamento, medida hipócrita e sem eficácia, mas que permitia a todo bom cidadão despachar as raparigas para a prisão. Enfim, em pleno inverno, o decreto do 21 Nivoso do ano II desse idiota de Fâbre d'Églantine nos mergulhou em dificuldades terríveis: ele simplesmente proibia a prostituição; o que não tinha outro efeito senão o de tornar o exercício dessa profissão mais perigoso. Perguntei-me com freqüência por que nossos virtuosos revolucionários se encarniçavam tão violentamente contra essas infelizes e contra Sophie. Acho que sabiam ter fracassado: o homem regenerado com quem sonharam não adviera; atacar os novos poderosos seria atacar a si mesmos; era preciso encontrar um bode expiatório. As prostitutas ofereciam às suas imaginações doentias uma imagem simples da corrupção. Atacavam-nas ainda mais violentamente por saber que não eram culpadas.

Com esse decreto de interdição, a condição das mulheres de rua se tornou ainda mais atroz: a polícia multiplicava as detenções em massa e jogava essas infelizes como alimento aos vermes de Saint-Lazare. Muitos dos soldados acreditaram ter nisso um meio cômodo de pressão: ameaçavam as mais jovens para obter o gozo de seus encantos. Não demoraram a se tornar cafetões. Em abril de 1794, não sobrava mais nada do nosso comitê de caridade. Enquanto eu suplicava a Sophie para partir para Louisiana ou outro lugar, longe dos regatos de sangue e lama de Paris, ela me anunciou que publicava um novo libelo. Só o título do folheto já era um suicídio: "A política nunca oferecerá tanta gratificação quanto a luxúria?" Assaltada por uma dessas cóleras incontornáveis, ensinou a todos esses homens secos que detestavam os corpos, a todas essas mulheres que só queriam ser mães de soldados do ano II, e que mostravam os músculos diante de seus balcões ou nas assembléias, o que eram a liberdade e a coragem. Mostrava-se tão temerária que os jacobinos a consideraram mais poderosa do que de fato o era: nas tormentas de sua loucura, imaginaram que Sophie fosse uma agente da emigração, que viera para Paris como líder dessas prostitutas para tirar os revolucionários de seu caminho. E tudo terminou com a simplicidade do pesadelo.

Estávamos no final do mês de abril de 1794. Voltávamos da rua do Petit-Musc. A última fiel de Sophie acabara de nos informar que Saint-Just tinha encomendado a prisão de Claire Lacombe e Pauline Léon. Que elas quisessem, ao contrário de nós, isolar as mulheres em seu papel de mãe, filha ou mulher dos sans-culottes, e nada mais, concepção de vaca leiteira pela qual o responsabilizo, Jean-Jacques, não nos impedia de admirar a sua devoção à causa das mulheres. Os fanáticos, que as apoiaram durante longo tempo, acabavam de abandoná-las, e Saint-Just se precipitara. Falávamos dessas infelizes, de Théroigne de Méricourt, internada em Charenton, enlouquecida pela tristeza. Estávamos a alguns passos dos Banhos Chineses quando se produziu no bulevar uma comoção indistinta da qual não desconfiamos a princípio. Fomos empurrados, e vi-me separado de Sophie. Então, levantei minha bengala, gritando a Sophie para fugir. Recebi um murro nas costas e minha cabeça bateu na lança de uma carruagem. Caí inconsciente. Quando recobrei os sentidos, vi que nos haviam levado para o terraço dos Banhos; a dez passos de mim, Sophie repousava numa cama baixa. Pensei que tivessem retirado seu vestido branco, mas me enganei: estava manchada pelo próprio sangue.

Para que me deter nesse relato? Sophie morrera sem mim, nesse terraço onde fôramos felizes. Quiseram me contar seus últimos momentos. Não quis saber de nada. O padre jurado da paróquia recusou-se a enterrá-la, sob o pretexto de que fora atriz na juventude; a verdade era que temia se ver associado a uma mulher cuja morte fora desejada pelos poderosos do dia, como os rumores do bairro anunciavam. Levei seu corpo para fora de Paris, num bosque cujo nome omitirei. Cavei, eu mesmo, uma fossa, em plena terra, que tapei cuidadosamente. Espalhei sobre ela sementes de carvalho e cobri-a de folhas, para que sua instalação desaparecesse da vista daqueles que na terra eram nossos supostos semelhantes. Não chorei. Não recebi consolo. A acontecimentos tão funestos como este, a filosofia, tal como a concebo, não apresenta nenhuma justificativa: deixemos as religiões proporem suas mentiras infames. Nada pode nem deve diminuir o belo escândalo da existência, sua graça e seu horror absoluto, nem mesmo a morte. Sophie tinha vivido, e bem vivido. Foi suficiente para ela, também deveria ser para mim. Que o resto dos homens aproveitem tão bem o tempo que lhes é destinado na terra, se ousarem e se puderem.

No entanto o frio que se criou no meu coração me deixou quase indiferente à vida. Permaneci no poço estreito da minha dor. A primavera voou sem que eu nem percebesse; o verão veio em seguida, e não saberia dizer o que fiz. Recebi, num belo dia do início de maio, uma carta de Arras vindo de uma desconhecida que se dizia parente de Sophie. Uma semana mais tarde, uma mulher se apresentou aos Banhos Chineses, ossuda e pequena, comprimida num lenço de pescoço, o rosto riscado com um traço fino que ocupava o lugar da boca. Aparentemente, não lhe escapara a informação de que Sophie tinha bens, pois essa megera estava escoltada por um notário untuoso e gordo. O homem se tornou bastante amável quando compreendeu que eu não tinha nenhum direito sobre o estabelecimento, e que o sabia. Então, o notário falou de moral: fora avisado de que ações infames se desenrolavam nesse local. Por um instante pensei em fingir ignorá-lo, mas decididamente não tinha mais disposição para rir; admiti tudo, o notário fez cara de se indignar, e a megera de não entender. Na mesma noite, deixei os Banhos Chineses para nunca mais voltar. Instalei-me na rua do Petit-Musc. Vivia com pouco. Sem nada para fazer, lia os jornais. O estado dos negócios públicos era desastroso. Esse mal estranho que se espalhara por todo o país, e que chamávamos de Terror, penetrara nos corpos e nas almas e lhes ofuscara o brilho. Os lutos sucediam os lutos. Todos temiam por seu próximo; fugíamos de todo tipo de conversa, por medo de que uma idéia julgada inconveniente nos enviasse para o cadafalso. Filhos denunciavam pais. Um rumor imundo dizia que Robespierre e seus virtuosos comparsas do Comitê de Salvação Pública, com a crueldade enfraquecida, liam algumas páginas de Sade quando queriam endurecer novamente e condenar uma fornada de inocentes à guilhotina. No bairro de Picpus, os moradores da prisão se queixavam publicamente: o Comitê de Salvação Pública mandara cavar uma imensa fossa no pátio desse antigo convento, a fim de poder jogar as centenas de corpos que seu zelo industrioso produzia; um modelo aperfeiçoado de guilhotina permitia a partir de então recuperar o sangue dos condenados; e sobre as pilhas de corpos jogava-se esse suco preto, para não sujar a rua. Resultava de tudo isso um terrível fedor que se elevava no céu vazio; e os bravos cidadãos pensionistas do bairro achavam injusto que os aristocratas, que os perseguiram vivos, lhes empestassem após a morte. Para terminar, jogaram, então, nesse abjeto refogado, uma enorme quantidade de cal viva; mas dividiram-na mal, e a cal piorou as coisas para além de qualquer descrição possível. Então, simplesmente cobriram essa fossa insana, e sob o peso da terra a morte continuou sua fermentação infernal até que, com a chegada dos primeiros sinais do frio, os moradores se habituaram à pestilência. Às vezes me escapavam num murmúrio essas palavras: cinco anos! Era o tempo que decorrera depois da tomada da Bastilha. Meus olhos se enchiam d'água.

Esperava um sinal para terminar com isso. Acreditei que tivesse chegado. Foi evidentemente ao seu discípulo mais fervoroso e mais terrífico, meu pobre Jean-Jacques, que ficou incumbido de dar o golpe de misericórdia à nossa revolução. Robespierre nos prometeu uma festa do Ser Supremo para os primeiros dias do mês de junho de 1794. Decidi assistir. A festa se realizou na presença de uma imensa afluência de povo; a cabeça do desfile apareceu na esplanada do Louvre; e num só olhar entendi que seria digna da imaginação fraca e regrada desse infame monoteísta. Da aurora ao crepúsculo, foi uma orgia espantosa de branco ao longo de Paris: cortejos de mães de família, raparigas e crianças, com vestidos imaculados que se pretendiam gregos, tinham partido de cada seção parisiense às oito da manhã, ao sinal de uma salva atirada sobre a ponte Nacional. Na planície do Champ-de-Mars, que naturalmente já não se chamava assim, mas Campo da Reunião, lá mesmo onde os carrinhos de mão da festa da Federação tinham rolado outrora, os líderes do Terror haviam construído uma espécie de montanha que provavelmente imitava, em espírito, o Sinai e o Gólgota, e desenhava uma árvore da Liberdade cortada no nível de seu tronco desenterrada em alguma floresta nacional dos arredores de Paris; uma coluna absurda também fora erguida, sobrecarregada de tantos símbolos pedantes que ficava difícil entender o que representava, com seus louros; indefinidos templos greco-romanos se elevavam um pouco por todos os cantos, para mobiliar a planície. O bom povo francês, embranquecido como que por algum sortilégio, se concentrara de início perto do Jardim Nacional, o antigo Jardim das Tulherias. Pois se os parques de Paris não haviam perdido o brilho, muitos tinham perdido seu nome próprio; assim como inumeráveis ruas, pontes e edifícios. Um povo de fantasmas descoloridos avançava em boa ordem numa cidade estranhamente alterada. Era impossível não pensar em ovelhas que poderiam ser levadas à lenha sem nem mesmo resistir. Naturalmente, o excelente Robespierre não tinha acabado de erradicar o ateísmo do Estado, que lhe causava horror. Para justificar a instauração do culto do Ser Supremo, ele declarara que a incredulidade era uma mania dos tempos da tirania, um vício de aristocrata, como o tabaco ou a pederastia. Mas a tolice dessa nova religião era tal que encontrou velhos republicanos para se queixar, no dia seguinte à festa, de que teria sido mais fácil restaurar a antiga Igreja da França.

Essa festa do branco virginal era, sobretudo, das crianças; uma verdadeira pedomania tinha se apoderado dos novos mestres da França. As seções tinham convocado todas as mulheres grávidas, que foram colocadas na primeira fila, e que davam pena de ver: algumas deram à luz na casa mais próxima. Uma circular de um tal David, que estipulava quando as crianças deveriam sorrir, foi distribuída à juventude. E elas sorriam, como dementes: aqueles que não tinham 10 anos não ousavam chorar, e mordiam os lábios. Quanto aos adolescentes, deveriam circular com armas; estavam orgulhosos como quem não conheceu a guerra. Com tudo isso, a festa do Ser Supremo desaparecia sob carroças de flores por todos os lados, no chão, nas janelas, nos carros alegóricos. Essa abundância produzia um cheiro nauseabundo, adocicado, que encontrava um equivalente visual na seqüência de fitas de cores pálidas, de rosas delambidos, azuis tímidos. Vendo essa triste juventude, eu não podia me impedir de pensar no contraste que formava com os meninos pobres de 5 anos que, a dois passos de lá, atrás do antigo Palácio Real, podiam ser comprados por uma miséria do cafetão Duclos, violados e mortos sem deixar vestígios; e lembrei, então, que em 1791 um velho *sans-culotte* me afirmara que tais abominações iriam desaparecer com o mundo novo. E perguntei-me se conseguiríamos um dia encontrar um emprego que não fosse hediondo para esse fundo de perversidade do coração humano que Sade compreendera, e que não é senão o inverso dessa sentimentalidade tola da qual o sanguinolento Robespierre era o turiferário. É verdade que Robespierre fugia da companhia das mulheres — característica condenada pela época antiga, mas admirada pela nova; e que a sua única paixão conhecida, fora a do bem público, era a de comer laranjas em quantidade fabulosa.

A cerimônia, engrossada, compassada, medonha como uma torta de festa, não terminava: depois do discurso de Robespierre, tocaram uma sinfonia francesa, correta e entediante como um par de sapatos de baile. Após a sinfonia, nova cerimônia: num lago das Tulherias, uma composição alegórica representava, entre outras coisas, o monstro do Ateísmo. Aparentemente, tinha grandes orelhas e grandes dentes; pelo resto, não dava para saber a que animal relacioná-lo, pois tinha traços felinos e traços da serpente do mar. O presidente dessa augusta assembléia colocou solenemente fogo ao Ateísmo, que, não sei como, foi consumido em alguns instantes; então, a fumaça dissipada, a Sabedoria apareceu: uma grande mulher, seios enormes, sem bunda, o ar severo como a de uma carola de São Merdardo constipada por uma orgia de hóstias, um ar de frieza invencível, que reforçava as chamas que a tinham escurecido. Robespierre subiu uma segunda vez no púlpito e nos gratificou com um último discurso, que mal se podia ouvir, pois o vento mudara de direção. Em seguida, a procissão dos espectros brancos da revolução morta se arrastou até o Campo da Reunião. Perguntei-me como o Ser Supremo, se ele existira até então, podia sobreviver a um culto de um tédio tão grandioso; mas não me atrevi a compartilhar a minha reflexão com a multidão: algumas semanas antes, um jovem que se recusara a tirar o chapéu enquanto se falava de Voltaire fora enviado à guilhotina; e ninguém se aventurara a cantarolar o incidente. No Campo da Reunião, cantavam-se em coro, sob os acordes da *Marselhesa*, versos muito ruins, cujo refrão dizia o seguinte: "Antes de depor nossos gládios triunfantes, Juremos aniquilar a raça dos tiranos!" As piores coisas também têm um fim: em seguida, a multidão debandou.

Permaneci muito tempo à beira do Sena, que corria tranqüilamente, indiferente a essas loucuras. Como pudemos chegar até aqui? O que acontecia que ninguém notava defeitos, conforme toda a aparência, nessa aliança monstruosa daquilo que o cristianismo tinha de mais estúpido com o que o racionalismo tinha de mais mesquinho? Então, meu pensamento se voltou invencivelmente a meu companheiro de prisão. Quisera achar Sade pessimista, descomedido. Agora, eu culpabilizava a História por lhe ter dado razão: os mais frios argumentadores tinham construído as guilhotinas, os mais cruéis dos homens tinham jogado suas crianças enfitadas nas ruas de uma cidade morta. Hoje, acredito na doçura infinita, na tristeza de Sade, e digo que se apenas o tivéssemos lido, inteira e profundamente lido, teríamos talvez tomado o caminho que leva ao fim de todo medo; não penso somente nesse Terror que acaba de cair, mas naquele que forma o fundo da miséria humana. Eu mesmo, outrora, defendera a guilhotina: procurávamos, então, um meio de execução mais humano do que as barbaridades do Antigo Regime; e, além do mais, abolíamos, acreditava eu então, as diferenças entre a execução de um nobre, que tinha as honras do machado, e a de um pobre. Veio-me à memória que na primavera do ano de 1792 acreditara ser do meu dever ir julgar o funcionamento dessa novidade judiciária. Assisti, então, de uma das janelas da prefeitura, ao primeiro uso da guilhotina. Assim que o cutelo caiu, houve um rumor sinistro na multidão. Pensei que ela se indignava, mas me equivocava. Um velho oficial municipal me desiludiu: a multidão bramia diante de um espetáculo tão breve e tão despojado, e sentia saudades das forcas, das torturas, dos gritos e das contorções dos condenados. Senti-me invadido por um frio mortal. Além disso, a inumanidade do procedimento me apareceu em todo o seu horror; o futuro mostrou que essa mecanização levava os juízes mais facilmente à condenação. Passada a decepção, o povo encontrou com o que se divertir: acompanhava a charrete dos condenados, e comparava a maneira que as cabeças cortadas rolavam. Quanto a você, Jean-Jacques, fez a coisa certa em morrer antes da glória. A França está coberta de pequenos Rousseau que têm todos os seus defeitos e nada do seu gênio. Tristeza àquele que rompe a fastidiosa uniformidade desses déspotas frouxos da igualdade! Cada um deles governa como tirano o pequeno reino de sua pessoa, e não acaba de contar seus tesouros. De resto, a inveja se tornou a paixão nacional. Que corja, os discípulos! Por ocasião dos massacres de setembro, as ruas estavam repletas desses pequenos Jean-Jacques que choravam a opressão da Nação, arrancando cabeças de aristocratas como as crianças arrancam asas de borboletas, e violando as mulheres da Salpêtrière para lhes ensinar a moral republicana. Tudo o que em você era atenuado por seu humor foi imitado. Mataram-no, porque os homens fracos gostam de matar aqueles de quem gostam. Fiquei sozinho, perdido nesses novos tempos. Depois dessa festa do Ser Supremo, julguei já ter visto o suficiente; e foi então que decidi morrer. Mas não me restabelecia da indignação com o caminho que o mundo tomava; e adiei meus planos.

Em primeiro lugar, procurei me retirar de Paris. Vendi a casa da rua do Petit-Musc, e reservei do produto dessa venda do que me gerir uma pequena pensão. Não tendo nenhum herdeiro, dei o resto à instituição de Crianças Perdidas. Voltando à minha residência naquele dia, passei diante da Convenção, e ouvi que se anunciava um discurso do cidadão Amar. O nome me pareceu familiar. Entrei. Quando o vi, reconheci imediatamente esse idiota em uma palavra: outrora ele fizera campanha para a interdição de clubes de mulheres, e Sophie não deixara de lembrar num panfleto vingador que o cidadão Amar, defensor ensangüentado do Comitê de Segurança Geral, fora condenado diversas vezes por falta de pagamento de inúmeras pensões alimentares. Desde aquela época, esse homem gordo e louro com mãos de mulher, tão impiedoso com os fracos quanto condescendente consigo mesmo, havia prosperado como um galo em seu monte de imundície. Escutei seu discurso. Propunha à Convenção um édito atribuindo às mulheres o lugar que lhes cabia como direito e dever sagrado: o de esposa e mãe, de mãe mais do que de esposa, naturalmente, porque não era preciso que essas criaturas desviassem o cidadão das missões sagradas que a pátria exigia. Essa máscula proposição recebeu imediatamente a aprovação de todos os nossos bravos representantes do povo francês. Parecíamos estar no 9 Brumário do ano II. Amar foi muito aplaudido; enrubesceu de prazer, enxugando a testa.

Poucos dias depois, visitei o cidadão Palloy, que atravessara todas as tormentas revolucionárias, permanecendo sempre e sabiamente no lugar de aproveitador. Palloy ainda dirigia inumeráveis tráficos. Animou-se com a minha visita, perguntou se eu não queria voltar a trabalhar a seu serviço. Falei do meu projeto de aposentadoria. Ele acabara justamente de adquirir uma quinta ao norte de Paris; sorri, sem me espantar, quando ele disse que ficava ao lado de Ermenonville, onde eu sabia que você estava enterrado. Ermenonville, que se chamava desde então Jean-Jacques Rousseau, se transformara, disse Palloy, numa espécie de lugar de peregrinação para os idolatras da nova fé republicana. Ele perguntou cortesmente se eu gostaria de ocupar essa quinta, em troca de pequenos trabalhos: aceitei. Jean-Jacques

Rousseau me acolheu muito bem, meu querido irmão. Instalei-me em minha nova moradia, que era na verdade um antigo pavilhão de caça. Palloy esperava alugá-lo, depois de alguns arranjos, aos notáveis do novo regime, que certamente queriam respirar o mesmo ar que o divino Jean-Jacques, na ocasião. No vilarejo, as pessoas se surpreendiam enormemente que um veterano da Bastilha como eu se recusasse a visitar a propriedade do marquês de Girardin, onde você estava sepultado; livrei-me dizendo que era emoção demais para mim; e que todo patriota autêntico carregava Jean-Jacques em seu coração. Essa fórmula foi bastante admirada. Os habitantes me apontavam nas ruas, durante meses, como o nobre velho de cabelos compridos que a concebera. É verdade que os franceses eram loucos por belas cabeças de nobres velhos, já que a maioria deles rolara nos cestos guarnecidos de sêmea da guilhotina. Quando souberam a minha idade, fizeram novo escândalo: parecia trinta anos mais jovem! E essa saúde, que eu devia aos conselhos e ao ensinamento de Saint-Fonds, os habitantes de Jean-Jacques Rousseau atribuíram imediatamente à minha virtude republicana.

O barulho do mundo não me alcançava mais. Soube apenas, por acaso, que Robespierre fora executado: o Comitê de Salvação Pública e o Comitê de Segurança Geral, depois de terem eliminado os contra-revolucionários e seus próprios partidários, só podiam atacar a si mesmos. Para a ocasião, transferiram a guilhotina para a Praça da Revolução. Deitaram o Incorruptível atado numa tábua, porque, ferido no maxilar no momento de sua detenção, não se mantinha mais de pé. O menor movimento lhe arrancava gritos. Assim pereceu o parteiro dos novos tempos, realizando em sua pessoa a reunião da tortura e da guilhotina, da antiga barbárie com a nova. Escrevi essa narrativa em seis meses, sem a reler. Terminei-a quando fiquei sabendo no vilarejo que tinham decidido levar seus restos mortais para Paris, cidade de que nunca gostou. Devíamos essa medida ao defunto Robespierre, que o adulava e que, quando soube que os restos de Voltaire seriam deslocados de Ferney para Paris, conduzira uma campanha indignada, apoiada por outros patriotas altivos. O quê? Apressava-se em glorificar um fidalgote que desprezava a plebe, um amigo do rei da Prússia, cortesão quando lhe convinha, e o Cidadão de Genebra ficaria apodrecendo na lama do parque de um aristocrata emigrado? Isso não podia acontecer: um decreto foi votado, e a queda de Robespierre não o mudou em nada. O prefeito de Jean-Jacques Rousseau ficou encarregado do organizar a cerimônia de transferência dos restos do divino Jean-Jacques de sua tumba para as portas de Paris. O venerável cidadão Laroche avisou que acompanharia os restos mortais até a capital. O prefeito ficou encantado de poder me apresentar como o monstro mais antigo de sua pequena feira republicana. A cerimônia estava prevista para o início do mês de outubro.

Você morrera em 1778 ao voltar de um passeio nesse parque de Ermenonville que o marquês de Girardin concebera em sua honra, e de onde fora expropriado por um decreto iníquo perpetrado em nome do povo francês. Girardin não faltara com seus hábitos de generosidade: ele próprio desenhara um túmulo à sua medida, na extremidade do maior espelho-d'água de seu parque, nessa ilha plantada de choupos que coroavam o horizonte. Nada lhe convinha mais: você estava sozinho, como o acreditara ser durante toda a vida, repousava em paz, separado dos homens e dos tempos pelas águas mais tranqüilas. Girardin interditara expressamente que qualquer pessoa se aproximasse da margem de sua tumba; mas logo teve de ceder ao número crescente de peregrinos que iam a Ermenonville, alugavam uma barca e voltavam a casa para dizer aonde tinham ido. As festividades de 1794 duraram três dias inteiros. Começaram dignamente, por uma vigília para a qual, felizmente, tinham sido convidados poucos fiéis. Éramos cerca de trinta, contando com o punhado de criados que levavam os castiçais e os operários encarregados da exumação. A noite era doce e clara, quando entramos no parque. Ao fundo, a ilha dos Choupos nos aguardava. Chegamos até ela pela margem direita, costeando a massa escura do morro onde Girardin dispusera algumas encantadoras construções, que faziam sob a lua reflexos mais claros. Recolhemo-nos diante de sua ilha; o sussurro do vento nas grandes árvores nos embalava. Longas barcas planas nos conduziram em alguns instantes ao pé do jazigo, espécie de sarcófago de um gosto um pouco duvidoso. Os operários deram início ao trabalho. Permanecemos longo tempo a meditar diante de seus restos, repousados num pano. Depois, voltamos ao castelo, onde camas improvisadas nos aguardavam. No dia seguinte, começou um lento périplo: passamos por Montmorency, atravessamos lugarejos entre duas carreiras de camponeses com seus chapéus nas mãos, entre batalhões de crianças, mulheres e botânicos fardados; muitos choravam. Chegamos a Saint-Denis. Você percorria o caminho inverso dos reis, que outrora eram enterrados lá. Passamos pela basílica sem olhar os vitrais quebrados e os santos decapitados.

Na noite de 9 de outubro estávamos em Paris. Sob um templo construído num dos espelhos-d'água das Tulherias, repousava a urna onde seus restos tinham sido reunidos; seis castiçais haviam sido pregados no templo; jovens choupos arrancados da terra foram plantados ao lado para lembrar a ilha de Ermenonville; no contorno do lago, copelas de faísca iluminavam a cena. Essa foi a vigília dos parisienses, que vieram em massa, a noite toda. Por volta de uma da manhã, a lua se ergueu, e foi possível ver o pequeno povo, que sabia reconhecer os seus, chorar por você. O espelho-d'água sobre o qual repousavam seus restos é o mesmo onde se queimara o Ateísmo para comprazer a Robespierre e a seu Ser Supremo. Muitas pessoas murmuravam ao me mostrar o dedo com reverência: eu era o Passado. Como era de se esperar, o infatigável Palloy oferecera à França um busto seu, talhado numa pedra da Bastilha, que, como a verdadeira Cruz, terminaria por se tornar milagrosa, já que inesgotável. Esse busto foi levado para o lugar onde se elevou a Bastilha, porque se acreditava que você a tinha feito cair. Teria adorado que isso fosse verdade, e que eu devesse a meu irmão a minha libertação. Enfim, no dia 10 de outubro, efetuamos solenemente o trajeto das Tulherias até a igreja do Panteão. Fui colocado, como disse no início dessa narrativa, na tribuna de honra. De lá, contemplei sem ilusões — e fui o único — o cortejo fúnebre.

Estou de volta a Ermenonville. Minhas medidas foram tomadas: minhas cinzas serão dispersas ao pé do cenotáfio da ilha dos Choupos, que é como a imagem da sua posteridade. Quero adubar a terra com o meu cadáver. A morte não me é senão um fim absoluto: não estimo os argumentadores rasos que pretendem parecer sábios diante dela. Darei à minha os últimos fogos da minha vida: essa alegria que proporciona uma existência realizada; raiva, se a sentir, e medo, se o tiver. Perguntei-me durante muito tempo que destino reservar a esse relato que concluo hoje. Eis a resposta: daqui a pouco, vou embrulhá-lo cuidadosamente num tecido alcatroado. Irei, só e sem que ninguém o saiba, à sua ilha dos Choupos. Depositarei o texto no fundo desse túmulo que você não deveria ter deixado. Será que alguém o encontrará um dia? Isso, nunca saberei. As gotas de água mais tênues acabam por desgastar as rochas mais duras, se considerarmos a imensidão do tempo. Fiz o que pude para contribuir, com doçura, à desordem deste mundo. Quem ri por último ri melhor.

Este livro foi composto na tipologia Aldine 401BT,
em corpo 11/15, e impresso em papel
off-white 80g/m² no Sistema Cameron da
Divisão Gráfica da Distribuidora Record.

Seja um Leitor Preferencial Record
e receba informações sobre nossos lançamentos.
Escreva para
RP Record
Caixa Postal 23.052
Rio de Janeiro, RJ – CEP 20922-970
dando seu nome e endereço
e tenha acesso a nossas ofertas especiais.

Válido somente no Brasil.

Ou visite a nossa *home page*:
http://www.record.com.br